밀레니얼 세대

청춘 시학

지은이

안미영 安美永, Ahn Mi-young

한국 현대문학 소설을 전공했으며, 현재 건국대학교 글로컬캠퍼스 교양대학 교수이다. 2002년 『동아일보』 신춘문예 평론이 당선되어 현장비평도 하고 있다. 평론집으로 『낮은 목소리로 굽어보기』(시와에세이, 2007), 『소설, 의혹과 통찰의 수사학』(케포이북스, 2013 세종도서)이 있고 문화콘텐츠를 대상으로 쓴 『문화콘텐츠 비평』(역락, 2022)이 있다. 연구서로 『이상과 그의 시대』(소명출판, 2003), 『전전세대의 전후인식』(역락, 2008), 『이태준, 근대문학을 향한 열망』(소명출판, 2009), 『해방, 비국민의 미완의 서사』(소명출판, 2016), 『잃어버린 목소리, 다시 찾은 목소리』(소명출판, 2017), 『서구문학 수용사』(역락, 2021 대한민국학술원우수학술도서) 등이 있다.

밀레니얼 세대 청춘 시학

초판인쇄 2022년 11월 20일 **초판발행** 2022년 11월 25일

지은이 안미영 **펴낸이** 박성모 **펴낸곳** 소명출판 **출판등록** 제1998-000017호

주소 서울시 서초구 사임당로14길 15 서광빌딩 2층

전화 02-585-7840 **팩스** 02-585-7848

전자우편 somyungbooks@daum.net **홈페이지** www.somyong.co.kr

값 26,000원

ISBN 979-11-5905-742-7 03810

ⓒ 안미영, 2022

충청북도 CHUNGCHEONGBUK-DO 충북문화재단 Chungbuk Cultural Foundation

이 책은 충청북도, 충북문화재단의 후원을 받아 우수창작활동지원사업의 일환으로 발간되었음

안미영 평론집

밀레니얼 세대　청춘 시학

Youth Poetry for Millrenials

머리말

안녕하세요.

2007년 첫 번째 평론집을 발간하고 6년 후 2013년 두 번째 평론집을 발간했습니다. 2022년 가을, 세 번째 평론집을 발간하게 되었습니다. 세 번째 평론집은 새로운 밀레니엄의 변화, 그 속에서 살아가는 밀레니얼 세대에 초점을 맞추었습니다. 그간 한국 문학장에도 많은 변화가 있었습니다. 이러한 변화를 「밀레니얼 신新풍경」, 「밀레니얼 세대 청춘의 표류」, 「밀레니얼 세대 기억과 속도」, 「문학, 뒤돌아보며 걷기」, 4가지 범주로 분류해 보았습니다.

「밀레니얼 신新풍경」에서는 새로운 밀레니엄의 전개 과정에 주목했습니다. 뉴미디어의 출현과 확산으로 2012년 전후의 문학장에는 본격 소설의 온라인 장편 연재 현상이 나타났습니다. 거시 담론보다 미시 담론을 통해 일상의 삶을 조명하고 감정과 정동에 주목하기 시작했습니다. 새로운 세대의 새로운 윤리관은 가족 의식에서 두드러지게 나타났습니다.

「밀레니얼 세대 청춘의 표류」에서는 우리 시대 젊은이들의 방황과 라이프 스타일에 주목했습니다. 꿈꿀 수 있는 권리를 가졌음에도, 그들은 불확정적이고 가변적인 시대를 살아가며 거리 위의 이방인으로 정처 없이 유랑하고 있었습니다. 고발과 위축의 사이, 윤리와 일탈의 사이, 인류와 국가의 사이를 부유하며 곡예를 넘는 한편, 적응을 준비하고 있었습니다.

「밀레니얼 세대 기억과 속도」에서는 2014년 4월 16일 세월호 침몰을 비롯한 우리 삶에 있어서 기억의 문제에 주목했습니다. 세계의 변화가 급박할수록 우리 삶은 완급의 조절이 필요합니다. 이에 자기 삶을 객관적으로 조망하고 조절할 수 있는 '느림'에 대한 사유, 자기 안에서 가치를 찾아내고 이를 실현해 낼 수 있는 '자유'를 제안했습니다.

「문학, 뒤돌아보며 걷기」는 일련의 변화에도 불구하고 문학이 지닌 가치에 주목했습니다. 문학은 '세계에 질문을 던지는 방식'입니다. 속도의 시대, 문학은 더디지만 쉬어 가면 보이는 길이 있음을 제언합니다. 자본주의 경쟁력이 미비한 탓에, 문학은 역설적으로 자유롭고 순수할 수 있습니다. 그런 힘으로, 삶의 곳곳을 돌보거나 돌아보는 시학을 구현합니다.

2001년 박사를 졸업하고 2003년 첫 연구서를 소명출판에서 출간했습니다. 박성모 사장님은 젊은 연구자의 열정을 읽어주시고 꿈을 펼치도록 도와주셨습니다. 가야 할 길이 먼 연구자가 열정을 유지하고 지속적으로 공부할 수 있는 동력이 되었습니다. 세 번째 평론집을 발간하며 감사의 마음을 전합니다. 편집과정에서 수고해 주신 이주은 선생님께도 고마운 마음을 전합니다.

2022년 11월 15일 깊어가는 가을

차례

제1부

밀레니얼 신新풍경

제1장
뉴미디어시대, 문학의 소명

1. 인터넷 연재소설의 확산과 독자의 변화

인터넷이 활성화되면서 누구나 손쉽게 자신의 콘텐츠를 대중에게 알릴 수 있는 시대가 도래했다. 2022년의 시점에서 10여 년 전을 돌아볼 때, 문학장은 뉴미디어의 확산으로 새로운 변화를 맞이했다. 2007년 아이폰이 출시된 후, 2009년 한국에도 출시되었다. 2013년에는 스마트폰이 핸드폰 시장에서 1위를 점했다. 내 손안에서 가능한 인터넷 세상은 종이책 시장의 위협이 되었으며, 문학은 새로운 형태의 지면 확장을 모색하기 시작했다.

2012년 전후 발간된 장편소설의 경우 다수가 온라인 연재 형식을 거친 후 발간되었다. 당시 온라인 연재를 거쳐 발간된 대표적인 장편소설은 황석영의 『강남몽』창비, 2010, 백영옥의 『실연한 사람들을 위한 일곱 시 조찬 모임』자음과모음, 2012, 천명관의 『나의 삼촌 브루스 리』위즈덤하우스, 2012 등이 있다. 천명관의 소설은 국내 최초 아이폰 어플리케이션 연재로 독자들의 관심과 호응이 높았다. 얼핏 작가들에게 지면이 확대된 듯도 하지만, 작가가 특정 포털과 출판사의 상품적 요소로 부각되었다.

E-book의 출간 동향은 외국소설가들에게도 두드러진 현상이다. 2010년 무라카미 류村上龍는 신작소설을 종이책보다 미 애플사의 정보단말기 '아이패드iPad'용 전자책으로 먼저 판매키로 했다. 소설 내용만 유통시키는 것이 아니라 줄거리의 이미지를 고양시킬 수 있는 영상이나 음악도 곁들인다. 그는 이 작품을 컴퓨터 소프트웨어 개발회사와 함께 개발한 전자서적 프로그램을 통해 선보였다. 그는 "작가로서 출판의 미래상을 보여주고 싶다"며 "서적 소프트웨어 개발이 더 간단해지면 작가가 그 자리에서 작품을 인터넷에 판매할 수 있게 되고 그러면 신작에 대한 출판사의 통제가 미치기 어려워질 것"으로 보았다.[1] 조앤 K. 롤링은 『해리 포터』 시리즈를 2012년 전자책으로 출간했다. 전권은 '포터모어www.pottermore.com'라는 웹사이트에서만 독점 판매되는데, 아마존이나 애플 아이북스에 의존하지 않고 자체 유통망을 구축한 것이다. 그녀는 사이트에서 전자책뿐 아니라 디지털 영상, 롤플레잉 게임, 소셜네트워크서비스SNS까지 결합한 새로운 서비스를 내놓으려는 것이다.[2]

새로운 미디어의 출현과 발달은 문학 장에서 능동적인 글쓰기와 독자를 양산하는데, 이것은 문학의 소통양식에 획기적 변화를 초래했다. 그 결과 작가들로 하여금 창작의 기반과 방법에 의혹을 불러일으키며, 새로운 대체와 대응을 독려했다. 문학 창작과 공급의 새로운 변화에도

---

1   김범수, 「무라카미 류, 아이패드 전자책으로 신작 소설 출간」, 『한국일보』, 2010.7.14.
2   심서현, 「[뉴스 클립] Special Knowledge 〈377〉 전자책」, 『중앙일보』, 2011.11.1.

불구하고 변화하지 않는 문학의 본령은 무엇일까. 새로운 미디어의 출현은 소설의 정체성에 어떤 영향을 미칠 수 있는가. 우선, '인터넷 연재소설'을 통해 새로운 미디어의 출현이 '문학 독자'와 '문학'에 어떤 영향을 미쳤는지 살펴보자.

2. 출판자본주의의 활로 모색과 소설의 장편화

인터넷 연재소설은 공간의 이동, 연재 주체의 변화에 따라 대략 3기로 나눌 수 있다. 1기는 1990년대 이우혁과 이영도로 대표되는 PC통신 세대, 2기는 2000년대 귀여니 열풍이 보여준 인터넷 아마추어소설, 3기는 2007년부터 시작된 기성작가의 인터넷 연재소설이다.[3] 2010년 웹소설의 등장부터 4기로 볼 수 있다. 2007년 박범신의 본격소설 『촐라체』가 인터넷에 연재된 이래 황석영·신경숙·공지영·김훈·박민규·구효서·정도성·정이현·김경욱·김도언·이기호·오현종 등 작가들이 대거 인터넷에 소설을 연재하고 출간했다.

2009년 전후에는 인터넷소설이 문학의 활력이 될 것인가에 대한 관심이 부상했다.[4] 유명 작가들과 규모있는 출판사만이 가능하다고 부정

---

3   한미화, 「인터넷 연재소설 무엇이 다른가」, 『작가세계』 제81호, 2009 여름호, 332쪽 참조.
4   이왕구, 「인터넷 소설 연재, 문단에 활력이냐 그들만의 잔치냐」, 『한국일보』, 2009. 8.24; 조영일, 「인터넷 문학은 어디에 존재하는가?」, 『문학수첩』, 2009 가을호; 김명석, 「더 리더, 인터넷에서 소설을 읽다」, 『문학수첩』, 2009 가을호.

적인 면을 제시하는가 하면, 인터넷 소설이 자리매김하기 위해 작품성 있는 프로 작가의 참여가 필요하다는 점, 독자의 입장에서는 무료로 발간 전의 책을 볼 수 있으며 출판사의 입장에서는 홍보의 효과를 누릴 수 있다는 긍정적인 점도 지적했다.[5]

2007년부터 문화콘텐츠로서 장편소설 대망론이 고개를 들면서 장편 공모나 연재가 많아졌기도 했지만,[6] 온라인 연재소설은 소설의 장편화에 크게 기여했다. 그것은 2000년대 초반부터 인터넷 서점이나 인터넷 카페, 웹진, 문예지 등이 장편을 연재하면서 장편소설 붐을 조성했는데, 늘어난 양만큼 독자들이 즐거운 체험을 했는지 회의적이다. 사실 장편은 독자를 확 묶어주는 공통의 이야기 체험인데, 지금은 영화나 드라마가 담당하고 있다.[7] 소설이란 장르가 근대문학이 했던 선도적인 역할을 다시 할 수 있을까.

3기에 해당하는 본격소설의 인터넷 연제 실제를 통해 밀레니얼 시대 문학의 방향성을 점검해 보자. 2010년을 기준으로 인터넷에 연재 중이거나 연재를 끝낸 소설이 장편만으로 20여 편이 넘었다. 황석영, 박범신, 은희경을 비롯한 기성작가부터 신인작가에 이르기까지 온라인을 연재 공간으로 삼아 창작의 발판으로 삼았다. 문학계간지들을 중심으로

---

5   정원식, 「[인터넷과 한국문학]신문 연재 시대 가고 인터넷 연재시대 오다」, 『주간경향』, 2010.7.20.
6   한윤정, 「요즘 한국소설이 달라졌어요! —20~30대 젊은 작가들 "제멋대로 쓰기……기성작가와 다른 작품세계 일궈"」, 『주간경향』, 2009.12.17.
7   송영창, 「[문화2011] 〈1〉 문학, 평론가 김영찬 강동호 좌담 : 고립된 채 길 잃은 문학…… 지속가능성 있나 고민해야」, 『한국일보』, 2011.12.11.

발표되던 단편소설도 전재나 연재 형식으로 온라인에서 제공되었다. 웹진 '문장'은 매달 신작 단편을 세 편씩 전재한다. 작가들이 직접 해당 작품을 낭독하는 음성 서비스도 함께 제공했다. 2010년 당시 현황은 아래와 같다.[8]

연재 공간	작가와 작품
인터넷 서점 인터파크 book.interpark.com	- 황석영, 『강남夢』 - 김종광, 『군대 이야기』 - 김윤영, 『아이야 손을 잡아라』
개인블로그 blog. naver.com/wacho	- 박범신, 『살인 당나귀』
문학동네 네이버카페 cafe.naver.com/mhoh	- 은희경, 『소년을 위로해 줘』(2010년 출간) - 정한아, 『리틀 시카고』(2012년 출간)
웹진 나비 nabeeya.yes24.com	- 윤성희, 『구경꾼들』 - 강영숙, 『라이팅 클럽』 - 최인석, 『그대를 잃은 날부터』 - 김다은, 『모반의 연애편지』
문학웹진 뿔 blog.aladdin.co.kr/ppul	- 이제하, 『마초를 죽이려고』 - 이신조, 『29세 라운지』
인터넷 교보문고 booklog.kyobobook.co.kr/wifeofneo	- 김진규, 『저승차사 화율의 마지막 선택』

한국문화예술위원회가 운영하는 웹진 '문장'을 비롯해 뿔, 이룸 등 출판사가 운영하는 웹진, 문학동네 등의 인터넷 카페에 수십 명의 작가들이 작품을 연재했다. 본격 문학의 마지막 성채로 여겨지던 계간 『창작과비평』, 『문학과사회』도 2010년 초 각각 웹진과 블로그 운영을 시작했다.[9] 문학동네는 인터넷 연재를 가장 적극적으로 활용했다. 황석영·김

---

8   박선희, 「"황석영, 은희경 소설 업데이트 됐나……"-인터넷 연재 전성시대」, 『동아일보』, 2010.1.27.

9   유상호, 「[2000~2010 한국문화] 대세로 자리잡은 인터넷 소설 연재」, 『한국일보』,

훈·공선옥·정이현·정도상·전경린·백영옥·파울로 코엘료 등 대부분 연재소설이 『문학동네』를 통해서 진행됐다.[10]

박범신의 경우, 2007년 8월 네이버 블로그http://blog.naver.com/wacho/에 연재를 시작하여 2008년에는 첫 포털 연재소설 『촐라체』를 완결했다. 5 개월가량 연재기간 동안 누적 방문자수 100만 명을 돌파해 회당 1만 명 에 달하는 독자를 끌어들이는 등 큰 호응을 얻었다. 2010년 1월 8일부 터 3월 4일까지 『살인 당나귀』를, 2010년 11월 1일부터 2011년 4월 22 일까지 『내 손은 말굽으로 변하고』인터넷 『중앙일보』에도 연재, www.joongang.co.kr를 개인 블로그에 연재했다. 공지영의 『도가니』는 2008년 11월부터 다음 Daum에 연재된 직후 창비2009.6로 출간되었다. 인터넷 연재 이후 공지영 의 소설은 출판사에서 초판을 무려 10만 부를 찍으며 흥행을 낙관했다.

황석영도 2008년 2월부터 5개월간 인터넷 포털 사이트 네이버의 블로그에서 『개밥바라기 별』을 연재했으며, 연이어 출간문학동네, 2008.8되 자 베스트셀러가 되었다.[11] 황석영은 『개밥바라기 별』에 이어 강남의 여 러 인물에 관한 소설, 『강남몽夢』인터넷서점 인터파크. 2009.9~2010.4을 온라인에서 연재한 후 발간창비, 2010.6했다.[12] 황석영은 한국의 SNS 파급력에 대해 긍 정적으로 바라보며, 인터넷 연재소설도 그와 동일한 관점에서 시지한다.[13]

2010.12.24.

10 이영경, 「문화 들여다보기 – 유명 작가들의 '인터넷 소설 연재'」, 『경향신문』, 2009. 6.19.

11 고미혜, 「〈인터뷰〉 자전적 성장소설 출간한 황석영 씨」, 『연합뉴스』, 2008.7.30. 이하 황석영의 대담내용은 이 기사를 참조한 것임.

12 라동철, 「인터넷 연재소설 묶어 '강남몽(江南夢)' 펴낸 황석영」, 『국민일보』, 2010.6.30.

한국은 작은 나라다. 그리고 갑자기 산업화를 거쳐 디지털 시대를 맞았다. 인터넷의 속도와 기능 면에서는 세계 최고일 것이다. 몇 번의 정치적인 변동을 겪으면서 대중이 디지털 기술이 얼마나 유용한지 발견한 면도 있다. SNS는 기존 매체와 연동하며 파급력을 얻고 있다. 우리는 이 현상을 '디지로그'(디지털＋아날로그)라고 말한다. 예컨대 내가 인터넷에 소설을 연재하고 그것을 엮어서 책으로 낸다. 독자도 블로그 연재 소설을 읽고 나서 책을 사보기도 한다. 이런 문화가 전자책 시장에도 영향을 끼치고 있는데, 나는 앞으로 5년 후에는 국내 출판 시장에서 전자책이 50%, 기존 오프라인 책이 50%를 형성할 것 같다. 지금은 그 과도기에 있다.

2012년 4월 2일부터 황석영은『여울물소리』를 오프라인『한국일보』와 출판사 자음과모음의 인터넷 웹진cafe.naver.com/cafejamo에 동시 연재했다.[14] 은희경도『소년을 위로해 줘』문학동네 네이버카페를 연재했다. 이밖에 많은 작가들이 인터넷 연재를 시작했는데, 이에 대한 작가들의 반응은 매우 고무적이었다.

　①박범신:아직도 원고지에 글을 쓰는 내가 인터넷 포털에 처음으로 소
　　　설을 연재한 것은 일종의 '아이러니' (…중략…) 가볍고, 피상

13　이윤주,「퀴세 "월가 시위는 아랍민주화와 동일선상의 사건" 황석영 "SNS 주축 '디지
　　로그' 한국정치·문화 바꿔"」,『한국일보』, 2011.11.9.
14　이훈성·배우한,「"19세기 배경 '이야기꾼' 주인공의 구라…… 엉뚱·황당한 얘기 많을
　　것"」,『한국일보』, 2012.4.2. 자음과모음 측은 "『여울물 소리』의 해외 판권이 프랑스와
　　중국에 이미 수출됐다"고 밝혔다.

적인 글에 익숙한 네티즌들에게 다채로운 문화를 보여주고 싶

어 정통 기법으로 풀어가는 소설을 쓴 것 (…중략…) 인터넷

연재는 독자의 반응이 즉각적이라는 점에서 싱싱한 자극이

(…중략…) 작가 생활 30여 년 동안 좀처럼 가질 수 없었던 행

복한 경험 (…중략…) 신문이나 인터넷이나 모두 발표의 장場

이라는 점에서는 본질적으로 같다 — 하지만 쓰고 있는 도중

에 독자들에게 작가의 고민을 털어놓고, 독자들은 그에 대해

덧글을 달면서 서로 소통한 것은 '싱싱한 자극'이 됐다.[15]

② 황석영 : 처음에 인터넷 연재를 제안 받았을 때는 매우 망설였습니다.

그러나 연재를 시작한 후 네티즌들의 열띤 반응에 참 놀랐습

니다. 또 네티즌들이 들어와 서로 담론을 나누고 소통하는 과

정에서 블로그에 '별광장'이라는 별칭도 생기고 서로 역할 분

담이라든지 교통정리가 자연스럽게 형성되는 것이 인상적이

었습니다.[16]

③ 은희경 : 연재 전 "무슨 이야기라고 말해야 할까요. 아직 다는 모르겠어

요"라며[17] 조심스러워 했으나 연재를 마치고 단행본의 말미에

서는 "이 소설을 문학동네 카페에 연재하는 동안 댓글로 격려

해준 분들, 원고를 수정하는 동안 트위터에서 응원해준 분들,

15 현경윤, 「첫 포털 연재소설 완결한 박범신」, 『연합뉴스』, 2008.3.14.

16 고미혜, 앞의 글 참조.

17 은희경, 「연재를 앞두고에서 : 소년을 위로해줘—매일 아침 열시, 우리를 위로해줄 '소
년'을 만나세요!」, http://blog.naver.com/0olin0/70077628577(2010.1.8)

그분들이 밝혀준 불빛에 의지하여 새운 밤이 많았다"고[18] 소회했다.

그러나 대형 작가 위주로 연재를 시작했던 포털 사이트들은 2009년 접어들면서 장르 소설로 방향을 바꾼다. 공지영과 이기호의 연재를 끝낸 다음Daum은 판타지 작가 김이환과 이수영 소설을 연재했다. 네이버 Naver도 SF·판타지·스릴러·추리·호러 등의 장르 문학 중심으로 '오늘의 문학'이란 코너를 운영했다. 포털 사이트의 소설 연재 추이에서 드러나듯,[19] 포털 사이트의 소설 연재가 문학 독자의 저변 확대에 기여하기도 하나, 그 기저에는 업체의 영리가 전제되어 있다. 온라인 장편소설 연재는 포털사이트의 마케팅 전략이다.

2009년 문학동네 염현숙 편집국장은 "인터넷 연재를 하는 동안 홍보가 계속되고, 댓글을 주고받는 등 직접 소통하면서 독자들이 작가를 더 가까이 느끼는 것 같다"며 "특히 젊은 독자들까지 독자층이 확대되

---

18 은희경, 「작가의 말」, 『소년을 위로해줘』, 문학동네, 2012, 486쪽. 은희경은 '소년을 위로해줘'를 인터넷에 연재하는 과정에서 독자들에게 쓴 편지를 모아 첫 산문집 『생각의 일요일들』을 출간했다. 7개월간 소설을 인터넷에 연재하며 매일 '답글'이라는 이름으로 편지를 써 내려갔고 그렇게 쓴 120편의 글과 트위터에 기록한 글을 모아 만든 것이다.(김지아, 「소설이 메인요리라면 산문은 디저트 같아요」, 『서울경제』, 2011.7.21.)
19 실제 문학작품 중 전자책 이용률이 가장 높은 분야는 추리를 비롯한 판타지, SF, 공포 등 장르문학이다. 2011년 8월 30일 당시 아마존 이북 베스트셀러 탑 10권은 모두 소설이며 그 중 미스터리 및 스릴러 장르가 5권, SF장르가 1권 등 장르소설이 우세하다. 독자들은 인쇄책을 소비할 때와 달리, 전자책 콘텐츠를 볼 때는 대강 훑어보거나 가볍고 비연속적으로 읽는 독서 형태를 보인다. 한혜원·박경은, 「전자책 콘텐츠의 체험성과 독서경험」, 『한국콘텐츠학회논문지』 11권 12호, 2011, 175~176쪽.

면서 책이 출간됐을 때 초기 반응이 확실히 빠르다"고 말했다.[20] 요컨대 출판사는 '문학 독자'보다 홍보와 판매 전략을 우선시 했다. 포털 사이트 다음Daum의 관계자는 "인터넷 사용자들이 장르 소설을 원하는 경향이 있어서 장르 문학 쪽으로 콘텐츠 폭을 넓히고자"[21] 했다. 포털 사이트는 '문학 독자'보다 인터넷 사용자인 '네티즌'의 기호를 고려하고 반영했다.

출판사의 판매 전략과 포털 사이트의 영업 전략이 의기투합함으로써, 한 편의 소설이 잘 팔리는 상품이자 콘텐츠로 자리매김할 수 있었다. 그 결과 소설의 장편화가 한 시절 유행처럼 가능해졌다. 작가들은 이러한 자본주의 사회의 유통구조에 대해 자의식과 의문을 품을 필요가 있다. '소통'과 동시에 '소비' 방식이 병행되어야 그들 작품의 생명력이 길어졌다. 정작 그들의 글쓰기 의도는 자본주의의 통제 아래 있지 않았을 터인데, 외부 세계로부터 간섭받기보다 오히려 외부 세계를 간섭하고 넘어서려는 데서 글쓰기를 시작하지 않았던가.

한 작가에게 있어서 온라인 연재를 거친 작품이 그렇지 않은 작품과 비교하여, 다루는 주제는 물론 사유의 깊이를 얼마나 개진하고 있는가에 대해서는 따로 연구가 필요하다. 대부분 작가들은 온라인 연재 후 단행본으로 출간할 때 수정과 보완작업을 거친다 하지만, 온라인 일일연재의 특성상 한계도 있다. 그럼에도 본격소설이 온라인에 연재되는 데에는, 작가 입장에서 실시간 독자들의 반응을 읽으며 독자와 교감할 수

---

20   이영경, 「문화 들여다보기-유명 작가들의 '인터넷 소설 연재'」, 『경향신문』, 2009.6.19.
21   위의 글.

있다는 데 큰 의미가 있었다. 그렇다면 당시 작가들이 독자들을 상대로 어떻게, 무엇을 교감했는지 들여다 보자.

3. 위로와 위무의 문학

다양한 신인 작가들이 온라인 연재소설을 썼지만, 그 중 두드러지게 성공한 작가로 백영옥을 들 수 있다. 백영옥은 2008년『다이어트의 여왕』2008.12.1~2009.6.19을 연재했으며, 2012년 3월에는『실연당한 사람들을 위한 일곱시 조찬 모임』을 연재했다. 연재 공간은 다르지만, 두 작품은 온라인 연재 직후 곧바로 문학동네2009.6와 자음과모음2012.7에서 출간되어 판매도 상당한 편이다. 백영옥의 두 작품이 온라인 연재 과정에서 대중의 호응을 얻은 이유는 무엇인가.

『다이어트의 여왕』2008.12.1~2009.6.19은 백영옥의 첫 연재소설이다.[22] 일러스트레이터의 삽화와 더불어, 이 작품은 독자들의 관심을 끌었는데 그도 그럴 것이 작가는 독자들의 댓글 하나하나에 답글을 다는 등 독자에 대해 실시간 작가의 애정을 쏟아부었다. 블로그의 '작가레터2' 란의 다음과 같은 글은 연재 중인 작가의 내면을 잘 보여주고 있다.

① 올 여름, 열병을 앓는 사람처럼 전 꽤나 아팠습니다. 하지만 이곳에서

---

22   http://blog.yes24.com/document/1209194

늘 소설을 읽는 분들, 꼼꼼한 독서로 생각지 못한 아름다운 댓글을 다는 많은 분들 덕분에 벌어진 제 안의 상처에 연고를 듬뿍 바르는 것처럼 그때의 열병을 치유하고 있는 기분이 듭니다. 깊은 밤, 소설을 쓰다가 문득 외롭다고 느낄 때면, 이곳에 와서 여러분의 흔적을 쓰다듬듯 읽어보기도 하지요.[23]

② 예스24에서의 소설 연재는 제 인생 최초의 연재였습니다. 세상의 모든 '처음'은 강한 힘을 가지고 있다고 생각해요. 무엇보다 '초심'이란 인간이 가진 에너지 중 가장 강력한 에너지일 거란 게 제 믿음이었어요. 초심을 잃지 않고, 여기까지 올라올 수 있었던 건 모두 독자분들의 따뜻한 응원 덕분이었습니다. 이 또한 기적 같은 일이에요. (…중략…) 매일매일 댓글을 다는 게 과연 가능한걸까? (…중략…) 하지만 댓글을 다는 동안 알게 됐어요. 매번 주인공들과 싸우느라 피투성이가 된 절 위로하는 건, 이곳에 오는 많은 분들이라는 걸, 이 소설의 주인공 정연두는 그러므로 이 소박한 공동체 마을에 사는 행복한 여자애라는 이 기적 같은 사실을 말이죠. 이 또한 제 인생의 놀라운 기적입니다.[24]

이에 대한 독자들의 반응은 어떠한가. 2009년 6월 10일 작가가 위의 글을 올린 당일, 독자들은 작가레터에서 다음과 같은 댓글을 통해 작

---

23 http://blog.yes24.com/document/1209194, 「연재 한 달을 맞으며」, 2008.12.31.

24 http://blog.yes24.com/document/1209194, 「이토록 놀라운 네 번의 기적을 맞으며」, 2009.6.10.

가를 격려하고 위무해 준다.

① 봉숙이(2009.06.10 10:06)

매일 오전을 설레며 맞이할 수 있던 건 작가님의 글 덕분이었어요. 찌뿌드드한 몸으로 모니터 앞에 앉았다가도 「다이어트의 여왕」 읽을 생각을 하면 급 설레는 마음으로 변했답니다. 그리고 소설만큼 기뻤던 건 댓글을 직접 달아주신 거였어요. 뭐랄까…… 제가 살면서 언제 작가님과 이야기를 주고 받을 수 있겠어요~ 용기 내어 달았던 댓글에 답글을 남겨주신 그 날의 그 흥분과 기쁨을 잊지 못한답니다. 마치 작가님과 대화를 서로 주고받는 기분이었거든요. 이제 「다이어트의 여왕」도 막바지네요. 출근하고 가장 중요한 일과였는데 벌써부터 섭섭하기도 하고, 그동안 고생하신 작가님 걱정도 되고, 또 한편으론 단행본을 볼 수 있어서 기쁘기도 하고~ 만감이 교차하네요! 저야말로 정말 정말 감사합니다~.

② shiri(2009.06.10 10:19)

벌써 140번이라니…… 28주와 연재가 없던 주말 및 휴일 포함 60여 일을 포함하면…… 200일 가까이 작가님과 다왕 팬들이 소통한 시간이…… 우와~~200일!!

③ 연두이야기를 보게 해주셔서 너무 감사드려요.. 정말 댓글에 답글을 달아주실 줄이야……ㅜㅜ 연재 중 받은 가장 큰 선물이 아마도 작가님 답글일꺼에요…… (식상한 표현 같지만..^^::) 또 감사드려요. 언제나 화이팅[25]

작가는 외로웠고, 일상의 독자들도 외로웠다. 작가의 고독이 독자에게 와닿았고, 독자의 메마른 일상이 작가의 관심 어린 댓글을 통해 힘을 얻고 있음을 알 수 있다. 무엇보다도 현대인들의 다이어트에 대한 강박이라는 '소재의 선택'은 네티즌 공감의 제1요인이 되었다. 이러한 주제는 기존의 문학 독자만이 아니라 인터넷을 웹서핑하는 다수의 네티즌과 유저들의 관심을 끌기에 적합한 테마가 아닐 수 없다. 작중에서도 언급되었듯이, "다이어트 소재 프로그램은 예능이든, 교양이든, 절대 실패하지 않는다는 '다이어트 불패' 신화"임을[26] 작가는 누구보다 잘 알고 있었다. 문제는 주제에 대한 작가의 탐색과 깊이이다. 이 작품은 다이어트를 비롯하여 요리·정신병리학·방송매체의 허와 실에 대한 천착이 있긴 하지만, 종국에 이르러 주인공의 외모 컴플렉스는 개인의 소통 문제, 작가의 표현에 의하면 '삶의 허기'에서 초래된 것으로 주제가 정리된다. 작가는 다양한 인물을 통해 다이어트 강박과 관련된 사회문제를 언급해 보이지만, 젊은 여성의 로맨스에 경도된 나머지 사회병리학적 탐색으로 나아가기는 쉽지 않았다.

이러한 사실은 백영옥의 후속 온라인 연재소설을 통해서도 확인할 수 있다. 백영옥은 2012년 3월 19일부터 6월 25일까지 인터넷 '자음과 모음 카페'http://cafe.naver.com/cafejamo'에 『실연당한 사람들을 위한 일곱시 조찬 모임』이하『실·사·모』을 연재했다. 연재 후 5월 중순부터 한 달간 EBS '라디오 연재소설'에서 작가 자신의 낭독으로 15시간에 걸쳐 전파를 탔

---

25   http://blog.yes24.com/document/1209194 (2009.6.10)

26   http://blog.yes24.com/document/1265892 (2009.2.18)

다. 낭독 음원은 독자들이 다시 들을 수 있도록 축약돼 QR코드로 책의 각 장 앞에 실려 있다. 이 작품은 국내에서 처음 시도되는 '글로벌 디지털 프로젝트'로 기획되었다.

중국 출간계획을 고려해 작품을 썼습니다. 요즘 젊은 세대는 유목민의 감수성을 갖고 세계의 이곳저곳을 떠돌고 있습니다. 이들에게는 붕 떠있는 자유로운 느낌, 뿌리 없는 무국적자의 불안한 감수성이 공존하죠. 공항을 고향처럼 생각하는 호텔생활자이기도 하고요. 시간과 공간의 문제를 이야기하고 싶어서 주인공을 스튜어디스로 정했습니다.[27]

『실·사·모』의 주인공은 스튜어디스이다. 그녀는 실연했으며, 여러 곳을 떠도는 자유로운 삶을 살아간다. 정착하지 못하고 떠도는 스튜어디스의 라이프 스타일, 젊은 미모의 여성이 실연의 상처를 감내해 나가는 과정은 다른 사람의 삶을 들여다보기 좋아하는 대중의 호기심에 잘 부합한다. 『다이어트의 여왕』이 젊은 여성의 외모 콤플렉스와 실연 극복 과정을 통해 대중에게 동일시 대상으로서 대리 만족과 공감을 가져다주었다면, 『실·사·모』에서 연애와 실연을 거듭하는 미모의 스튜어디

---

27 한윤정, 「'칙릿'작가 백영옥의 신작 '실사모' 중국 인터넷에 연재 후 10월께 출간」, 『경향신문』, 2012.7.8. 실연당한 젊은이들이 상처를 딛고 일어서는 과정을 그린 이 소설은 중국 인터넷서점 '당당왕'과 포털 사이트 '시나닷컴'에 절반가량 연재된 다음, 그해 10월쯤 중국 현지에서 출간하기로 했다. 3만 부에 해당하는 선인세를 받았으며 중국 내 SNS인 웨이보를 통해 집중 홍보할 계획도 세웠다. 인터넷 부분 연재 후 출간은 무라카미 하루키가 소설 『1Q84』를 중국 시장에 출간한 마케팅 방식이기도 하다.

스의 일상은 대중 독자들에게 흥미있는 볼거리와 공감의 대상이 되기에 충분했다. 등단작을 비롯한 백영옥의 소설들이 현대 도시 여성의 모던한 라이프 스타일의 추적에 있었다는 점은 간과할 수 없지만, 그녀의 온라인 소설 성공비결은 대중의 욕망과 관심을 대리 충족시켜 주는 대중적인 주제 선택에 있음을 부정할 수 없다.

온라인 공간은 대중의 기호 탐색과 유통에 용이한 까닭에, 백영옥의 소설은 포털 사이트를 비롯한 출판사에서 충분한 시장성으로 받아들여졌다. 아울러 그녀의 짧으면서도 감성적인 문체는 독자들의 관심을 끌었다. 가독력 있는 짧은 문장과 이성보다 감각적으로 호소되는 문체는 온라인 유저들에게 익숙한 형식이다. 소설 연재 후 블로그에서는 이벤트를 열어 "명장면 명대사"를 독자들이 직접 발췌하여 올리는 란이 개설되기도 했다. 독자들은 소설을 읽으면서 자신에게 가장 인상적인 구절을 발췌해 올리며 그 의미를 자기 식으로 분석하고 문장을 공유했다.

작성자: 부엉이(uirim89)

http://blog.yes24.com/document/1209948 (2008.12.31)

인생이 정말 초콜릿 상자에 담긴 초콜릿 같은 걸까?

물음표 모양으로 말린 P의 콧수염을 보며 생각했었다. 하지만 인생의 달콤 쌉싸래함을 음식에 비유한다면 차라리 이렇게 말하겠다.

인생은 커다란 약상자에 든 당의정이다.

쓴맛을 감추기 위해 핑크빛 당의정을 덧씌우지만, 결국 사람을 압도하는 건 기막히게 쓴 원래 약 맛이다.

```
============================================================
```

(…중략…) 겉은 핑크빛처럼 밝고 화려하지만 속에는 쓴맛을 감추고 있는 당의정…… 정말 비유 최고다! 〉- 〈[28]

문장도 짧거니와 소설에서 다루는 사안 역시 일상적인 남녀의 사랑과 실연의 상처를 담고 있어, 누구나 공감하며 쉽게 읽을 수 있다. 그래서인지, 그녀의 단문 에세이는 읽을 만한 콘텐츠로 각광받았다. 스마트폰 보급으로 트위터2006~나 미투데이2007~2014 사용이 일상화되면서 통신사들은 이용자들에게 읽을 만한 콘텐츠를 공급했다. 2010년에는 SK텔레콤이 미투데이http://me2day.net/baekyoungok/me와 함께 소설가 백영옥의 단문 에세이를 연재하기로 했다. 150자짜리 짧은 에세이를 하루에 5~6개씩 올려 한 편의 글이 되도록 한다. 백영옥은 "인터넷 소설 연재가 일반화된 상황에서 SNS에 글을 쓰는 것도 콘텐츠 확보와 지면 확대 차원에서 의미있"으며, "새로운 환경에서 새로운 독자들과 만나는 일에 흥미"를 보였다.[29]

작가가 통신사와 함께 본격적으로 단문 기반 SNS에 연재를 시작하는 것은 백영옥이 처음이었다. 에세이 주제는 '스마트 라이프'다. 백영옥은 "스마트폰을 쓰고 SNS로 여러 사람들과 실시간으로 소통하면서 시대의 감수성이나 시간성, 공간성에 대한 감각이 달라지는 걸 느낀다"며 "디지털 생활에서 겪게 되는 에피소드들과 일상 생활에서 느끼는 단

---

28   http://blog.yes24.com/document/1209194[이벤트]명장면, 명대사의 48번 글.

29   이영경, 「인터넷 이어 트위터도 문학작품 발표의 장으로 각광」, 『경향신문』, 2010.10.24.

상 등 함께 소통할 수 있는 이야기들을 쓸 예정"이라고 말했다. 아울러 "SNS를 통해서는 기존 인터넷의 댓글 이외에도 리트윗 등 다양한 반응들이 가능할 것"이며, "독자들의 피드백 속에서 영감을 얻거나 SNS를 통해 리서치 하는 등 새로운 형식과 내용 구상이 가능할 것 같다"고 말했다.[30]

독자와 만나는 긴장과 기쁨의 이면에는 어려움도 있었다. 박민규는 예스24의 블로그에 『죽은 왕녀를 위한 파반느』2008.12.1~2009.5.29를 연재한 후 다음과 같이 토로했다. "일정 분량의 원고를 모아 두었다가 분재한 것이 아니라 매일 쓴 글을 아침 전송하고 게재하는…… 그야말로 일일연재였습니다. 즐거웠습니다. 정말이지 매일 밤 무대에 올라 공연을 하는 기분이었습니다. 그리고 오늘…… 공연은 막을 내렸습니다. 기계가 아닌 인간이라 또 애드립 형태의 초고라 여러모로 부족한 점이 많았습니다."http://blog.yes24.com/kirinshoof, 2009.5.29 박민규의 고백처럼 그것은 매일 밤 무대에 올라 공연하는 심정이었으며 애드립 형태의 초고라 부족한 점이 많았을 터이다. 단행본으로 간행예담, 2009.9될 때 박민규는 내용을 수정한다. 그는 2012년 10월, 창비 문학 블로그에 연재를 시작한 「피터, 폴&메리」와 『문학동네』에 연재하다 중단한 「매스게임 제너레이션」을 나란히 진행하고 있다.[31]

인터넷 연재는 작품의 깊이와 완결성을 담보하기에 최적의 조건은 아니다. 인터넷에 소설을 연재한다는 것은 신문 연재보다 작가들에게

---

30 위의 글.
31 최재봉, 「책상 두 개를 오고가며 소설 두 편!」, 『한겨레』, 2012.10.5.

더 극적인 사건이었다. 실시간 독자들의 반응이 댓글의 형태로 기록되는가 하면, 조회 수라는 수치가 작품의 성공과 실패를 가를 수 있는 잣대로 작용하기 때문이다. 그 결과 웬만큼 자의식과 작가로서의 정체성이 확고하지 않다면, 쉽게 출판자본주의의 상술에 휩쓸리거나 문학 독자가 아닌 유저와 네티즌들의 눈높이에 맞추느라 그들의 문학정신은 깊이를 잃고 일정기간 유통되다가 사장될 수 있다.

젊은 작가들은 인터넷 소설 연재를 통해 대중의 눈높이를 맞추고 그들의 일상의 삶에서 이슈가 되는 공통 문제를 마치 '아고라'처럼 환기시키고 추체험할 수 있는 기회를 만들어 나갔다. 그것은 대중을 상대로 가장 대중적인 방식으로 행해지는 '위로'였다. 연재 후 박민규의 다음과 같은 고백은 눈여겨 보아야 할 대목이다. "기도 — 매일 글을 쓰기 전 꼭 어떤 형태로든 기도를 올렸습니다. 다만 한 사람의 마음이라도 위로해 줄 수 있는 글을 쓰게 해달라 기도를 한 것입니다. 정말이지 단 한 사람의 마음이라도 위로해 줄 수 있기를 지금도 간절히 빌고 있습니다. 결국 글이란 것도…… 무력한 인간의 노력이자 기도란 사실을 글을 쓸수록 느끼고 있습니다."[32]

위로와 위안은 문학이 독자에게 줄 수 있는 좋은 미덕이다. 그러나 위로와 위안 자체가 문학의 본질을 대변하는 것은 아니다. 인터넷 연재 소설은 작가와 독자 모두에게 위로와 공감 그리고 의욕을 북돋을 수 있으나, 세계에 대한 발견과 탐색은 쉽지 않다. 세계에 대한 발견과 탐색

32　http://blog.yes24.com/kirinshoof (2009.6.2)

은 독자와 더불어 할 수 있는 영역이 아니라 작가와 세계 간의 고독한 작업이기 때문이다. '작가정신'이라는 추상적 어휘가 힘을 발할 수 있다면, 그것은 그 정신의 깊이를 추적한 탐색이 그만큼 어려우며 동시에 울림의 효과가 시간과 공간의 한계를 뛰어넘을 수 있기 때문이다. 시간과 공간을 초월하여 정신적 공감을 얻을 수 있는 작품, 그것은 작가가 그 시간과 공간을 이겨낼 수 있는 작품을 썼다는 것을 의미한다. 독자와의 소통과 위안이 중요하지 않은 것이 아니라, 작가는 그에 앞서 세계와의 긴장을 놓쳐서는 안 된다는 것이다. 시간과 공간에도 빛을 바래지 않는 일련의 작품들이야말로 오늘의 독자는 물론 미래의 독자들을 만날 수 있다.

4. 보이지 않지만 '존재하는 독자'를 위하여

일제강점기 모국어로 소설 발표가 어려웠던 시절, 황순원이 혼자 쓰고 간직한 소설이 오늘날 문학사의 기념비가 되고 스테디셀러로 읽히고 있다. 당시 발표되지 않고 써 내려간 그의 글들은 해방 이후 활자화되어 독자들에게 오랜 사랑을 받았다. 「독짓는 늙은이」 1944.가을와 「물 한 모금」 1943.여름과 같은 단편들은 학교 교과서에도 수록되는 등, 시기와 연령대를 초월하여 이 땅의 독자들에게 단편소설의 미학을 선보였다. 개편된 검인정 고등학교 국어교과서에는 「물 한 모금」 『국어』 하, 좋은책신사고, 2010이 실려 있는데, 이 작품은 작가가 당시 세계와의 긴장을 어떻게 지속시켜 나갔는지 잘 보여주고 있다. 창작의 여유는 물론 발표 지면이 허락되지 않았던 시기, 황순원은 다음과 같이 문학의 가치를 구현해 낸다.

「물 한 모금」은 늦은 가을 저녁 무렵, 농촌의 간이역 인근에서 비를 피하는 사람들의 풍경을 한 폭의 그림처럼 보여준다. 사람들은 정거장을 지천에 두고도 비 때문에 목전에 있는 초가집 옆 헛간에서 몸을 피한다. 누추한 헛간은 비 내리는 저녁의 을씨년스러움과 대비되어 일상의 아늑함을 소환해 낸다. 갈 길은 멀고 찬비는 내리는데, 누군가 그들에게 작은 친절을 베푸는 사건이 발생한다. 이 작품에서 작가는 삶의 아득함을 앞두고 살아가는 우리들에게, 그 삶 속에는 온정어린 아늑함도 존재하고 있음을 보여준다. 작중 배경과 사건은 소박하고 간결하다.

헛간에 모여든 사람들은 늦가을 찬비를 바라보며 생활을 걱정한다. 가을걷이를 해야 할 벼와 채소에 미칠 피해에 생각이 머문다. 6시 차를 타고 막내딸의 해산바라지를 하러 가려는 노파는 마음이 무겁다. 도시^{평양}에 가서 까막눈으로 낯선 길을 헤매야 할 터인데, 저문 저녁의 가을비는 마음을 무겁게 내리누른다. 이때 간판 사나워 보이는 헛간 주인이 다가와 그들 주위를 살피고 간다. 그들은 당장 헛간을 나서야 할 것 같은데, 멎은 듯 하던 비가 찬바람과 함께 다시 퍼붓는다. "이제 비가 그치고 찬바람이 나오려는가 보다. 아직 비도 채 멎지 않았는 데다 이 바람에 밖은 무던히 차가울 것만 같다. 그래 누구 하나 선뜻 나서는 사람이 없다. 그러는데 다시 비가 몰려온다. 소나기다."³³ 이때 무겁게 가라앉은 사람들의 마음을 녹이는 작은 사건이 발생한다. 험상스런 얼굴의 집주

---

33 황순원, 「물 한 모금」, 『국어교과서 작품읽기 – 고등소설』 (하), 창비, 2011, 91~92쪽.

인이 나타나, 주전자와 차종을 이편으로 내미는 것이다.

> 찻종에 붓는데 김이 엉긴다. 그 김을 보기만 해도 속이 녹는 것 같다. 먼저 수염 긴 노인이 마시고, 노파가 마시고, 그러고는 옆 사람 순서로 마신다. 한 모금 마시고는 모두, 에 돝다, 이제야 속이 풀린늣, 하고들 흐뭇해한다. 단지 그것이 더운 맹물 한 모금인데도. 그러나 그것은 헛간 안의 사람들이나 밖에 무표정한 대로 서 있는 주인이나 모두 더운 물에서 서리는 김 이상의 뜨거운 무슨 김 속에 녹아드는 광경이었다.[34]

사람들은 늦가을 저녁 찬비로 온기를 나눈다. 그것은 물 한 모금이 아니라 그 이상이었다. 이제 그들은 하나둘 정거장으로 길을 나선다. "노파도 이제는 비가 가늘어졌지만 물 한 모금에 기운을 얻어 사람들 틈을 빠져나와 먼저 떠날 준비를 차릴 수 있었다." 큰 사건 혹은 문제적 인물을 보여주지 않지만, 이 작품은 고단한 우리 삶에 스며들어 있는 일상의 따뜻한 풍경을 단아하게 재현해 놓았다.

황순원이 이 작품을 창작하던 1943년은 일제강점기였고, 한글 창작과 발표가 용이하지 않았던 시기이다. 집필 당시 그는 평양 기림리 모래터에 살았으며, 1943년 가을을 지나 일제 말기에는 고향 평남 대동군 빙장리로 소개해 갔다. 평양과 고향에서 황순원은 '문학'을 염두에 두었을 뿐, '독자'의 존재와 양태에 대해 고민하지 않았다. 이 작품은 1951년

---

34 위의 책, 93쪽.

창작집 『기러기』를 통해 독자들에게 선보이게 되었다. 이 작품을 집필하던 무렵, 황순원의 내면에 대해 원응서는 다음과 같이 밝힌 바 있다.

『기러기』가 출판되기는 51년이지만, 거기 수록된 작품들이 쓰여지기는 40년에서 해방 직전까지의 기간 중이다. 그 어려운 시기에 황형은 언제 햇빛을 볼 수 있을지 모를 작품들을 썼던 것이다. 『기러기』 서문에서 저자가 말했듯이, 이 작품집에 들어 있는 「별」과 「그늘」만은 그런대로 해방 전에 햇빛을 볼 수 있었지만, 나머지 열세 편은 '그냥 되는대로 석유상자 밑이나 다락구석에 틀어박혀 있을 수밖에 없었던' 것이다. 이렇게 다락방이나 석유상자 속에 틀어박혀 있어야 할 만큼 당시에 글을 쓴다는 것은 다시없이 어려움이었건만, 최대한으로 당겨진 시울처럼 팽팽하고도 햇빛에 찬란히 빛나는 고치에서 갓 뽑혀 나오는 명주실처럼 아름다운 글들이 씌어진 것이 바로 이 시기라고 본다. 역설적인 얘기 같지만 황형의 작가로서의 성숙은, 이 시기의 갖가지 어려움 속에서 이루어지지 않았나 싶다.[35]

황순원은 눈에 보이지는 않지만 이 땅에 존재하는 독자들을 염두에 두고 소설을 창작했다. 그는 당장 눈에 보이는 독자들과 소통할 수는 없었지만, 영속적으로 존재하는 독자를 염두에 두고 소설을 쓴 것이다. 그 결과 이 작품은 반세기가 지나서도 이 땅의 청소년들에게 단편의 미학을 구현해 낸 수작으로 향유되고 있다. 물론 일제강점기에는 오늘날과

35　원응서, 「그의 인간과 단편집 『기러기』」, 『황순원문학전집』 III, 삼중당, 1973, 371~372쪽. 강조는 인용자.

같이 다양한 미디어가 출현하지 않았기에 문학의 위상이 독보적이었다는 점도 간과할 수 없다. 그러나 황순원 문학의 정수는 독자를 비롯하여 당시의 시간과 공간을 의식하기보다 인간 탐구에 바탕을 둔 문학정신에 있다.

본격 문학의 정수는 세계와의 긴장을 잃지 않는 작가정신에서 발원하는 것이지, 독자와의 직접적인 소통에 있지 않다. 새로운 미디어의 출현과 확산은 독자와 작가 간의 거리를 좁혀 주고 교감의 진폭을 넓힐 수 있는 계기를 마련한 것이지, 문학정신의 근본을 뒤흔드는 것은 아니다. 마셜 맥루한에 따르면 미디어는 형식으로만 존재하지 않으며 내용을 형성하기도 한다고 지적한 바 있다. "감각 생활의 확장물이자 촉진자로서 모든 미디어는 감각들의 모든 영역에 영향을 미친다."[36] 새로운 미디어가 어떻게 인간의 감수성을 바꾸어 놓는가에 대한 그의 지적에는 공감하지만, 그 사실이 문학의 정체성을 바꾸어 놓지는 못한다고 본다. '미디어'는 매개의 방식틀일 뿐 문학의 본령을 잠식할 수 없다. '문학 독자'와 '유저'는 구분될 수밖에 없으며, 같은 맥락에서 '작품'이 '콘텐츠'와 동일한 위상을 지닐 수 없다. 미디어를 통해 네티즌과 유저들에게 문학의 기회를 제공할 수는 있지만, 네티즌과 유저 모두가 문학 독자의 권위를 누릴 수 있는 것은 아니다. 작품의 위상은 네티즌 혹은 유저의 접속과 조회 그리고 댓글로 규명되기보다 텍스트의 깊이와 긴장으로 존재하기에, 문학사가 곧 정신사로서 공동체민족의 정체성과 연속성을 계승

---

36 마셜 맥루한, 김성기·이한우 역, 『미디어의 이해』, 민음사, 2002, 87쪽.

해 올 수 있었던 것이다.

김명석은 작가가 블로그에 참여하는 한 자신만의 세계에 독립해서 있을 수 없다고 보았다. 동시대 독자들과 작가가 직접적으로 연결된다는 것은 작가 이전에 시민으로서 자신의 태도를 보여주기를 요구받기도 하고, 주어진 사회적 상황과 조건 속에서 창작 행위를 해야 하는 작가에게 일종의 억압이 되기도 한다. 그렇기 때문에 작가는 독자와 일정한 거리를 두어야 하고, 창작 행위는 독자들의 요구로부터 자유로울 필요가 있다는 것이다.[37] 황순원이 아무도 읽어주는 이 없는 일제 말 암흑기 시간과 공간을 초월한 수려한 단편을 창작한 데서 드러나듯, 작가의 세계는 독자의 세계를 수용해야 하겠지만 독자의 세계를 뛰어넘는 곳에 존재해야 한다. 왜냐하면 작가는 '보이는 독자'뿐 아니라 '보이지 않는 전짓불'의 압력을 인식하면서, 동시에 극복해야 하는 존재이기 때문이다.

5. '보이는 독자'와 '보이지 않는 전짓불'

이청준은 「소문의 벽」『문학과지성』, 1971 여름호에서 '보이지 않는 전짓불'을 통해 작가정신을 구현해 보였다. 작중 화자인 나는 종합지의 편집장으로서 소설가 박준의 삶을 추적하는데, 그것은 문학이라는 진술의 탐색

---

37 김명석, 「문학공간으로서의 블로그와 인터넷 시대의 소설 읽기 ─ 박범신의 〈촐라체〉
와 황석영의 〈개밥바라기별〉을 중심으로」, 『어문론집』 40, 2009.3, 263쪽.

으로서 창작의 사회적 가치에 대한 확인이다. 작중에서 편집자인 나는 박준을 통해 "한 개인의 정신의 궤적과 비밀"을 발견해 낸다. 그것은 잡지를 편집하는 나 자신의 깊은 내면과의 조우이기도 했다. 화자인 나의 탐색과 발견의 과정은 다음과 같다.

만취하여 늦은 퇴근길, 나는 스스로 미친 사람을 자칭하는 사내를 만난다. 통행금지 시간이라, 나는 그를 나의 하숙방에서 밤을 지내게 한다. 그의 행동은 무언가 쫓기는 듯 했는데, 불을 끄기만 하면 다시 불을 켜는 것이다. 알고 보니 그는 인근의 정신병원에서 뛰쳐나왔으며, 이름을 들어본 적 있는 젊은 소설가였다. 나는 그에 대해 관심을 가지기 시작한다. 병원에서 그에 대한 의사의 소견을 들은즉, 그는 스스로 강박관념으로 쫓기고 있다는 것이다. 나는 그가 썼으나 발표하지 못한 미게재 소설을 찾아 읽고, 그의 대담 기록을 신문에서 찾아 읽었다. 박준은 두각을 보인 신인 작가였으나, 어느 순간 그의 작품이 지면에 보이지 않았다. 그가 창작하지 않은 것이 아니라 매번 소설을 완성해서 투고했지만, 출판사 측에서 일방적으로 작품을 게재해 주지 않았던 것이다.

소설가로서 진실을 목도하고 자유롭게 자기 진술을 할 수 있어야 함에도 불구하고, '출판사'와 '현실'은 두꺼운 소문의 벽이라는 위협 앞에서 그의 진술을 차단해 버린 것이다. 현실의 검열은 물론 출판사 측에서도 각종 소문을 양산하여 그의 소설을 게재하지 않았고, 박준은 작가로서 진실을 토로할 수 없는 자신의 처지를 비관하면서 강박관념에 휩싸여 정신이상을 자처했던 것이다. 소설 속에서 어둠과 전짓불은 그들이 처해 있는 사회의 무성한 '소문'과 '감시'를 상징한다.

결과적으로 박준의 정신이상은 현실의 외압과 이에 동조하는 출판사 측에서 조장한 것이다. 박준이 쓴 소설 「벌거벗은 사장님」에는 진실을 목도했으나 진실을 말할 수 없는 쫓기는 심리가 다음과 같이 묘사되어 있다. "너무 하고 싶은 말을 참다보니 종당엔 신경과민 증세가 생기고 만다. 누군가가 꼭 자신의 언동 하나하나를 살피고 있는 것 같다. 언제나 감시를 받고 있는 심경이다. 회사 안에서는 벌써부터 자기가 곧 쫓겨나게 되리라는 소문이 나돌기 시작하고 있다." "소문에 묻혀 보이지도 않는 눈들이, 귀들이 사방에서 자신을 감시하고 있는 거 같다."[38] 이 작품은 진실에 촉각을 드리우던 젊은 작가가 느닷없이 정신병자로 몰릴 수밖에 없는 현실의 단면을 보여주고 있다. 이청준이 박준을 통해 제시한 소설가의 정체성은 독자를 지나치게 의식하는 작가들이 되새겨 볼 필요가 있다.

이청준에 의하면 작가는 "세상을 향해 뭔가 끊임없이 자기진술을 계속할 임무를 자임하고 나선 사람들"70쪽이며, "작가가 어떤 소재를 만나 그것을 해석하는 방법은 그 작가가 자기의 시대 양심에 얼마나 투철해 있느냐하는 문제"96쪽이다. 무엇보다도 작가는 '독자'가 아니라 '세상'을 향해 끊임없이 자기 진술을 하는 존재이다. 그러한 자기 진술은 자기 시대 양심의 기반에서 이루어진다. 자칫 '작품'을 독자와의 관계 속에서만 고착해서는 안 된다. 작품은 궁극적으로 독자에게 읽혀져야 할 터이지만, 작품의 근본적인 출발은 작가와 세계와의 갈등과 긴장에서 오는 것

---

38 이청준, 「소문의 벽」, 『소문의 벽』, 열림원, 1998, 105쪽. 이하 작품 인용은 이 책으로 하되 인용문 말미에 페이지 수만 기입함.

임을 잊지 말아야 한다.

이청준은 「소문의 벽」에서 다음과 같은 작가정신을 시사한다. 작가들은 어떤 진실을 목도하고도 그것을 이해관계나 간섭 때문에 말하지 않으려고 해서는, 다시 말해 소문을 두려워하여 시대의 양심을 구현해 내지 않으려 해서는 안 된다. 보이지 않는 감시와 간섭이 작가의 양심과 자기 진술 욕망을 차단해서는 안 된다는 것이다. 작가는 세계 앞에서 진실을 탐색하고 무엇보다도 그것을 자유롭게 진술할 수 있어야 한다.

> 작가는 그 전짓불 뒤에 숨은 사람의 정체가 무엇이든 그들과 상관없이 정직한 자기 진술만 하면 그만이다. 그것이 작가의 양심이라는 것 아닌가. (…중략…) 작가는 누가 뭐래도 진술을 끊임없이 계속하지 않고는 살아갈 수 없는 족속이니까. 괴로운 일이지만 작가는 결국 그 정체가 보이지 않는 전짓불의 공포를 견디면서 죽든 살든 자기의 진술을 계속해 나갈 수밖에 다른 도리가 없는 사람들이다.142~143쪽

요컨대 작가는 "해소될 수 없는 내부의 진술 욕과 그것을 무참히 좌절시켜 버리고 있는 외부의 압력"을 견뎌나가는 존재이다. 그러므로 "작가란 괴로운 일이지만 그 정체가 보이지 않는 전짓불의 공포를 견디면서도 끝끝내 자기의 진술을 계속해 나갈 수밖에 다른 도리가 없는 운명을 짊어진 사람들"이다.143쪽 그 전짓불을 견디고 나온 글은 전짓불보다 더 밝은 빛을 어두운 세상에 비출 수 있다. 이청준 소설에서 소설가 박준은 그 전짓불을 이겨내면서 소설을 쓰고 있었지만 출판사는 소설을

게재하지 않았다. 그 결과 그는 스스로 광인을 자처하며 정신병원에 제 발로 걸어 들어간 것이다. 병원에서는 박준의 소설적 진실과 행적을 읽거나 들어보려 하지 않은 채 그가 가장 두려워하는 전짓불을 들이대며 병력과 관련된 그의 진술을 강요했다. 그 결과 박준은 다시금 정신병원을 박차고 나간다.

박준의 일련의 행적은 결국 문학의 자기 진술이 지닌 사회적 가치와 의의, 지난함을 환기시킨다. 박준과 시점은 다르지만, 잡지의 편집장인 나 역시 울분에 겨워 매일 밤 술을 마시고 매일 아침 사표봉투를 가지고 출근하면서, 언론인으로서 진술이 자유롭지 않은 사회에 맞서고 있었다. 작가는 자기 진술의 지난한 고통을, 광인으로 몰린 소설가 박준을 통해 구체적으로 추적해 보여준다. 이 작품은 미디어의 발달로 눈에 보이는 독자에게 경도될 수 있는 작가들에게 시사하는 바가 많다.

작가는 '보이는 독자'보다 '보이지 않는 전짓불'을 의식하면서 그것을 극복해야 하기 때문이다. 눈에 보이는 독자에 연연하다 보면, 그를 둘러싼 전짓불의 위협을 간과하고 시대의 문제성을 놓칠 우려가 있다. 독자의 눈높이를 맞추다가 세계에 대한 긴장을 놓치고 만다면, 이 땅에서 작가들이 설 여지와 이 땅에서 문학의 존립 근거는 더 희박해질 수밖에 없다. 왜냐하면 가일층 새로워지는 미디어 테크놀로지 앞에 대중은 오늘은 온라인 연재소설에서 위안을 얻지만, 더 큰 위안거리가 생긴다면 서슴없이 새로운 윈도 창을 향해 눈길을 돌려 버릴 것이기 때문이다.

소설가 대신 '페이지 터너'로 불리길 원하는 작가들이 있다. '페이지 터너page-tuner'는 본시 피아니스트의 옆에서 연주가 끊어지지 않도록 조용하면서 민첩하게 악보를 넘겨주는 사람을 의미했는데, 책의 경우 책장을 자꾸 넘기게 되는 흥미로운 소설을 쓰는 작가란 의미로 전용됐다. 기실 페이지 터너의 소설은 장르소설에 가깝다. 사유의 깊이가 내장된 본격소설의 경우, 시종일관 흥미롭게 소설책을 넘기기는 쉽지 않기 때문이다.

온라인 미디어는 접속의 용이성에 비해, 은유와 알레고리 등 문학작품의 깊은 호흡과 정서를 이해하는 데는 한계가 있다. 온라인 연재소설의 경우 온라인 상의 1회 연재 분량이 짧다 보니 서사의 단위가 짧아지고, 스토리를 촘촘하게 짜기보다 단순히 에피소드를 나열한 작품이 많아진다. 이명원이 "인터넷 연재에서는 독해하는 데 시간과 인내력이 필요한 인과론적 구성과 특히 심리, 풍경 묘사 등이 어렵다"고 지적한 것처럼[39] 온라인 미디어에서 독서는 '훑어보기scanning'에 적합한 양태이지 사유에는 적합하지 않다. E-book의 독자는 '관람자로서의 독자'에 그칠 우려가 크다. 종이 미디어에서 스크린 미디어로 전환되면서 E-book은 텔레비전, 데스크톱 PC, 휴대전화에 이은 제4의 스크린이 되었다.[40]

기술의 발달이 생산과 소비 유통의 형태에 영향을 미치는 것은 사실이다. 그러나 기술의 메커니즘이 정신의 본령을 대체할 수는 없다. 문제는 미디어가 아니라, 작가가 자신을 둘러싼 세계의 외압을 극복하고 그 속에 존재하는 문제적 현실을 '상품'이 아니라 '작품'으로 구현해 내는

---

39   유상호, 「(2000~2010 한국문화)대세로 자리잡은 인터넷 소설 연재」, 『한국일보』, 2010.12.24.
40   김앵아·강현주, 「E-book의 활용에 따른 독서문화변화의 특성 연구」, 『한국출판학연구』37권 1호, 2011, 45쪽.

가이다. 한 시대를 대변하는 작가라면 인터넷 연재든, 인쇄매체든, 시대와 현실의 위력을 견뎌내는 소설의 내구성을 담보해야 한다. 문학 담론은 스토리텔링에 그치지 않고 깊이와 사유를 내장한 문학정신이 필요하다. '종이 없는 사회paperless society'는 도래될 수 있지만 '이야기 없는 사회'는 도래될 수 없다. 이야기가 단순히 산업contents에 종속되는, 문학이 그 가치를 잃는 사회가 되어서는 안 될 것이다. 매 시기 새롭게 출현하는 미디어의 변화에 직면해서 작가들은 눈에 보이는 독자와 그들의 독서방식도 고려해야겠으나, 그에 앞서 그가 직면한 세계와의 긴장을 잃지 않아야 할 것이다.

6. 2022년 오늘의 문학과 독자

2022년 '오늘의 문학'을 사유해 보자. 지금 이곳에서 '문학'은 어떤 의의와 가치를 지니고 있는가. '문학'은 '독자'를 염두에 두고 '작가'가 '현실세계'를 재현한 '언어 구조물'로 정의 내릴 수 있다. '독자', '작가', '현실세계', '언어 구조물'에 대한 이해는 문학 연구 방법의 토대이기도 하다. '오늘의 문학'을 사유하기 위해서는 무엇보다도 지금 이곳, 현실세계를 주목할 필요가 있다.

우리 시대의 특징은 '불확정성', '역동성'으로 집약할 수 있다. 변화의 속도가 점진적으로 빨라지면서 정체성과 성격은 하나로 고정되지 않으며 다양하게 만들어지면서 동시에 변형된다. 같은 시공간에는 다른 시대와 환경에서 태어나고 자란 사람들이 공존한다. 그들은 같은 시 공간에서 영향을 주고받으며 사회 구조와 관계의 변화를 초래하고 영향을 미친다. 청년 세대라 할지라도 그 안에는 학력, 직업, 성별, 지역, 가치, 이념 등 다차원적 정체성과 다양한 계층이 공존하므로 하나의 성격으로 규정짓기 어렵다.

자본주의 시장경제에서 시장 규모의 점진적인 확장도 숙지해야 한다. 지리적 확장과 생산량 증대를 넘어서서 모든 것이 상품이 되고 이윤 추구의 대상이 된다. 자연 형태의 환경이 '천연자원'이라는 화폐 가치를 띠고 국가 혹은 개인의 사적 재산이 된 지 오래다. 안전, 보안, 지식 등 추상적인 것들이 화폐 가치로 교환되었다. 이외에도 추상적이고 유형적인 것들이 상품화되어 시장에 전시되고 교환되기 시작한다. 자본주의 시장경제는 '불확정성' 속에서 금전적 가치를 발견하고 이윤 추구를 위해 '역동성'을 발휘한다. 이윤 추구가 극대화될수록 시장은 경쟁 구도를 지닐 수밖에 없다.

'문학' 역시 상품 가치가 강요되었다. 활자 미디어 시대, 문학은 문화의 주인공으로 창작 무대를 독식할 수 있었다. 인쇄술의 발달로 일간지가 유포되기 시작할 무렵, 사람들은 신문연재소설을 보기 위해 신문을 구독하기도 했다. 당시에도 문학은 경쟁 미디어가 없었을 뿐이지 상품 가치가 있었으며 미디어가 발달할수록 문학의 위기가 거론되었다. 웹툰, 드라마, 영화 등 영상 미디어는 활자 미디어보다 접근성이 좋으며 산업과 결탁하여 문학을 압도하기 시작했다. 자본주의 시장경제 체제에서 경쟁은 필연적이다. 지금 한국문학은 동시대 외국문학을 비롯한 영상

미디어와 경쟁하고 있으며, 작가들은 과거에 비해 더 다양하고 더 많은 문화 '상품들'과 경쟁 구도에서 창작해야 한다.

'경쟁'은 더 나은 상품이 나올 수 있는 조건이다. 문학은 동시대 유입되는 외국문학 작품을 넘어서야 할 뿐 아니라 드라마를 압도하고 영화를 능가하기 위해 위기 담론을 만들어 냈으며 그와 동시에 문화콘텐츠 산업의 일부로 포섭되기 시작했다. 초연결 사회에서 연결은 사람과 사람, 다양한 미디어와 상품 등 모든 것을 이어주고 그 속에서 변화를 만들어 낸다. 경쟁은 변화 과정의 일부로서 '경쟁력'을 갖추는 과정이며, 이제 한국문학은 정체성과 진정성을 재再사유하고 또 한차례 성장할 시점이다. 경쟁에서 살아남을 수 있는 우위의 방법은 무엇일까. 어렵게 생각할 필요 없이 자본주의 시장경제에서도 살아남은 '고전'에서 답을 찾을 수 있다. 시간과 공간을 초월하여 지금 우리 삶에 유효한 가치는 무엇일까, 그것은 창작을 선택한 작가의 몫이다.

한국현대문학사에서 1930년대는 특기할 만한 시대이다. 우리가 잘 알고 있는 이상1910~1937, 박태원1909~1986, 이태준1904~ 등 모더니스트 외에도 임화1908~1953, 이기영1895~1984, 김남천1911~1953 등 리얼리즘 문학의 지평을 넓힌 시대이다. 다시 말해 한국문학이 현대성을 갖추기 시작한 시기이다. 일련의 작가들이 걸출한 작품을 창작할 무렵, 매체에서는 동시대 세계문학에 대한 이해와 수용이 활발하게 이루어졌다. 예컨대 박태원은 헤밍웨이1899~1961의 단편 *The killer*를 일간지에 연재「도살자, 1927년작」, 『동아일보』, 1931.7.19~31하며 단편창작방법을 탐구한다. 이태준은 안톤 체호프1960~1904의 단편 「귀여운 여인」을 번안「오렝카, 1899년작」, 『삼천리』, 1940하는 등 애수를 비롯한 소설의 정서를 탐구한다. 문학평론가 유진오[1906~1987]와 백철[1908~1985] 등은 앙드레 지드[1869~1951]를 통해 문학의 책무를 모색한다.「사상의 자유상인 앙드레 지드의 전향」, 『조선일보』, 1933.8.1~

　　지금까지 문학을 구성하는 현실세계, 작가를 통해 '오늘의 문학'을 사유해 보았다. 우리는 지금 이곳의 '현실세계'을 사유하고 이를 재현하는 '작가'의 몫에 주목했다. 아이러니하게도 '현실'과 '작가'를 변화시키는 역동성은 '독자'에게서 온다. 작가는 눈에 보이지 않는 독자를 의식하고 창작에 임한다. 독자의 수준에 따라 작가의 시선, 문체를 포함한 '언어 구조물'이 바뀔 수 있다. 창작의 질을 결정하는 것은 독자의 수준이다. '문학'은 '현실'과 '작가', 그리고 '독자'가 만들어내는 심포니언어 구조물이다.

제2장
정동Affect의 시대, 문학의 진술

1. 정동情動의 시대

포스트휴먼 시대에 인간에 대한 개념과 존재방식이 변화하고 있다. 정동情動 이론은 변화과정에 있는 대상의 특징을 세밀하게 파악하는 데 유용한 연구방법론으로서 관습화된 일상과 삶의 구조를 미시적으로 접근할 수 있는 방법론이다. 정동 이론은 다양한 분과학문의 학제 간 연구와 융복합적 노작이 쌓임에 따라 새로운 연구방법으로서 부상했다. 문화연구, 사회학, 예술, 미학, 철학, 대중문화, 인문학, 미디어, 정치학, 경제학 등에 이르는 모든 학문을 경유하여 해당 분야의 해석 틀로서 자리 잡기 시작했다. 정동은 인간에서 기계로, 현실에서 정보로, 감정의 회로에서 인지적 회로로 전환·이행하는 사회적 체제를 이해할 수 있는 하나의 중요한 키워드가 되었다.[1]

---

1   이동연, 「정동과 이데올로기」, 『문화과학』 86, 2016 여름호, 문화과학사, 52쪽 참조.

조정환은 21세기 자본주의를 인지자본주의라 명명한다. '노동하는 신체'에서 '노동하는 영혼'으로 자본과 노동이 인지적으로 재구성됨에 따라 영혼, 비물질, 인지 노동에 대한 인간의 정서적, 인지적 체계의 변화가 초래되었으며[2] 이에 '정동'이 문제적 담론으로 부상했다. 이윤종은 정동을 신자유주의적 자본주의 체제가 야기한 노동시장의 유연화와 고용의 불안정성으로 인해 불확실한 미래, 각자도생의 시대에 대한 인지적 정서적 반응이라 본다.[3] 이데올로기 시대에는 주체화 과정에서 지식과 지각이 중시되었으나, 포스트 이데올로기 시대에는 주체의 인지하고 감각하는 힘이 강조되면서 그것이 지식 및 지각과 혼용 내지는 공용된다.[4]

정동이 대두됨에 따라 지금까지 간과되었던 분야가 새로운 학문의 영역으로 각광받았다. 그 새로운 분야란 '일상'이란 이름의 영역이다.[5] 일상생활에서 자주 접하는 '주체'라는 것이 학문에서 상정하는 이성적이고 합리적인 주체가 아니라 감정적이고 불확실한 주체라는 것을 일상생활을 통하여 주지하고 있다. 예컨대 정치적인 주체는 정의와 주권의 주체라기보다 정치적 사안에 감정적으로 반응하고 여론에 휩쓸리는 주체이며, 경제적 주체는 합리적이고 효율적인 소비주체라기보다 감정적으로 충동구매와 투기를 하는 주체이며, 문화적 주체는 문화를 향유

---

2 조정환, 「인지자본주의로의 이행」, 『인지자본주의』, 갈무리, 2011, 55~91쪽. 조정환에 의하면 자본주의는 상업자본주의, 산업자본주의, 인지자본주의의 순으로 전환되었다.

3 이윤종, 「특집논문 : 정동의 힘과 주체화의 네트워크-정동 이론과 젠더 연구의 새로운 접합을 위하여-좀비는 정동될 수 있는가?」, 『여성문학연구』 39, 2016, 77쪽.

4 위의 글, 78쪽.

5 김지영, 「오늘날의 정동 이론」, 『오늘의 문예비평』, 오늘의문예비평, 2016, 360쪽.

하는 주체라기보다 드라마나 리얼리티쇼, 뉴스 등 매스미디어에 휘둘리는 주체이다. 요컨대 우리는 실생활에서 이성적이고 합리적인 주체가 아니라 감정적인 주체이며, 이때 정동은 이러한 '감정적 주체'를 다루는 데 유용한 용어이다.[6]

미디어 환경 변화는 인식과 행위, 소통과 실천을 둘러싼 개인과 사회의 관계 전반에 전면적 변화를 야기하며 학술장의 의제 전환을 촉구하고 있다. 감정 연구는 다른 미래에 대한 상상을 가능하게 해 줄 계기로서 채택되고 있다.[7] 정동 이론은 철학과 문학뿐 아니라 정치, 문화, 과학, 미디어 등 다양한 분야에 걸쳐 새로운 해석방법의 토대가 되고 있다. '아프-꼼'이라는 이름의 특정 출판사의 시리즈 명은 실제로 '정동' 개념을 토대로 실천적 담론을 연구하는 학문적 '꼬뮨'의 결성·의지를 보여 준다.[8] 국내에서 정동 이론의 소개와 확산은 갈무리 출판사의 번역 및 연구서적 출간의 역할이 지대하다. 갈무리 출판사는 '갈무리 정동'이라는 범주를 설정하여, 안또니오 네그리 등의 저작 『비물질노동과 다중』, 브라이언 마수미의 『가상계』, 멜리사 그레그 등의 편저 『정동 이론』 등을 출간했으며 이를 현실과 문학에 적용하고 해석한 조정환의 『인지자본주의』, 권명아의 『무한히 정치적인 외로움』을 각각 출간했다.

---

6   위의 글, 361~362쪽 참조.
7   소영현, 「감정 연구의 도전」, 『한국근대문학연구』 17권 2호, 한국근대문학회, 2016, 387쪽. 소영현에 의하면 연구모임 아프콤, 연세대 국학연구원 HK사업단, 전남대학교 호남연구원 감성인문학단 등이 감정을 의제로 학술적 연구를 지속하고 있다.
8   함돈균, 「한국문학사 또는 한국 현대시와 정동(affect) 담론의 양태들」, 『상허학보』 49, 상허학회, 2017, 78쪽.

이 글에서는 우선 '정동'의 개념과 정동 연구의 범주를 살펴보고, 그간 학술연구의 장에서 정동 이론의 활용과 성과를 분석하려 한다. 마지막으로 2017년 현대문학상을 수상한 단편소설 통해 '소설'은 정동의 효과를 구조적으로 활용하고 있는 장르임을 제언하려 한다. 새로운 연구방법의 출현과 그에 대한 검토는 우리가 몸담고 있는 현실의 패러다임 변화를 점검하고 전망할 수 있는 근거를 제공할 수 있으리라 본다.

2. 정동情動의 개념

정동情動의 사전적 정의는 심리적인 희로애락과 같이 일시적으로 급격히 일어나는 감정, 진행 중인 사고과정이 멎게 되거나 신체 변화가 뒤따르는 강렬한 감정상태를 일컫는다. 정동은 라틴어 affectus, 영어·불어의 affect에 상응하는 말로서, 스피노자의 개념이 들뢰즈에 의해 전유되어 재해석되었다. 스피노자는 '변용', 들뢰즈는 (신체의) '섞임'의 의미를 지닌다.[9] 스피노자 『윤리학』의 3장 「정서의 기원과 본성에 대하여」에 의하면 정동은 외부 사물외부의 몸이 인간의 몸에 일으키는 변화로 인하여 몸의 능동적 행동능력이 증가·감소하거나 촉진·저지될 때 그러한 몸의 변화를 그에 대한 생각과 함께 지칭하는 용어이다. 정동은 신체의 일정한 상태를 사유의 일정한 양태와 함께 표현하며, 삶의 활력에 대한 현

---

9   최원, 「'정동 이론'비판」, 『문화과학』, 2016 여름호, 문화과학사, 82~88쪽.

재 상태를 보여준다.[10]

네그리·하트와 들뢰즈·가타리의 저작에서 정동은 변양變樣,『천개의 고원』, 정서情緖,『제국』, 감화感化,『시네마』1, 정감情感,『영화』1, 감응感應,『질 들뢰즈』등 여러 용어로 번역되어 왔다. 잠재성의 술어인 정동affectus = affect은 현실성의 술어인 감정affectio = affection, emotion과 구분된다. 조정환은 정동의 개념을 설명하며 유관한 개념들을 아래의 표로 나타내었다.[11]

	외부로부터	내면성의 장	외부로
현실성	perception	affection	action
	지각	정서, 감정, 감응	행위
잠재성	percept	affect	act
	감지	정동	행동

들뢰즈는 변이와 이행을 특별히 비재현적 사유로서 존재 능력의 연속적인 변이로 정의했다.[12] 들뢰즈의 정동은 인간 존재들의 관계를 통과하며 그 과정에서 의식, 감정, 사유를 발동시키는 '되어감'의 힘으로 볼수 있다. '되어감'은 지속적인 상태변화에서 차이를 만들어낸다. 여기서 차이란 다른 개체와의 차이라는 단순한 비교가 아니라 스스로 차이를 생성하는 내재적 변화를 가리킨다.[13]

정동은 사이in-between-ness, '행위 하는 능력'과 '행위를 받는 능력'의 한

---

10 조정환,『인지자본주의』, 갈무리, 2011, 557~558쪽 참조. 스피노자는 데카르트의 이원론(정신과 물질)을 극복하기 위해 물질과 정신을 통일시키려고 하였다.

11 위의 책, 557~558쪽.

12 질 들뢰즈, 서창현 외역,『비물질운동과 다중』, 갈무리, 2005, 24~31쪽.

13 김예란,「탈주와 모방―970년대 청년문화의 감각과 정동 실천」,『언론과 사회』24, 2016.8, 206쪽.

가운데서 발생한다. 정동은 순간적이면서 때로는 지속적인 관계의 충돌이나 분출일 뿐 아니라 힘들의 강도들의 이행 혹은 이행의 지속이다. 우리의 몸은 충동, 분출, 이행, 변이, 운동, 사유, 확장, 관계맺음과 관계단절, 묶임과 풀림, 되어감과 되어가지 못함, 뒤섞인 힘들의 다양한 마주침에 의한 지속을 특징으로 하고 있다.[14] 감정이 사회적으로 약호화된 정서라면 정동은 약호화 이전 단계를 의미한다. 정동은 재현되고 개념화되기 이전에 신체 수준에서 작동하는 강렬도이다. 나아가 신체의 일정한 상태와 사유의 일정한 양태를 함께 표현한다. 정동은 타자에 의한 촉발과 그것에 의한 생성변화를 가능하게 하는 것이다. 따라서 정동은 정서의 증대와 감소를 수반하는 모든 사회적 관계들 속에서 흐르고 발현되는 것으로 이해되었다. 정치, 사회, 경제, 미디어, 담론장 모든 상이한 영역들과 인간 개개인의 신체 수준에서 횡단하고 교류하는 힘의 관계이기도 하다.[15] 감정은 '슬프다' '기쁘다' '괴롭다'라고 표현할 수 있는 의식화된 마음의 상태이다. 하지만 정동은 의식을 매개할 시간적 여유 없이 바깥의 자극이나 정보가 직접적으로 신체를 통해 나타난다.[16]

마수미는 대상 혹은 존재의 잠재성이 위협적인 것일 때 비존재이지만 훨씬 더 실재적 힘을 발휘한다고 지적한다.[17] 예컨대 테러와의 전쟁,

---

14 그레고리 J. 시그워스·멜리사 그레그 역, 「미명의 목록[창안]」, 『정동 이론』, 갈무리, 2015, 14~15쪽.

15 김미정, 「『정동의 힘』과 새로운 유물론적 조건에 대한 단상: 옮긴이 후기」, 이토 마모루, 『정동의 힘』, 갈무리, 2015, 293~294쪽.

16 위의 글, 295쪽.

17 브라이언 마수미, 「정동적 사실의 미래적 탄생-위협의 정치적 존재론」, 『정동 이론』, 갈무리, 2016, 96~125쪽. 이하 잠재성의 힘에 관한 논의는 마수미의 이 글을 참조함.

북한의 핵무기와 악의 축이라는 명명에서 정동의 효과, 파장, 공포가 생성된다. 위협의 정동적 현실은 전염성을 지닌다. 예컨대 집단 안보에 대해 제기된 물음으로 느껴진 경보의 올바름은 직접적으로 정치적이다. 위험의 신호로서의 그 위협-경보는 위험에 대한 지시적 언어가 아니라 신빙성과 실효성이라는 다른 기준에 속한다.[18] 두려움은 어떤 위협적인 미래의 현재에 속하는 '예상적 현실'이다. 이것은 존재하지 않는 것에 대해 느껴진 현실이며, 그 문제의 정동적 사실affective fact로서 어렴풋이 드러난다. 미래의 위협은 연기된 것이다. 그것은 미래의 상태로 남아 있는 과거-현재에서 발생한 시점부터 끝없는 원을 그리며 앞으로 나아간다. 위협은 선형적 시간을 거쳐 나아가지만 비선형 회로the always will have been에 속한다.

더 심한 상황 이후에라도 항상 잠들어 있는 다음의 잠재적 가능성이 있으며, 그 뒤에 다시 훨씬 더 심한 다음의 잠재성이 있다. 잠재성이 지니는 불확실성은 어떤 주어진 사건에서도 다 소진되지 않는다. 항상 불확실성의 잔여분, 다 소진되지 않은 위험의 잉여가 있다. 현재는 미래로 향해 되돌아가는, 즉 스스로 갱신하는self-renewing 다음 사건에 대한 미결정적인 잠재성의 잉여가 잔존하면서 그로 인해 그늘이 드리워진다. 스스로 갱신하는 잠재적 위협은 위협의 미래 현실(실재reality)이다. 그것은 더할 수 없이 현실적이다. 그것의 미래 운용은 이미 실제로 발생했던 일보다 훨씬 더 현실적이다. 위협은 현재에 임박한 현실성을 지닌다. 이때

---

18 위의 글, 111쪽.

실제 하는 현실성을 정동적이라 명명할 수 있다.

3. 정동 이론의 범주

정동 이론의 범주를 국외와 국내로 나누어 살펴보자. 국외의 정동 연구자로는 시그워스와 그레그, 국내 정동 연구자로는 박현선과 권명아의 글에 주목하였다. 우선, 시그워스와 그레그는 정동 이론을 여덟 개의 분파로 나누어 설명한다.[19]

① 인간/비인간의 본성을 내밀하게 뒤섞인 것으로 보는 비교 연구
② 인간/기계/비유기체의 배치물의 비교 연구:사이버네틱스, 신경과학, 인공지능, 생명정보학/생명공학에 의한 접근.
③ 물질의 운동을 과정상의 비非물체성incorporeality, 무형적 존재과 연결. 젠더화 및 문화적 한계를 넘어서려는 시도:페미니즘 연구, 문화연구, 정치철학.
④ 심리학, 정신분석학 연구.
⑤ 정치적 참여 운동. 페미니스트 운동, 퀴어 이론, 장애 활동가들, 서발턴에 대한 운동:경험이 가진 견고하고 재빠른 물질성에 주의. 물질성에서 집요하게 반복되는 권력의 행사가 신체에 가하는 곤경과 또 그것을 넘어서는 세계를 실현시킬 수 있는 잠재력 연구.

---

19   그레고리 J, 시그워스 · 멜리사 그레그, 앞의 글, 23~28쪽.

⑥ 언어적 전회linguistic turn로부터 등을 돌린 20세기 후반의 다양한 시도
들:지리학, 소통 및 매체 연구, 퍼포먼스 중심의 예술실천과 문학이론,
신경학, 인지공학.

⑦ 정서에 대한 비판 담론:포스트-코기토 시대의 사유방식 연구, 정서에
대한 재사유.

⑧ 유물론에 대한 다원론적 접근.

박현선은 시그워스와 그레그의 8개 범주가 상호 중첩되어 있다는
점에서 다시 세 가지로 나누었다.[20]

① 과학, 기술, 신경 이론과 연접한 초-미시적 정동 이론:이브 세즈윅과 애
덤 프랭크의 「사이버네틱 주름에서의 수치Shame in the Cybernetic」1960가
촉발점. 추상적, 문화적, 사회적 표현으로 여겨 온 감정이 어떻게 신체
적 물리적 반응을 일으키며 신경생리적 현상으로 변화하는가 탐구.

② 감정과 문화의 사회학:잰 플래퍼의 『역사속의 감정들Emotions in History』
2001, 동아시아학 저널의 「가슴으로 느끼기-감정, 근대성, 아시아
Positions」2008, 사라 아메드의 『감정의 문화정치학The Cultural Politics of
Emotion』2004 자본주의와 근대성의 변화에 따른 감정의 담론화 과정을
파헤치고, 역사적 제 국면에 걸친 감정구조 분석.

③ 몸과 세계, 미디어, 이미지간의 관계를 정동적 관계로 사유하는 철학적,

---

20   박현선, 「정동의 이론적 갈래들과 미적 기능에 대하여」, 『문화과학』 86, 2016 여름호,
문화과학사, 62~64쪽.

미적, 윤리적 입장:브라이언 마수미의 「정동의 자율The Autonomy Of Affect」1995 스피노자의 '정동' 개념을 전면화. 정동의 기원을 신체활동이나 사회적 요인이 아니라 그 자체로 세계를 구성하는 '힘'과 '강도'의 문제로 접근.

정동은 신체적 표면에 작동하는 물리적 반응이자 사회적이고 문화적인 실천이며, 끊임없는 접촉과 변용을 통하여 전체로 퍼지는 강도와 힘의 문제로 이해되기 시작했다.[21] 박현선은 정동 이론을 알기 쉽게 세 가지로 분류 했지만, 감정과 정동을 명확히 구분하지 않았다. 정동은 이데올로기와 언어로 포섭되지 않는다. 보다 명확한 정동의 개념은 마수미의 저작을 참고할 필요가 있다.

마수미는 정동affect을 정서emotion와 구분했다. 정서는 주관적 내용으로 경험의 질을 사회언어학적으로 고정하는 것이다. 다시 말해 의미론적이며 기호학적으로 형성된 진행과정에서 내러티브화할 수 있는 작용─반작용의 회로와 기능과 의미 속으로 강렬함이 삽입되는 합의 지점이다.[22] 정동은 실재하는 특정 사물들 안에 정박된 가상적 공감각 원근 virtual synesthetic perspectives이다. 정동의 자율이란 가상적인 것 안에서 정동의 참여를 의미한다. 지각과 인식은 실제적 연결이나 방해의 기능을 충족시키기 위해 형태가 만들어지고 자격이 부여됨으로써 정동을 포획하

---

21   위의 글, 62쪽.

22   브라이언 마수미, 조성훈 역, 「정동의 자율」, 『가상계(Parables for the Virtual)』, 갈무리, 2011, 54쪽.

고 폐쇄한다. 정서는 포획의 가장 강렬한 표현이다.[23] 권명아는 한국에서 논의된 정동 연구의 범주를 다섯 가지로 분류한다.[24]

① 기존의 문학연구나 문화연구 영역에 감정 연구와 정동 연구를 도입하는 경향.

② 예술 존재론과 이미지 정치에 대한 논의에 입각하여 정동 논의를 전개.

③ 에토스와 정동에 대한 논의 : 세월호 사건 등을 비롯한 재난과 트라우마, 애도의 윤리와 정동의 문제.

④ 정동 경제와 사회적인 것에 대한 논의.

⑤ 한국 사회의 혐오 발화에 대한 논의 : 정동 이론과 페미니즘, 젠더/퀴어 연구가 결합한 전형적 사례.

권명아는 역사적으로 근대 주체의 지배적 정체성으로 환원되지 않는 다수의 힘과 이 힘이 과잉됨의 표상홍수, 패거리, 벌레 떼, 성난 폭도, 몰지각한 여자 떼 등을 주목하였다. 다스려질 수 없는 자들의 역사를 통해 새로운 정치학을 구성하고 신체에 대한 새로운 유물론을 생성하는 일련의 연구들이 정동 연구와 결합된다.[25] 권명아는 한국의 정동 연구가 이론적 독해, 신자유주의와 인지자본주의적 재구조화 문제에 집중되었을 뿐, 정동적 현상에 대한 문제 설정에 역사적 관점이 누락되었다는 점을 비판한다.

---

23   브라이언 마수미, 앞의 책, 68쪽.
24   권명아, 「비교 역사적 연구를 통해 본 정동 연구의 사회정치적 의제─여자 떼 공포와 다스려질 수 없는 자들의 힘」, 『여성문학연구』39, 2016, 7~38쪽.
25   위의 글, 20쪽.

4. 정동 연구의 성과

한국에서 정동에 관한 연구는 주로 정치적인 범주에서 다루어졌다. 존재와 대상 사이에 변이하는 힘이라는 점에서, 정동은 이데올로기의 내부에 있으면서 동시에 이데올로기는 정동의 외부에 있기도 하다. 문화이론 전문지 『문화과학』에서는 2016년 여름 특집으로 '정동 이데올로기'를 조명했다. 이동연은 한국사회에서 벌어지는 적대적 갈등의 감정들은 정동과 이데올로기의 교차와 배리, 견인과 반발의 양가적 관계에서 비롯된 것으로 본다.[26] 이러한 연구는 현존하는 권력관계에 대한 비판적 성찰과 동시에 정동의 과잉을 길들이려는 생명 권력에 대한 비판 작업이기도 하다. 문화연구와 여성주의의 관점에서 많은 연구자들이 정동을 생산하거나 그것을 조정하는 방식에서 자본의 교환과 축적이 일어나는 과정을 추적했다. 감정 노동은 지금까지 가정과 같은 친밀성의 영역에서 행해지던 노동을 일컬을 뿐만 아니라 더욱 유연화된 자본주의 시대에 시장에 흘러들어온 감정의 자본화를 지칭하기에 이르렀다. 감정 노동 연구는 친밀성의 상품화로 이야기되어온 여성 노동의 현상을 주로 조명한다는 점에서 감정 노동의 젠더화를 문제 삼으며 진행되었다.[27]

한국문학 연구자들에게 정동 이론은 시 연구와 페미니즘 연구에 영

---

26 이동연, 「정동과 이데올로기」, 『문화과학』 86, 2016 여름호, 문화과학사, 38쪽.
27 박현선, 「정동의 이론적 갈래들과 미적 기능에 대하여」, 『문화과학』 86, 문화과학사, 2016, 64~65쪽 참조.

향을 미쳤다. 함돈균은[28] "'정동'은 이미 시의 존재론적 본령으로서 '정동'이라는 말로 설명되지 않아도 되는 시의 일반 형상에 관한 새삼스러운 이야기"라고 하여, 시의 창작과 해석 과정에서 정동이 필연적으로 수반됨을 지적했다. 지극히 사소한 미묘함의 존재 차이가 존재의 변이-변용affection을 발생시킨다는 점에서, 정동 이론의 영감을 시 텍스트의 해석 상황에 적극적으로 적용시켜 보는 방식은 현대시 비평담론에 주목할 만한 특징으로 꼽을 수 있다. 함돈균은 정서affect의 변용에 초점을 맞추어, 최근 젊은 작가들의 소설에서 오늘날 주체의 양태들과 변화된 상황을 탐구하기도 했다. 황정은, 김사과, 장강명과 같은 젊은 작가들의 소설에 등장하는 '욕하는 아이들'과 '자살하는 청년들'의 정서 분석을 통해 소설에 만연한 폭력의 정서가 현 사회의 실패와 노모스법-국가의 불완전성의 증좌임을 분석했다.[29]

한국여성문학회에서는 『여성문학연구』 2016년 특집으로 '정동의 힘과 주체화의 네트워크-정동 이론과 젠더 연구의 새로운 접합을 위하여-

---

28 함돈균, 「한국문학사 또는 한국 현대시와 정동(affect) 담론의 양태들」, 『상허학보』 49, 상허학회, 2017, 71~105쪽. 이하 현대시 연구에서 전개된 정동연구에 대해서는 함돈균의 위 글을 참조함. 이외에도 2016년 『현대시학』에서는 '정동'을 둘러싼 개념에 대한 논의가 활성화되었다.
조강석, 「정동에 대한 생산적 논의를 위하여」, 『현대시학』, 현대시학회, 2016.5.
진태원, 「정동인가 정서인가? 스피노자 철학에 대한 초보적 논의」, 『현대시학』, 현대시학회, 2016.4.
조강석, 「정동적 동요와 시 이미지」, 『현대시학』, 현대시학회, 2016.1.
김나영, 「떨리고 떨어지고 부서지는 것들-시, 그리고 정동(affect)을 설명하지 못하는 단상들」, 『현대시학』, 현대시학, 2016.1.
29 함돈균, 「한국소설에서 폭력의 정서(affectus/affect)와 노모스」, 『비교한국학』 24-1, 국제비교한국학회, 2016, 113~114쪽.

비교 역사적 연구를 통해 본 정동 연구의 사회정치적 의제'를 다루었다. 권명아는 지금까지 정동 연구에서 비교 역사적 연구의 부진을 제기하고 정동연구에서 페미니즘의 선도성을 제언한다.[30] 이윤종은 정동 연구자들이 민중으로 하여금 군중 특유의 감정적 전파성을 바탕으로 서로 정동되어 사회적 혁명을 일으킬 수 있는 공동체적 가능성을 제기했다.[31]

권명아는 『음란과 혁명』에서 1910년부터 2000년에 이르는 풍기문란 통제의 추이와 정념에 대한 무규정적인 규정이 주체를 배치하는 과정을 탐구하였다. 풍기문란을 정동의 과잉으로 파악하고, 과잉된 정동이 법의 대상으로 포획되는 과정에 주목하였다. 식민지 근대 장편소설에서 "홍수가 백성을 '슬프게'하는 것으로 반드시 '제어'되어야 하듯이, '민중'의 과잉된 정념 역시 '좋은 덕성'에 의해 제어되어야 마땅한 것"으로 제시되었음을 분석했다.[32] 근대 서사에서 홍수의 표상은 정동의 과잉됨(흘러넘치는힘)과 그 '힘'에 대한 불안과 공포, 그리고 이에서 비롯되는 다스려야만 한다는 당위적 요청이 연동되어 있다는 것이다. 정동의 과잉됨은 '홍수'와 같이 넘쳐흘러 인간적인 것, '사회', '시민성'의 경계를 문란하게 만들어버리는 '자연적인 것(자연상태)'의 힘으로도 출현한다.[33]

---

30 권명아, 「특집논문 : 정동의 힘과 주체화의 네트워크-정동 이론과 젠더 연구의 새로운 접합을 위하여-비교 역사적 연구를 통해 본 정동 연구의 사회정치적 의제 : 여자 떼 공포와 다스려질 수 없는 자들의 힘」, 『여성문학연구』39, 2016, 7~38쪽.

31 이윤종, 「특집논문 : 정동의 힘과 주체화의 네트워크-정동 이론과 젠더 연구의 새로운 접합을 위하여-좀비는 정동될 수 있는가?」, 『여성문학연구』39, 2016, 67~100쪽.

32 권명아, 「정동의 과잉됨과 시민성의 공간」, 『서강인문논총』37, 서강대 인문과학연구소, 2013, 133쪽.

33 위의 글, 133쪽.

정동 연구와 관련하여 학위논문도 산출되었다. 이정숙은 1970년대 한국소설에 나타난 가난의 정동화를 통해 근대화 시기 윤리적 주체의 구성 문제를 탐구했다. '가난'을 그 시대 대표적 정서로 파악하고 '가난'이 정념을 생산하여 주체를 변용하는 힘으로 작용하는 이행의 과정을 드러내고자, '정동화'라는 표현을 사용했다.[34] 남병수는 정동이 비정형의 존재양식을 갖는다는 점에 주목하고, 문학을 통해 '경향성'의 모습으로 드러나는 정동의 분광을 탐구했다. 그는 '후발 근대'를 역사적 모더니티가 정동을 현상하는 최적의 조건으로 보고 최인훈, 나츠메 소세키, 에드워드 사이드를 설정하여 그들의 문학적 실천을 조명했다.[35]

이외에도 정동연구는 혐오문제에 관심을 보였다. 인간의 존재와 문명을 조건 짓는 근본적인 정동 중 하나로서 '혐오'를 우리 시대 시공간의 특수성을 점검하는 정서로 논의했다.[36] '혐오'를 통해 그 상황을 자신과 분리함으로써, 지금의 상황을 견딜 수 있게끔 하는 일종의 안전 막이라는 것이다. 타자에 대한 혐오는 그들이 지금까지 얼마나 열악한 상황에 놓여있었는가에 대한 반증이며, 왜곡된 '자기 보존의 투쟁'에 불과하다고 본다. '혐오'란 자신의 존재와 그 존재를 가능하게 하는 정체성을 견고하게 하고 강화하며, 그것을 관계망 안에서 간-주체적으로 확인하려는 열정적인 역동이다. 잠재적인the virtual 층위의 정동은 SNS 감응 공

---

34 이정숙, 「1970년대 한국 소설에 나타난 가난의 정동화」, 서울대 박사논문, 2015.

35 남병수, 「문학적 구원의 진리로서 정동의 경향들 : 후발근대의 경험과 문학을 중심으로」, 연세대 석사논문, 2017.

36 손희정, 「혐오의 시대−2015년, 혐오는 어떻게 문제적 정동이 되었는가」, 『여성이론』 32, 여이연, 2015, 14쪽. 이하 혐오 논의에 대해서는 손희정의 위 글을 참조 함.

동체 내부의 사이버 공유지에서 발생하는 폭력의 대상이면서, 동시에 새로운 가능성으로 탐구되었다.[37]

5. 현대 소설과 정동

정동 이론은 좁게는 특정 시대의 심성구조, 예컨대 신자유주의 시대의 정신사적 구조로서 슬픔, 외로움, 불안, 분노 같은 정서나 그 잠재력 분석에 활용되고, 넓게는 계발 테크놀로지에 장악되어버린 인간의 내적 잠재력과 이해 능력을 정치, 윤리, 인문의 지평으로 적극 소환해 내는 담론으로 활용된다.[38] 근원적으로 소설은 정동을 바탕으로 형성되고 확장되는 장르이다. 정동이 '힘'이라는 점을 주목할 때, 소설을 형성하는 인물과 사건을 비롯한 제 구조에는 '정동'이 작용하고 있다.

권명아의 지적처럼 '외로움'이라는 정서는 타인과 세계와의 연결, 공시적 이야기를 공유하는 공동체의 소속 여부를 보여주는 하나의 지표로서 누군가와 이어져 있음결속/없음결속의 부재이나 어딘가에 소속됨과 같은 사회적 관계 속에서 발생하는 것이다. 권명아는 오늘날 사랑의 담론은 종언한 세계에 대한 불안감과 밀접한 관련을 맺고 있다고 본다. 애착의 대상을 잃어버린 고통이 사랑의 담론을 추동하는 보다 근원적인 동력이

---

37 손희정, 「'느낀다'라는 전쟁: 미디어-정동 이론의 구축과 젠더」, 『민족문학사연구』 62, 민족문학사학회, 2016, 341~365쪽 참조.

38 권명아, 「제1부 방탕함의 계보와 문란함의 정치학」, 『음란과 혁명』, 책세상, 2013, 81~82쪽 참조.

라는 것이다.[39] 예컨대 권명아는 오늘날 사랑의 담론은 종언하는 세계에 대한 불안감과 밀접한 관련을 맺고 있다고 본다. 애착의 대상을 잃어버린 고통이 사랑의 담론을 추동하는 보다 근원적인 동력이라는 것이다.[40]

정동 영화the affective film가 "정동의 해방, 즉 삶을 효율과 기능에 종속시키는 모든 결정론적 체계에 대하여 비결정적 지대의 구성을 통한 예술적 대응"이라 한다면,[41] 소설 역시 정동의 효과를 극대화하여 잠재적인 의미를 극대화하는 장르이다. 최근 소설은 특정 주제나 이데올로기를 두드러지게 부각시키지 않는다. 인물과 사건 각각이 차지하는 비중과 가치에 주목하기보다 상황에 초점을 맞추고 있다. 다시 말해 인물이나 사건이 지닌 시간적, 공간적 성격보다 대상과 대상이 자아내는 다양한 정동의 측면에 주목한다. 구체적이고 명료한 의미를 전달하기보다, 대상과 대상 간의 정동을 묘사함으로써 사건과 인물에 잠재하는 다양한 가능성을 독자에게 제공한다. 독자는 정동의 분출, 흐름, 과잉을 통해 인물의 감정을 읽고 작품의 주제를 독해한다.

2017년도 현대문학상을 수상한 김금희의 「체스의 모든 것」은 현대소설에서 정동의 활용을 설명하기에 적합한 텍스트이다. 1인칭 관찰자의 시점에서 전개되는 이 소설은 나의 관점에서 선배와 친구의 관계, 그리고 나와 선배의 관계를 들려준다. 대학시절 나는 선배를 좋아했으나 선배는 친구 국화에게 관심을 보였다. 선배는 우울증, 정동장애를 앓고

---

39   권명아, 「프롤로그」, 『무한히 정치적인 외로움』, 갈무리, 2012, 16쪽 참조.

40   위의 책, 252쪽 참조.

41   조성훈, 「정동영화가 추구하는 잠재성의 인문학적 가치」, 『비교문학』 73호, 한국비교문학회, 2017, 223~257쪽 참조.

있다. 선배는 현실과 다른 중력에 살고 있다. 외부 일들에 관심이 없으며, 자기 일에만 진지하다. 반면 국화는 외부 상황보다 자기 내면과 입장에 충실한 캐릭터이다. 선배는 국화와 헤어진 후에도, 나에게 국화에 대한 이야기를 들려준다.

하지만 술자리가 있던 어느 날 밤 선배는 나와 길을 걸어 집으로 돌아가다 나는 아직도 국화에 관해 지속된 생각을 해, 라고 잔뜩 취해 더 꼬부라진 영어로 말했다. 걔가 자기는 뭐가 되든 앞으로 이기는 사람이 될 거라고 했던 걸 기억해. (…중략…) 이기는 사람, 부끄러움을 이기는 사람이 되겠다고. 강심장이 되겠다는 뜻이냐고 했더니 아니 그게 아니고 이기는 사람, 부끄러우면 부끄러운 상태로 그걸 넘어서는 사람, 그렇게 이기는 사람. 정확히 뭘 이기겠다는 것인지는 모르겠지만 국화는 냉정하고 무심하니까 얼마든지 그럴 수 있으리라 생각했는데 노아 선배는 그 말이 뭐가 그렇게 감동적인지 얼굴을 두 손으로 가리며 뭐 그런 말이 있냐, 했다. 어떻게 그런 말을 다해.[42]

위 인용문은 선배가 국화를 사랑한다거나, 선배가 국화를 사랑했지만 두 사람의 사랑이 이루어지지 않았다는 단순한 사실을 제시한 것이 아니다. 선배의 삶 속에서 국화라는 존재가 어떠한 반향을 일으켰는지 보여준다. 인물과 인물 간의 부대낌 속에서 정동이 분출된다. 때로는 과잉의 정동이 인물과 인물, 인물과 세계 간의 갈등을 자아낸다. 그 과정에

---

42 김금희, 「체스의 모든 것」, 『2017 현대문학상 수상소설집』, 현대문학, 2016, 25쪽. 이하 작품 인용은 인용문 말미에 페이지수를 기입함.

서 인물은 자신의 결핍 혹은 과잉의 지점과 조우한다. 선배에게 국화로 말미암아 발생한 정동은 남녀 간 갈등 혹은 이별을 보여주는 것이 아니라, 방황하는 자신의 일상에서 삶이 있어야 할 자리를 찾아나가는 과정을 보여준다. 부대낌을 통해 정동이 분출되고 자기 민낯과 조우한다.

앞서 밝힌 바 있듯이, 선배는 애초부터 자신과 세계 간에 정동 장애를 앓고 있었다. 부족하거나 과잉된 정동으로 인해, 내면의 상처를 안고 있었다. 예컨대 그는 자신의 사소한 실수를 타인에게 보인 것에 대해 또 자신의 색다른 음식 취향을 타인에게 표현하는 것에 대해 어려워하는 등 사소한 일상에서부터 세계와의 소통이 쉽지 않았다. 선배에게 국화는 이성적으로 끌리는 여자 후배이기 앞서, 자신의 결핍 및 복잡하고 이질적인 외부 세계를 집약하는 대상이다.

체스게임 중에 발생한 선배와 국화 간의 갈등은 페어와 언페어, 퍼블릭과 프라이빗, 레디메이드와 핸드메이드라는 세계의 운용방식을 대변한다. 이러한 방식은 세계에 대한 선배의 정동을 움직이는 정서를 담고 있다. 사실 "체스가 중요한 것이 아니라 체스에 대해 말해야 한다는 의지"21쪽, 그것은 외부 세계에 자신을 피력할 수 있어야 한다는 의지를 표명한다. 열띤 대화는 단순히 게임에서 이기고 지는 문제가 아니라, 외부 세계를 향해 균열된 자아를 바로세우기 위한 지난한 여정이다. 그것은 국화에게도 마찬가지이다. 선배가 선물한 핸드폰을 거절하는 과정에서 자신이 수용할 수 있는 것과 수용해야 하는 것을 인지했다. 국화는 문맹인 부모님의 음성이 문자로 호환되는 삐삐를 수용하면서, 자신의 수치심과 조우한다.

반면, 관찰자이면서 두 사람 모두와 친밀했던 나는 정동의 효과를 찾아보기 어렵다. 나는 선배를 좋아했지만, 나와 선배 간 정동의 발생은 미약하다. 선배에게 국화라는 존재는 때로는 과잉과 부대낌의 정동이 발생하는데 비해, 나는 그들과 과잉은커녕 부대끼는 일도 없었다. 선배에게는 "그 모든 것을 참아내는 것이란 안 그러면 모든 것을 잃는다는 절박함에서야 가능한데 그렇다면 그 감정은 사랑이 아닐까"22쪽와 같은 활성화된 정동의 자취를 찾아볼 수 있는 데 비해, 나에게는 양자에 대한 어떠한 영향도 찾아볼 수 없다. 마찬가지 방식으로 나는 국화에게 국화는 나에게 어떤 변화를 주지도 못했다. 그 결과 이 작품에서 나는 관찰자로서 작품의 주제를 실현하는 중심인물이 아니라 전달자로 그친다.

소설은 인물과 사건들 간의 정동의 힘으로 구성된다. 작품은 정동을 분출하는 인물들에 의해 주제가 구현된다. 그 결과 이 작품의 주제는 남녀의 사랑과 이별이 아니라 이 땅의 청년들이 지닌 삶에 대한 피로감과 그에 대한 자기극복의 지난한 과정으로 요약 된다. 이 작품은 오늘날 청춘들의 공허한 내면과 왜소한 자아를 확인하고, 자아와 세계와의 접속을 시도하는 고독한 영혼의 세밀한 일상풍경을 보여준다. 작중에 드러난 일상은 각자 자신의 삶의 자리를 찾아 나가는 과정이며, 이 땅의 청춘은 부대낌과 정동의 분출 과정에서 자신의 결핍을 조우하고 자기 에너지를 만들어 나간다. 인물과 인물의 부대낌을 통해 발생하는 정동, 그 흘러넘침과 상호균열을 통해 우리는 특정한 인물의 형상화 혹은 특정한 사건으로 집약되는 소설이 아닌, 우리 주변의 누구에게나 있는 일상적인 청춘의 민낯과 마주할 수 있다.

6. 정동과 문학의 진술

이 글에서는 최근 문학연구를 비롯한 다양한 학문분야에 영향을 미치고 있는 정동 이론의 특징을 살펴보고 연구 동향을 소개했다. 감정과 기분, 일상의 모든 관습이 정동으로서 연구 대상이 되고 있다. 특정 이데올로기와 특정한 연구 방법이 아니라 '정동情動'을 문제 삼는다는 사실은 여러 가지 시사점을 제공한다. 정동연구 자체가 학제 간 연구와 융합연구의 가능 지점이기도 하지만, 기존에 규정된 인간·학문·현상에 대해 재사유할 수 있는 여지를 만들고 있기 때문이다. 과학기술이 빠르게 진보함에 따라 인간에 대한 규정이 달라질 수 있으며 변용될 수 있음을 시사한다. 정동 이론은 변화의 미세 과정을 추적하고 그 안에서 특이성을 발견할 수 있는 현시대 유용한 연구방법이다.

정동은 언표화할 수 없지만 에너지힘를 지니고 있다. 정동은 언표화할 수 없는 힘과 강도로 정의되는 만큼, 긍정적이거나 부정적인 효과는 정동 주체와 상황에 영향을 받을 수밖에 없다. 개별 학문분야는 그것이 추구하는 목표를 위해 정동이 지닌 힘과 강도를 활용할 수 있다. 미디어에 의해, 특정 시스템에 의해, 관계에 의해 정동이 동원되거나 관리될 수 있다. 자본주의는 기술의 발달과 더불어 이윤 창출의 계기로 정동의 잠재성을 활용할 것이다. 한국에서 정동 이론이 정치적인 영역에 관심을 가지게 된 것도, 정동이 지닌 에너지의 방향성을 설정하기 위한 지식인들의 윤리적 노력에서 말미암은 것이다. 정동 이론은 있어야 할 미래와 인간의 모습을 구현하는 데 소용되어야 할 것이다.

소설이라는 장르의 구조적인 측면에서 볼 때 정동은 인물을 형상화하고 주제를 구현하는 데 소용되어 있다. 이 글에서는 2017년도 현대문학상을 수상한 김금희의 「체스의 모든 것」을 통해 소설이 내장하고 있는 정동의 기능과 효과를 확인해 보았다. 최근 소설은 특정 인물과 사건을 부각시키기보다 인물과 인물, 인물과 사건, 인물과 세계를 둘러싸고 상호 간 부대끼는 과정에서 발생하는 정동의 효과를 보여주고 있다. 독자들은 인물, 사건, 세계에 잠재되어있는 다양한 가능성을 읽으며 인간과 세계를 구성하고 있는 보편적인 삶의 방식을 확인하고 그 과정에서 변화와 역능의 잠재성을 읽어나간다. 정동 이론은 이 세계를 구성하고 있는 문화와 현상을 비롯하여 대상이 지닌 변환 가능한 다양한 에너지를 분석하고 그에 대한 방향성을 제안할 수 있다는 점에서, 있어야 할 현실을 읽어낼 수 있는 유용한 담론으로 부상하고 있다.

제3장
감정 잉여의 시대, 사랑의 숭고미

1. 감정의 잉여

2021년 이상문학상 대상은 이승우의 「마음의 부력」이 수상했다. 이
승우1960~ 소설에 대해서는 학위논문을 포함하여 100여 편을 상회하는
논의들이 양산되었다. 기존 논의는 신학적 관점, 창작 방법의 관점, 인간
탐구의 관점 세 영역으로 나눌 수 있는데 이는 작가가 우리가 살고 있는
세계의 근원적인 부분에 대한 성찰과 탐구를 오랫동안 지속해 왔음을
반증해 준다. 이 글에서는 대상 수상작의 작품성과를 통해 이 작품이 지
닌 우리 시대 가치를 살펴보려 한다.

이 작품의 두드러진 점은 인물의 다양한 감정이 묘사되어 있다는 것
이다. 작중에는 감정을 표현하는 어휘가 빈번하게 등장한다. 작중 초반
부터 화자인 나는 아내와 대화하면서 소심, 옹졸, 치졸 등의 감정을 토
로한다. 나아가 불편, 긴장, 심각, 둔함, 찜찜함, 애매, 의아, 억울, 염려, 신
경의 곤두섬, 짜증, 어색함, 민망함, 부러움, 혐오, 자학, 열등감, 완고함,

공허, 실망감, 당혹스러움, 섭섭함, 두려움, 후회, 심란함, 산만함, 우울과 같은 어둡고 무거운 감정이 주조를 이룬다. 반면 침착, 대범, 만족감, 반가움, 의욕, 안심, 안도, 수줍음과 같은 밝고 가벼운 감정은 적은 편이다.

주인공 화자의 자기고백으로 보기에는 감정이 사건을 압도한다. 개인의 감정 진폭에 비해 인물 간에는 어떠한 균열도 갈등도 없기 때문이다. 형은 아우의 삶을 존중하며 자기 삶을 자유롭게 살아나갔다. 아우 역시 형의 삶을 존중하며 어머니를 위해 할 수 있는 일들을 한다. 어머니는 두 아들을 사랑했으며 안정된 직장과 일가를 이룬 둘째 아들을 자랑스러워했다. 요컨대 작중에서 아들은 어머니를 사랑하고 있으며 형제간에도 우애가 두텁다. 인물 간 대립과 충돌이 없음에도, 주인공은 무수한 상념想念으로 다양한 정서를 노출하는 이유가 무엇인가. 그것은 사랑이라는 감정이 지닌 다층적이고 복합적인 감정의 성격에서 기인한다.

'사랑'은 사전적으로는 좋아하고 소중히 여기는 마음을 일컬으며, 다른 대상에게 갖는 감정과 행위 일체를 내포한다. 현실에서 사랑이라는 감정은 그들이 처해 있는 입장과 시간의 흐름에 따라 다양한 스펙트럼과 결을 형성해 나간다. 그렇다면, 풍부하고 다양한 감정이 토로되어 있는데 비해 기쁨과 만족의 정서가 드문 이유는 무엇인가. 그것은 이승우가 구현한 사랑의 성격에서 기인한다. 사랑이라는 감정은 원초적으로 우울과 불안을 비롯하여 근원적으로 감정 잉여의 성격을 지니고 있다. 감정의 결이 아무리 다양한 스펙트럼을 형성한다고 하지만, 사랑하는 마음과 그것의 표현은 다양한 감정의 결을 만들어내고 시간과 교착하면서 상처와 병을 유발하기도 한다.

작중 세 인물은 모두 사랑을 기반으로 시간과 상황에 따른 감정의 변이를 겪게 된다. 어머니는 두 아들을 사랑하지만 두 아들에 대한 감정의 결은 다르게 나타나며 이로 인해 세 사람 모두에게 마음에 생채기를 만든다. 둘째 아들은 관심을 많이 받아서 부담스러웠으며, 큰아들은 상대적으로 적게 주목받음으로써 열패감을 느꼈을 수 있다. 어머니는 세상을 떠난 큰아들이 느꼈을 수 있는 열패감을 떠올리며 자책의 골이 깊어진다. 이승우는 「마음의 부력」에서 주인공 화자의 내밀한 자기응시를 통해 사랑이라는 감정을 해부하고 있다. 이승우는 『사랑의 전설』문이당, 1996, 『사랑의 생애』위즈덤하우스, 2017, 『사랑이 한일』문학동네, 2020과 같은 작품에서도 사랑을 탐구해 왔다. 이 작품은 이른바 '사랑의 담론'이라 할 수 있거니와, 이 글에서는 이승우가 구현해 낸 사랑의 담론을 분석함으로써 문학적 성취를 비롯해서 동시대 감수성의 재현이라는 측면에서 탐구해보려 한다.

2. 사랑의 담론

자본주의 사회 우리의 사유가 물화物化와 속화俗化로 경도되는 시점에서, 이승우는 오랫동안 인간에게 근원적으로 내재해 있는 사랑이라는 감정을 탐구했다. 『사랑의 전설』1996에서 '남녀 간 사랑'을 탐구했다면, 『사랑의 생애』2017에서부터는 '사랑' 자체를 탐구하기 시작했다. 남녀 간의 사랑을 골격으로 하되, 사랑이라는 감정이 지닌 다양한 진폭과 파장에 대해 탐구했다. 『사랑이 한 일』2020에서는 구약성경을 대상으로 구약의 사건과 인물을 사랑의 관점에서 재현함으로써 사랑의 근원적인 보편성을 탐구했다.

그는 『사랑의 전설』1996의 서문에서 "이 효율과 속도의 시대에 감정은 효율적이지 않고 경제적이지도 않다는 것일까? 그래서 구체적인 행동부터 하려 드는 것일까? 사랑이 아름다운 것은 행동으로 나아가기까지의 그 길고도 복잡하고 안타까운 마음의 움직임이 있어서인데"[1]라고 서술한 바 있거니와, 사랑이라는 감정의 움직임에 주목하기 시작했다. 『사랑의 생애』2017에서 주체는 사랑이며, 사랑이 사람들을 통해 실현됨을 주목하고 있다.

사람들을 사랑하게 하는 것, '사랑하기'라는 기적을 만들어내는 것은 사랑이다. 이 기적의 주체는 사랑이다. 연인들은 사랑이 기적을 행하는 장소이다. 사랑이 사랑하게 한다. (…중략…) 사랑은 모든 사랑(하는 사람)들을 품고 있다. 모든 사랑(하는 사람)들은 사랑 안에 포섭되어 있다. 사랑 자체인 이 사랑이 두 사람 사이로 들어와 자기 생애를 시작한다. 그 생애가 연애의 기간이다. 어떤 생애는 짧고 어떤 생애는 길다. 어떤 생애는 죽음 후에 부활하고, 어떤 생애는 영원하다.[2]

이승우는 이른바 보험 계약서의 '안전', 제한된 쾌락이 가져다주는

1   이승우, 『사랑의 전설』, 문이당, 1996, 5~6쪽.
2   이승우, 『사랑의 생애』, 위즈덤하우스, 2017, 166~167쪽.

'안락'에 대항하여 '사랑'을 재발명하려는 알랭 바디우와 출발점을 같이 하고 있다.[3]

> 사랑한다는 것, 그것은 온갖 고독을 넘어서 세계로부터 존재에 생명력을 불어넣을 수 있는 모든 것과 더불어 포획되는 것입니다. 이 세계에서 저는 타자와 함께하는 행복의 원천이 나에게 주어지는 것을 직접 봅니다. "나는 너를 사랑해"는 내 존재를 위해 네가 있는 그 원천이 이 세계에 있다는 것이 됩니다. 이러한 원천에 담겨 있는 물속에서 저는 우리의 기쁨을, 그러나 무엇보다도 너의 기쁨을 봅니다. 말라르메의 시에서처럼
>
> 물결 속에서 발가벗은
> 네 기쁨에 이른 너를
>
> 봅니다.[4]

이승우는 『사랑이 한 일』2020에서 소돔을 배경으로 롯, 아브라함과 하갈, 하나님과 아브라함, 에서와 이삭, 야곱과 리브가를 통해 존재에 생명력을 불어넣을 수 있는 모든 것과 더불어 스스로 포획되는 길을 택하는 사랑의 원형적 성격을 탐구했다. 이상문학상 수상작 「마음의 부력」은 지금까지 사랑에 대해 탐구한 결실을 문학적으로 형상화한 작품이

---

3   알랭 바디우, 조재룡 역, 『사랑 예찬』, 도서출판길, 2010, 19~20쪽.

4   위의 책, 113쪽.

다. 한국 전형적인 가족제도를 기반으로, 가족간에 주고받는 사랑의 감정을 해부함으로써 인간에 대한 신뢰와 희망의 전언을 보여주었다. 이성 간의 사랑이 주는 강렬함보다 일상의 관계에서 근친에 대한 근원적인 사랑이 어떠한 방식으로 전달되고 수용되는가를 탐구하고 있다. 「마음의 부력」에서 사랑이라는 감정은 대상과 시간을 옮겨가면서 다양한 정서의 변화와 반향을 일으킨다.

작품은 주인공 둘째 아들의 시점에서 전개된다. 둘째 아들은 큰아들을 잃은 노모의 상처를 헤아리고, 노모와 죽은 형에 대한 사랑을 표현한다. 나는 연로한 노모가 혼자 있다는 것에 대한 근심 외에도, 큰아들의 상실이 초래한 어머니의 슬픔을 근심한다. 우리는 시간-'속에'-있기 때문에 시간과 함께 헤아리고 계산한다. 그러므로 시간성에 대한 기술은 마음 씀의 대상이 되는 사물들에 대한 기술에 종속되는 경향이 있다. 이른바 '근심'은 마음 씀의 축소이며 시간의 의미를 결정한다.[5] '지금'이라는 의미 작용을 추상적인 어떤 것으로 환원시키지 않기 위해 나는 아내와 근심을 나누며 그간 자신이 지녔던 마음의 짐을 고백한다. 근심을 나누는 과정에서 여러 시간들이 현재에 소환되며 다양한 감정을 촉발시킨다.

그러므로 논의의 출발점은 '사랑하는 사람'이 있다는 데서 시작된다. 나는 사랑하는 사람이다. 사랑하는 나와 사랑받는 대상 간에는 극복되지 않는 심연深淵이 존재한다. 나는 불안과 고뇌의 주체이다. 사랑하는 주체에게 분열은 불가결한 것이다. 사랑이라는 감정은 충만하지만, 대

---

5 폴 리쾨르, 김한식·이경래 역, 『시간과 이야기』 1, 문학과지성사, 1999, 143~147쪽 참조.

상이 사라진 상황에 직면했으며 대상으로부터 온전히 응수應酬받을 수 없는 상태에 놓여 있다. 나는 응답하지 못하는 대상에 대해 혼자 사랑을 되뇌인다. 나의 불안에는 현존하는 기억과 과거의 잔상殘像이 자아내는 다양한 회한悔恨이 뒤섞여 있다. 나는 현재의 시간에 과거의 기억을 반추하여 대상에 대한 변함없는 사랑과 동시에 빗나간 사랑으로 인해 감내했던 상처를 떠올리게 된다.

그런 의미에서 이 작품은 마음의 심연深淵이 만들어낸 정서의 충돌과 향연으로 볼 수 있다. 사랑의 주체는 화자가 되어 자신이 사랑하는 대상들을 서술하지만, 나의 사랑을 받는 대상은 나에게 응수할 수 없다. 형은 이미 세상을 떠났으며, 노모는 형의 죽음으로 기억을 망실해 가고 있기 때문이다. 나의 말하기는 대상에 대한 사랑의 다른 표현으로, 부재한 혹은 대화할 수 없는 대상과의 합일을 꿈꾸는 사랑의 충일充溢을 드러낸다. 작중 화자인 나는 사랑의 체험을 소환함과 동시에 그것의 재배치와 해석을 시도하는데 그 과정에서 작가는 사랑에 대한 시학을 실현한다. 넓게는 작가 이승우가 글쓰기를 통해 대상과의 결합을 시도하는 사랑의 담론이라 할 수 있다. 롤랑 바르트의 『사랑의 단상』김희영 역, 문학과지성사, 2000이 사랑에 관한 담론이 아닌 한 사랑하는 사람의 담론이라는 점에서, 이승우의 「마음의 부력」 또한 사랑하는 대상에 대한 사랑의 담론이다.

이승우는 두 가지 관점에서 사랑의 감정을 조명한다. 첫째, 대상의 죽음 이후, 살아있는 사람이 부재하거나 응답이 없는 대상을 사랑할 때 발생하는 감정이다. 대상의 죽음 이후, 살아있는 사람들이 대상을 지속적으로 사랑하는 과정에서 전이되는 감정의 추이를 탐구하고 있다. 대상은 죽었을 수도 있으며 현실에 부재할 수도 있다. 사랑하는 사람이 부재하자, 살아있는 사람은 이미 고인이 된 사람이 놓여있는 제 관계의 틀을 사유하면서 그가 느끼거나 스스로 간과했던 감정들을 현실에 소환해 낸다. 이때 사랑은 연민, 회한, 후회, 슬픔, 탄식 등 다양한 정서를 동반하게 된다.

둘째, 두 사람이 아니라 여러 사람과 관계하면서 발생하는 사랑의 다양한 스펙트럼이다. 사랑을 주거나 받는 것은 고귀하지만, 두 사람 외 다른 인물이 관계를 형성할 때는 차이와 차별이 초래된다. 사랑은 인물과 인물 간에 이동하면서 감정의 파동을 일으킨다. 사랑이 지닌 정동情動은 신神과 구분되는 인간의 한계와 연민을 보여준다. 우리가 누군가를 사랑한다고 할 때 그것은 하나의 의미와 효력을 발휘하지 않으며 사람과 사람 사이에서 다양한 '감정의 결'을 형성한다. 그리움, 슬픔, 질투, 시기심, 인간에게 내재해 있는 또 다른 정서를 촉발하며 감정의 무늬를 자아낸다.

이승우는 '사랑'이라는 감정에 내재해 있는 다양한 정서의 결들을 해부하고 있다. '사랑'이라는 감정의 긍정적인 에너지는, 두 사람의 관계에서 몰입과 상생의 힘을 불러일으킬 수 있다. 반면 사랑하는 감정의 내용과 형식은 변화가 없음에도 이자관계가 아니라 삼자관계에 놓여 있을 때, 또 물리적인 시간과 환경의 변화에 따라, 환희 외에도 상처가 깊게 각인되고 나아가 질병을 드리울 수 있다. 신과 달리 인간의 사랑은 아름답고 열정적이지만 인간이 만들어낸 불완전한 현실에서는 다양한 그림자를 드리울 수 있기 때문이다. 이승우가 사랑의 그림자를 향연으로 승화시키는 과정을 탐구해 보자.

3. 사랑의 숭고미 1 __ 부끄러움의 미학

나는 아내와 서울에 살고 있으며, 서울로부터 떨어진 신생 도시에서 공무원으로 일한다. 주중에는 근무지에서 기거하고 주말에는 본가에서 지낸다. 한 달에 한 번, 마지막 토요일에는 아내와 어머니를 뵈러 간다. 나에게는 형이 있었는데 얼마 전에 죽었다. 형은 나와 달리 자유롭고 주체적으로 살았다. 하기 싫은 일은 절대로 하지 않았다. 대학을 진학했어도 학과가 적성에 맞지 않아 두 번이나 학교를 옮겼고 졸업도 하지 않았다. 몇 군데 직장을 다녔지만 연극과 문학에 빠져 젊은 시절을 보냈다.

반면 나는 답답할 정도로 규칙적이고 주어진 일에 성실했다. 나 역시 학과가 적성에 맞지 않았지만 어차피 들어간 대학이라 끝까지 공부하여 행정공무원이 되었다. 내가 틀에 박힌 사람인 반면 형은 얽매이는 것을 싫어했다. 광고회사 경비실 등 다양한 일을 옮겨 다니면서도 소설을 쓰고 싶어 했다. 형은 평소 "내가 영 자식 노릇을 못 한다" "너라도 어머니 마음 구겨지지 않게 하니 다행이다"라고 말을 흐리곤 했다.

어느 날, 어머니가 아내에게 전화해서 돈을 보내달라고 한다. 금전관계에 문제가 없던 상황에서 어머니의 통화내용은 문제의 발생을 시사했다. 주기적인 방문 일에도 어머니는 집에 없었다. 밤이 늦어도 돌아오지 않았다. 나는 뒤늦게 어머니의 행방을 알게 되었다. 어머니는 아들이 오는 주기적인 날짜를 잊고 다른 지역의 기도회에 참석한 것이다. 뿐만 아니라 전화를 받자 나를 형으로 착각했다. 어머니에게 문제가 발생한 것이다.

평소 어머니는 형의 목소리를 내 목소리로 오해한 적은 있으나, 내 목소리는 뚜렷하게 구분해 왔다. 어머니의 편애는 목소리에 대한 이해에서 드러났다. 아내의 표현대로 '매화꽃'과 '살구꽃'은 비슷하지만, 사람들은 '매화꽃'은 구분하지만 '살구꽃'은 구분하기 위한 관심을 가지지 않는 것과 같은 이치였다. 나는 그간 어머니로부터 편애의 대상이 된 사실을 아내에게 토로한다.

내 속에서 어렴풋이 떠올랐다가 가라앉았다 하는 생각들을 말로 옮길 수는 없었다. 그것은 나만 느끼는 종류의 감정일 수 있었다. 설명하기 어려운 자격지심이나 일종의 자책감 같은 것이 입을 틀어막았다고 할 수도 있었다.[6]

편애의 대상이 된 사람이 느끼는 마음의 불편함을 사람들은 간과한다. 한쪽으로 치우친 사랑에서 제외된 사람의 아픔에 주목할 뿐, 주목하느라, 한쪽으로 치우친 사랑의 대상이 되어 있는 사람의 마음이 어떤지는 헤아리려 하지 않는다.36쪽

자발적인 어떤 행위를 하지 않았음에도 불구하고 결과적으로 자기 내문에 형을 소외시키고 형에게 박탈감을 준 셈이 된 동생의 마음속은 어땠을까?38쪽

---

6   이승우, 「마음의 부력」, 『2021 제44회 이상문학상 작품집』, 문학사상, 2021, 35~36쪽.
이하 작품 인용은 이 책으로 하고 인용문 말미에 페이지 수만 기입함.

자신의 의도와 상관없이 혜택을 더 받은 사람이 느끼는 불편함과 부담감을 사람들은 간과했다. 형의 '면목없다'는 말을 들을 때 "어딘가로 달아나고 싶은 부끄러움과 난처함을 아무에게도 말하지"36쪽 못했다. 자기를 사랑하는 어머니가 싫어서가 아니라 어머니의 사랑을 자신보다 받지 못하는 형을 볼 낯이 없어서 더 괴로웠던 것이다. 어머니의 집을 나오며, 창세기에서 야곱이 느꼈을 '마음의 짐'을 아내와 이야기했다. "혼돈하고 공허한 채로 내 마음속에 떠돌던 무정형의 어둠을 끄집어낸 순간이었다."37쪽 어머니 '리브가'는 둘째 아들 '야곱'을 큰아들 '에서'처럼 꾸며 장자가 받을 아버지의 축복을 받게 했다. 사랑하는 일은 결국 두 가지 사태를 초래하게 된다.

그녀는 단지 작은아들을 사랑했을 뿐이다. 한 사람을 사랑했을 뿐인데 다른 누군가가 사랑받지 못하는 일이 일어나는 것이 세상 이치다. 사랑이 차별을 만들어내는 것은 역설이다. 누군가의 이름을 부르는 행위는 다른 누군가의 이름을 부르지 않은 행위와 같은 것이 된다. 이긴 사람이 호명되면 진 사람이 누구인지 알게 되는 것과 같은 이치다. 사랑하는 사람의 이름이 호명되면 사랑하지 않는 사람이 누구인지 저절로 알게 된다.37쪽

사랑이 있을 뿐이다. 사랑이 속이고 빼앗은 사건을 만들어낸 것뿐이다. 사랑이 어떻게 이럴 수 있는가. 사랑이 사랑하는 이를 선택하는 일이면서 동시에 사랑하지 않는 이를 선택하지 않는 일이 되기 때문이 아닌가.38쪽

누군가가 누군가에게 가해하기 때문이 아니라 누군가가 누군가를 사랑하기 때문에 문제가 발생했다. 형 '에서'가 어머니로부터 느낀 것이 '박탈감'이라면, 동생 '야곱'은 자발적인 것이 아니라 하더라도 형을 소외시킨 '괴로움'을 느낀다. 나야말로 삶에 대한 의욕도 사랑도 없는 태만한 사람이었다. 나는 형에 비해 하고 싶은 일과 하기 싫은 일이 무엇인지 잘 떠오르지 않았던 것이다. 나 역시 언제나 어떤 식으로든 형을 의식하며 살았다.

편모 슬하에서, 탈선하지 않고, 끈기와 성실로, 어쩌고 하며 나를 추켜세울 때, 특히 형이 곁에 있을 때는 더욱, 그들의 입을 틀어막거나 어딘가 구멍을 파고 내 몸을 숨기고 싶었다. 내 어줍잖은 이른바 '출세'가 실은 삶에 대한 의욕과 사랑의 결여, 특히 태만의 결과며, 따라서 전혀 칭찬받을 일이 아닌데도 칭찬을 늘어놓는 것은 형만이 아니라 삶을 망신 주는 것이고, 내 마음까지 할퀸다는 사실을 그들은 알지 못했다. 내가 이룬 알량한 성취라고 하는 것이 적극성의 결여로 인해 주어졌다는 것을 어떻게 이해해야 할까.⁴¹쪽

나에게 어머니의 사랑은 때로는 부끄러움과 상처를 초래했다. 자신이 사랑을 받을 만큼 정당했는지, 자신의 사랑이 정당했는지를 되묻는다. 자신은 쉽게 현실과 타협했으며 의욕보다 태만했던 안주의 결과임을 고백한다. 고백은 자신을 향한 것 같지만, 기실 형에 대한 아우의 사랑이며 어머니의 넘치는 사랑에 대한 아들의 부끄러움이다. 다시 말해 나의 부끄러움과 자책에 대한 고백은 형에 대한, 어머니에 대한 나의 사

랑을 표현하는 또 다른 감정의 양태이다.

4. 사랑의 숭고미 2 __ 고통의 승화

이승우는 사랑의 그림자를 향연으로 승화시킴으로써 사랑의 숭고미를 구현해 보인다. 부끄러움은 주인공 내가 형제를 포함하여 어머니에게 지니는 넘치는 사랑의 감정이다. 작중 어머니 역시 그녀의 일상에서 사랑의 숭고미를 실현하고 있다. 77세의 노모는 고향 도시에서 홀로 건강하게 잘 살았다. 남다른 체력과 총명함으로 새벽기도회에 나가고 성경 암송도 잘했다. 나와 아내가 함께 살 것을 제안했을 때도 다음과 같이 만류했다.

> 속이 아무렇지 않다는 말이 아니라 속을 다스릴 줄 안다.
> 살면서 관계 맺은 사람들 대부분이 여기에 있다.^{46쪽}

어머니가 말하는 '여기'는 오랫동안 알고 지내던 장소와 사람들이 있는 물리적 공간만을 의미하지 않는다. 그녀의 내면, '여기'에는 '살면서 관계 맺은 사람들 대부분'을 담고 있다. 어머니는 화초에 애정을 주었다. 신神과 화초를 대상으로 감정을 다스렸다. 화초에 대한 애정은 종교에 대한 신앙 못지않게 어머니의 상실감과 슬픔을 치유해주었다. 어머니는 화초들이 사람의 눈길을 받으면 발돋움하며 일어선다고 했다.

아이고, 이 예쁜 것, 하고 눈으로 쓰다듬으면 내 눈길을 받고 발돋움하며 일어난다, 이 애들이, 얼마나 기특한지 모른다.32쪽

어머니의 사랑을 받은 화초는 발돋움을 하며 사랑에 응수했다. 이 외, 어머니는 부재한 형에 대한 사랑도 그녀의 내면 '여기'에 담고 있었다. 어머니는 부엌 옆 작은 방의 잡동사니를 모두 치우고, 방 한가운데 요를 깔고 형의 사진을 한쪽 벽면에 붙여 놓았다. 그 방은 평소 잘 쓰지 않는 물건들을 모아두는 곳으로, 명절 때면 집에 온 형이 그 방에서 책을 읽곤 했다. 어머니는 마흔일곱 살의 큰아들을 가슴에 품고 살기 시작한 것이다.

어머니의 장롱 서랍에 성경 필사 노트와 함께 보관돼있던 형의 사진이 한쪽 벽면을 차지한 채 웃고 있었다. 마흔일곱 살의 형이 그 방이 자기 방이라고 선언하고 있는 것 같았다.24쪽

며칠 후 어머니는 다시 아내에게 전화해서 돈을 요청했다. 큰아들에 대한 상실감을 환기시키지 않기 위해 통화는 평소 아내가 주로 했다. 아내는 나에게 어머니의 전화를 건네주었고 어머니는 속마음을 전해 들었다. 형은 어머니에게 돈을 달란 말을 한 적 없었으나, 딱 한번 어느 지방 소도시에서 연극을 할 때 카페를 하겠다고 도움을 청했다. 그때 어머니는 둘째 아들인 나의 대학원 등록금을 마련해야 할 때라 여유가 없어서 형에게 싫은 소리를 했는데 그것을 상기하며 부재한 큰아들에 대한

상실감과 자책감에 젖어들었다.

　나이가 몇인데, 언제까지 그렇게 살래? 성식이 사는 거 좀 봐라……세상에! 내가 미쳤지. 왜 그런 소리를 했을까? 엄청 섭섭했을 텐데도 그냥 해본 말이라며 허허 웃고는 얼른 말을 돌리더라. 그러고는 다시 그 이야기를 꺼내지 않았다. 나도 그날 이후 그 이야기를 하지 않았고. 그런데 요새 그 일이 왜 그렇게 마음에 걸리는지 모르겠다. 성식이는 대학원도 보냈잖아요, 하는 그 애 목소리가 자꾸 들린다. 아니 그 애가 그런 말을 할 리가 없지. 그런 말을 할 애가 아니다. 그런데도 그런 목소리가 자꾸 들리는 걸 어떻게 하냐. 이제라도 성준이한테 카페 차릴 돈을 좀 해주고 싶다. 그래서 그런다. 그래서 돈을 달라는 거지 내가 어디 다른 데 쓰려고 그러는 게 아니다. 그러니까 성식이한테 이야기를 잘해서 너무 늦지 않게 돈을 좀 마련해서……44~45쪽

　어머니는 그때는 의식하지 못했는데, 이제 마음에 걸린다고 한다. 형이 어머니에게 '성식이는 대학원도 보냈잖아요'라고 대든 적도 없었고 그런 성품이 아님에도, 어머니에게 형의 목소리가 자꾸 들린다고 한다. 마음의 부채 때문에 어머니는 아내에게 전화를 걸어 큰아들이 카페를 차릴 수 있도록 돈을 요청한 것이다. 내 기억에도 형은 돈을 달라고 할 위인이 아니다. 형이 빚 독촉에 시달리고 있을 때 얼마가 필요한지 묻자, 걱정 끼치고 싶지 않다며 쓸쓸하고 어색한 미소로 다음과 같이 중얼거렸다.

"이상하지. 늘 돈에 쪼들리면서도 왜 돈 버는 일에 시큰둥한 걸까." 나는 가만히 앉아있다가 조심스럽게 계좌번호를 물었다. 형은 한숨을 크게 내쉬고는 속에서 끌어올리는 것 같은 목소리로, 내가 네 형이다, 하더니 밖으로 나가버렸다.45쪽

나는 '야곱'의 처지에서 '에서'의 처지로 다시 사랑의 주체인 '리브가'의 입장으로 이동한다. 사랑의 대상이 된 '야곱'의 입장에서 괴로움을 의식하면서 정작 사랑의 주체인 어머니가 지녔을 마음의 짐에 대해 헤아리지 못했던 것이다. 종교와 화초들이 어머니의 상실감과 슬픔을 이겨내게 할 거라는 믿음은 온전한 것이 못되었다. 왜냐하면 어머니에게는 상실감과 슬픔만 있었던 것이 아니라 '회한'과 '죄책감'도 있었기 때문이다. 그것은 시간을 거듭할수록 더 강렬하게 자리잡기 시작했다.

아들을 잃은 어머니의 상실감과 슬픔만을 고려했기 때문이다. 어머니의 화초와 종교가 상실감과 슬픔을 너끈히 이기게 할 거라고 믿었기 때문이다. 내가 느껴온 것처럼 어머니가 수시로 느껴왔을, 그렇지 않다면 언젠가 느끼게 될 깊은 회한과 죄책감에 대해서는 생각하지 못했다. 상실감과 슬픔은 시간과 함께 묽어지지만 회한과 죄책감은 시간과 함께 더 진해진다는 사실을, 상실감과 슬픔은 특정 사건에 대한 자각적 반응이지만 회한과 죄책감은 자신의 감정에 대한 무자각적 반응이어서 통제하기가 훨씬 까다롭다는 사실을 의식하지 못했다. 상실감과 슬픔은 회한과 죄책감에 의해 사라질 수도 있지만, 회한과 죄책감은 상실감과 슬픔에도 불구하고 사라지지 않는다는 사실

을, 오히려 그것들에 의해 더 또렷해진다는 사실을 이해하기 못했다.⁴⁷쪽

큰아들의 죽음은 어머니에게 복구할 수 없는 상실을 초래했으며 슬픔은 또 다른 회한과 죄책감을 소환해 냈다. 큰아들과 함께 했던 시간을 소환해 냈으며 그 과정에서 그때는 감지하지 못했던 아들의 상처를 읽어 들이며 자신을 뉘우치고 한탄한다. 그것은 해소될 수 없는 감정으로 이미 과거의 사건을 다시 소환한다 하더라도 결과를 뒤집을 수는 없다. 돈을 주려해도 큰아들은 지금 이곳에 있지 않다. 그럼에도 어머니는 과거의 시간속에 머무르기를 원한다. 현재의 부재를 수용하기보다 과거의 감정을 되새기며 과거의 시간 속으로 침잠한다. 거기에는 슬픔과 참회가 혼재되어 있으며 그 바탕에는 깊이를 알 수 없는 사랑이 자리잡고 있다. 『사랑이 한 일』2020에 수록된 「하갈의 노래」에서 하갈은 그 사랑을 다음과 같이 표현한 바 있다.

없으면서 있는 것처럼 내보일 수 없고 있으면서 없는 것처럼 감출 수 없는 것이 사랑이라는 것을 그녀는 알고 있었다. 잠깐 위장할 수는 있지만 오래 속일 수 없고 한때 감출 수는 있지만 결국 드러나지 않을 수 없는 것이 사랑이라는 걸.⁷

큰아들의 부재를 자각할수록, 어머니의 사랑은 죄책감으로 깊어갔

7   이승우, 『사랑이 한 일』, 「하갈의 노래」, 문학동네, 2020, 61쪽.

다. 어머니에게 죄책감은 하나의 질병으로 똬리를 틀었다. 어머니는 나를 형으로 여겨 과거에 큰아들에게 못다한 말을 쏟아낸다. 나는 어머니에게 목소리 주인을 정정해 주기를 두려워한다. 나는 전화가 끝날 때까지 형이 되어 어머니가 궁금해 하는 형의 근황을 전달해주었다. 어머니가 알고 싶어하는 대로 형의 모습을 들려주었다. 부재한 아들에 대한 어머니의 지극한 사랑이 형 대신 나에게 와 닿는다. 나의 지극한 사랑은 형에게서 그리고 어머니에게로 전이된다. 사랑하는 사람이 부재한 상황에서, 어머니는 고통으로 사랑을 감내해 나간다. 전통적인 한국 가족을 배경으로, 이승우는 사랑의 담론이 보여줄 수 있는 숭고의 향연을 구현하고 있다.

5. 감정과잉의 시대

지금까지 2021년 이상문학 수상작 이승우의 「마음의 부력」에 나타난 사랑의 담론을 탐구했다. 이승우는 작중 화자를 통해 사랑이라는 감정이 마음을 옮겨가면서 일으키는 다양한 정서를 섬세하게 형상화했으며, 일련의 분석을 통해 우리는 작품의 내재적 가치뿐 아니라 시대를 대표하는 작품으로서 외재적 가치를 엿볼 수 있다. 전자의 경우, 섬세한 감정의 문학적 재현이라는 점에서 작가의 기량을 확인할 수 있다면 후자의 경우, 동시대 대표작으로서 우리 시대 삶의 특수성을 반영하고 있다. 문학 작품으로서 내재적 가치는 감정의 문학적 재현의 탁월성에 있다.

이승우는 사랑이라는 감정의 숭고미를 문학적으로 구현해 냈다. 사랑하는 사람의 부재는 개연성 있는 현실임과 동시에 사랑의 숭고미를 부각하기 위한 현실적 조건이 된다. 어머니의 입장에서 큰아들의 부재, 동생의 입장에서 형의 부재와 같은 '부재'의 조건에서 작중 인물들은 자기성찰의 방식으로 사랑의 현존을 실현하며 사랑의 가치는 물론 인간의 품격을 높이고 있다.

시대의 대표성으로서 외재적 가치는 우리 시대 삶의 특수성 반영에 있다. 이 작품에는 우리 시대 감정의 과잉을 재현하고 있다. 거대담론이 사라진 시대, 우리는 소소한 일상을 반복한다. 새로운 사건보다 반복적 일상을 지속하면서 만나는 사람, 할 수 있는 일이 제한된다. 발산되지 않는 에너지는 내면에 잠재되어 감정과잉 상태를 보이곤 한다. 감정은 분출되기보다 내부에 남아서 다양한 정서를 형성할 뿐 아니라 타자와 소통과정에서 잉여를 초래한다. 우리 시대 감정의 잉여는 그림말 '이모티콘Emoticon'에서 드러난다. 온라인상에서 메시지를 전달할 때 감정이 메시지를 압도하는 현상을 자주 접한다. 메시지 때문에 메시지를 전달하는 것이 아니라 표현된 잉여감정 때문에 또 다른 메시지를 전달하면서, 지면이 메시지가 아닌 감정으로 도배되기도 한다. 확대해서 말하자면 우리는 감정이 메시지를 압도하는 시대에 살고 있다. 변화 없는 시대에 변화는 감정의 영역에서 미세하게 분절되어, 소소한 일에도 감정적으로는 큰 파고를 초래한다.

감정 잉여의 시대, 이승우의 「마음의 부력」2021은 작품의 내적 형상화뿐 아니라 동시대인의 정서 변화를 담고 있다는 점에서 시대적 공감력을 확보하고 있다. 사건 없는 시대, 마음이 사건을 만들어 내는 현대인의 감정 잉여의 풍경을 포착한 것이다. 그는 우리 시대 사람들의 '마음'의 '부력浮力'을 '사랑'이라는 감정의 숭고미 실현을 통해 고양시키고 있다. 사랑은 빈번하게 어긋날 뿐 아니라 잉여를 초래하는 감정이다. 작중 인물들은 모두 사랑이라는 감정의 잉여분으로 자기를 응시한다. 그 결과 둘째 아들은 질투와 같이 외부에 대한 감정의 투사 아니라 내부의 성찰을 통해 부끄러움의 미학을 실현했으며, 어머니는 둘째 아들과 더불어 큰아들의 부재 속에서도 현존하는 사랑을 고통으로 감내한다. 감정 잉여의 시대, 잉여의 감정을 대상에 대한 집착이 아니라 자신에게 투사하여 형제간의 사랑, 부모와 자식 간의 사랑이 지닐 수 있는 숭고한 가치를 구현하고 있다.

1. 밀레니얼 세대 작가

밀레니얼 세대는 가족에 대해 어떻게 생각할까. M세대는 1981~1995
년생으로 2022년 기준 27세에서 41세에 해당되며 Z세대는 1996~2010
년생으로 12세에서 26세에 해당된다. 양자를 MZ세대로 명명하며, 대
부분의 MZ세대 논의는 경제 변화에 미칠 영향력에 주목하여 디지털 세
대로서 소비성향 위주로 이루어졌다. 지금의 젊은 세대는 선진국에서
출생하였고 국민과 시민으로서 삶보다 개인의 삶을 우위에 둔다. 이전
세대들이 집에서 TV와 전화기를 공유했던 데 비해 이들은 개인 TV와
전화기를 소지한 디지털 네이티브이다.[1] 가족 의식의 변화를 살펴보기
위해 가족 형성의 경험이 있는 M세대에 초점을 맞추려 한다.

텍스트로는 2010년부터 2021년에 이르기까지 10여 년간 문학동네

---

1   이종수 외 5인, 「[좌담]MZ세대 열풍과 세대 갈등……바람직한 언론 보도 방향」, 『관
      훈클럽』, 2022 가을호, 관훈저널, 119~122쪽 참조.

젊은작가상 대상 수상작 12편을 대상으로서 삼았다.[2] 밀레니얼 세대에 초점을 맞춘 만큼, 젊은 작가를 대상으로 하되 동시대 대표성과 작품성이 검증된 작품을 대상으로 삼았다. 대상 수상 작가들은 1970년대부터 1980년대 후반에 출생했으며 그들은 우리 시대의 징후를 읽어내고 변화를 포착하고 있다. 일련의 작품에 구현된 인물과 사건은 2000년대 이후 삶의 특수성과 방향성을 내포하고 있다. 대상 수상작을 인물과 갈등을 중심으로 살펴보면 다음과 같다.

연도	대상 수상작	주인공	갈등
2010 1회	김중혁(1971~), 「1F/B1」	건물관리인	사회 문제
2011 2회	김애란(1980~), 「물속 골리앗」	가족	사회 문제
2012 3회	손보미(1980~), 「폭우」	부부	부부 갈등
2013 4회	김종옥(1973~), 「거리의 마술사」	청소년	학교 폭력
2014 5회	황정은(1976~), 「상류엔 맹금류」	청춘 남녀	연애 갈등
2015 6회	정지돈(1983~), 「건축이냐 혁명이냐」	역사적 인물	역사 문제
2016 7회	김금희(1979~), 「너무 한낮의 연애」	청춘 남녀	연애 갈등
2017 8회	임현(1983~), 「고두」	교사와 학생	윤리 문제
2018 9회	박민정(1985~), 「세실, 주희」	한국과 일본의 청년	역사 문제
2019 10회	박상영(1988~), 「우럭 한 점 우주의 맛」	성소수자	소수자 문제
2020 11회	강화길(1986~), 「음복」	가족	가족 갈등
2021 12회	전하영(1980~), 「그녀는 조명등 아래서 많은 시간을 보냈다」	비정규직 여성	사회 문제

작중 주인공은 20대부터 30대의 경험과 사건을 서술하고 있으며, 그들이 직면한 문제는 취업, 연애, 경제, 부부 및 가족 갈등, 학교폭력, 역사적 인물 탐구, 윤리, 성소수자, 사회계층 갈등 등 지금 이곳의 다양한

---

2 문학동네는 2010년부터 젊은작가상을 제정하여 운영하고 있다. 매년 등단 10년 이내 작가를 대상으로 전년도 발표된 신작 중·단편 중 7편을 선별하여 수상작으로 선정하고 그중 1편을 대상작으로 결정한다. 그 외 동시대 발표된 작품도 함께 다루었다.

사회적 이슈들이다. 12편 중 6편이 연애를 포함하여 가족 문제를 다루고 있다는 점에서 '가족'은 삶의 골격을 이루고 있는 제도다. 연애의 경우, 두 사람의 문제에 그치지 않고 궁극에는 그들을 둘러싼 공동체와 밀접히 관련을 맺고 있다. 연애의 실패는 남녀 갈등에서 기인했지만, 갈등의 기저에는 그들을 둘러싼 가족으로 대변되는 이전 세대의 구속력과 가치관의 차이가 전제해 있다.

가족은 혈연, 혼인, 입양으로 연결된 일정 범위의 사람들로 구성된 집단을 일컫는다. 아즈마 히로끼는 가족의 성격을 다음과 같이 세 가지로 설명한다. 첫째, 강제성이다. 가족은 자유의지로 쉽게 가입하거나 탈퇴할 수 없는 집단이며 또한 강한 '감정'에 기반한 집단으로 합리적 판단을 초월한 강제력이 있다. 둘째, 우연성이다. 모든 가족은 본질적으로 출생의 우연성에 기초한 집단이다. 셋째, 확장성이다. 가족의 윤곽은 성과 생식, 공동 거주와 재산 외에 사적인 애정을 통해서도 정해지는데 때로는 종의 벽을 초월한다. 연민을 기반으로 '가족적인 것'이라는 '유사성'의 감각은 종을 초월한다.[3] 전통적인 가족의 결속력이 규범적인 강제성을 우위에 두고 있다면, 오늘날 가족은 감정적인 강제성에 기초해 있다. 과학기술의 발달과 함께 출생출산도 필연성이 아닌 우연성으로 이해되고, 규범성보다 친밀성을 바탕으로 재구조화될 수 있다.

2019년 이상문학 수상작인 윤이형[1976~]의 「그들의 첫 번째와 두 번째 고양이」는 현행 가족제도의 문제성을 진지하게 탐구했다. 작가는 작

---

3   아즈마 히로끼, 안천 역, 「5장 가족」, 『관광객의 철학』, 리시올, 2020, 214~232쪽 참조.

중 주인공을 통해 결혼을 비롯한 가족제도를 고발한다. 주인공 희은은 초록을 출산하지만 남편과 헤어지고, 아이 그리고 반려묘伴侶猫와 함께 생활한다. 작가는 가족 구성원의 결함이 아니라 가족이라는 제도의 문제성을 지적한다. 희은은 정민에게 결혼으로 대변되는 가족이라는 현행 제도의 문제를 다음과 같이 토로한다. "결혼이라는 놈을 의인화할 수 있다면, 그렇게 해서 피고인석에 세우고 싶어. 원고는 우리 둘이고, 대체 우리에게 무슨 짓을 한 거냐고 하나하나 따져 묻고 싶어. 그런데 그 결혼이라는 작자는 우리 아기를 인질로 잡고 서 있지."[4]

2000년을 넘어서면서 가족의 성격과 구성원 간의 관계 설정이 변화하고 있다. 밀레니얼 세대는 새롭게 도래할 삶의 양태에 대해 고심하면서 기존의 삶의 방식이 지닌 문제점을 주목한다. 가족은 과거에서부터 현재는 물론 미래에도 유효한 증여贈與 공동체이지만 시대의 변화에 따라 가족에 대한 의식도 변화한다. 젊은 작가들은 연애를 중심 소재로 다루지만 궁극적으로는 '가족'이라는 제도의 문제점과 그럼에도 유효한 가족의 위상과 가치를 인지하고 방향성을 탐구하고 있다. 다시 말해 가족의 결속력은 유효하지만, 결속의 동인을 규범적인 강제성이 아닌 다른 데서 찾고 있다. 밀레니얼 세대 가족 의식을 들여다 보면서 우리 시대 가족 윤리 변화를 점검해 보자.

---

4   윤이형, 「그들의 첫 번째와 두 번째 고양이」, 『2019 이상문학상 작품집』, 문학사상, 2019, 62쪽.

2. 연애 좌절의 배후背後

좌절된 연애의 배후에는 그들을 둘러싼 가족이 전제해 있다. 김금희 1979~는 「너무 한낮의 연애」에서 연애를 부각시키고 있지만 연애의 좌절을 통해 가족 공동체의 구속력을 시사한다. 필용은 대기업 영업팀장에서 시설관리직으로 인사 이동 통보를 받고 과거를 반추한다. 대학 시절 그는 양희를 사랑했지만 지향하는 바가 달랐다. 필용이 인생에 대한 성취와 인정에 대한 상상을 가졌다면, "양희에게는 현재라는 것만 있었다. 하지만 그 현재는 지금 생생하게, 운동감 있게 펼쳐지는 상태가 아니라 안개처럼 부옇게 분명 있지만 확실하지는 않게 풀풀 흩어지는 것에 가까웠다".[5]

양희는 대본을 쓰면서 연극에 대한 꿈을 가지고 있었다. 그들은 공히 중산층 반열에 들지 못했지만, 생활의 낙차는 컸다. 필용이 소시민의 평범한 삶을 꿈꾸었다면 양희는 그런 꿈마저 녹록치 않았다. 두 사람은 종로의 맥도날드에서 함께 햄버거를 먹으며 두세 시간쯤 대화하거나 목적 없이 몇 시간 걷곤 했다. 양자 모두 정크푸드로 끼니를 해결하지만, 양희는 햄버거 살 돈마저 충분치 않았다. 두 사람의 사랑은 다음과 같이 시작된다.

그날도 필용이 자기 이야기에 도취해 한창 떠들어대고 있었는데 조용히

---

5 김금희, 「너무 한낮의 연애」, 『본질과 현상』 42, 본질과현상사, 2015, 206쪽. 이하 이 작품의 인용은 인용문 말미에 페이지 수만 기입.

듣고 있던 양희가 선배, 나 선배 사랑하는데, 했다. 양희는 그 말을 감정의 고저 없이, 2, 3천 원을 쥐어주며 햄버거 주문을 부탁하던 톤으로 했다. 필용은 당황해서 어어, 하고는 웃어버렸다.

"사랑하면 어떻게 되는 건데?"

"어떻게요?"

양희가 뭐 그런 걸 묻느냐는 듯이 되물었다.

(…중략…)

"지금 사랑하는 것 같아서 그렇게 말했는데, 내일은 또 어떨지 모르니까요."

필용은 황당했다. 애가 지금 누굴 놀리나 하는 생각이 들었다.

"사랑한다며?"

"네, 사랑하죠."

"그런데 내일은 어떨지 몰라?"

"네."211~212쪽

필용은 양희를 만날 때마다 사랑의 유무를 확인했으며 그녀의 고백에 온 마음과 몸이 반응했다. "사랑하죠. 그 공기 중에 은은히 흩어지던 허스키한 목소리…… 사랑하죠, 라고 말하면 별안간 맥도날드의 공기가 전혀 다른 온도를 가지면서 필용을 얼렸다, 달궜다, 하곤 했다."215쪽 그들의 애매한 사랑은 모호하게 끝난다.

다른 날과 다름없이 햄버거를 먹으며 앉아 있는데 양희가 깜박 잊을 뻔했다는 투로, 아, 선배 나 안 해요, 사랑, 한 것이었다.

"안 해?"

"네."

"왜?"

"없어졌어요."

필용은 믿을 수 없었다. 바로 어제만 해도 사랑하느냐고 물으면 표정 없는 얼굴이기는 했지만 고개를 끄덕였는데 말이 되는가?

"없어? 아예?"

"없어요."

"없는 게 아니라 전만큼은 아니게 시들한 거지. 야, 그게 어떻게 그렇게 단박에 사라지냐?"218~219쪽

예기치 못한 실연에, 필용은 "야, 너 은근 매력 있어"라고 어루다가 "애가 어떻게 된 게 2천 원으로 하루를 뻐대? 야! 나도 어려워! 나도 힘들어! 야이 씨, 너 그동안 나한테 받아먹은 거 다 내놔. 일괄 계산하라고 이 계집애야"라고 윽박지른다. 심지어 그녀의 본가에까지 찾아간다. 그녀의 집은 방과 부엌의 경계가 없는 동굴 같았다. "반복된 불행에 익숙해진 사람의 무기력"224쪽은 그녀의 가정에 기인해 있었다. 필용이 적어도 오늘과 내일이 연계되어 내일을 기약할 수 있는 삶을 살았다면, 양희는 오로지 현재밖에 가진 게 없었다. 양희가 필용을 덜 사랑했던 것이 아니라 사랑할 수 있는 시간과 여유가 제한되어 있었다.

연애를 포함한 양희의 가치관은 경제적 어려움에 근원해 있었다. 필용이 넉넉하지 않지만 생활고에 몰리지 않았던 반면 양희는 부모 대신

생활고를 해결해야 했다. 16년이 지난 후, 필용은 종로에서 과거 양희의 창작품과 동일한 관객참여형 부조리 연극 현수막을 본다. 그는 점심시간마다 연극을 보았으며, 마지막 공연에서는 참여형 무대에 올라 그녀와 마주하기도 했다. 필용은 16년 전부터 내면에 자리잡고 있는 감정과 조우했으나 가장으로서 현재 위치, 과거의 회한 등으로 그 감정을 부끄러워한다.

이 작품에서 연애보다도 양희의 가치관에 주목할 필요가 있다. 오늘, 현재밖에 없는 가치관의 기저에는 경제적 어려움이 전제해 있다. 양희를 포함한 젊은 세대는 연애를 기피하는 것이 아니라 연애를 지속할 수 있는 경제적 정서적 여건이 충분하지 않다. 황정은1976~은「상류엔 맹금류」에서 연애를 지속할 수 없는 경제적 정서적 여건을 구체적으로 보여주고 있다. 작중 주인공 나는 텔레비전을 보며 과거 자신이 사랑한 남자 제희를 떠올린다. 여기서 주목할 점은 내가 남자친구를 회상하면서 그의 가족 전체를 떠올린다는 점이다. 남자친구의 취향과 됨됨이가 아니라 그의 가족이 이별의 동인이 된 것이다.

제희의 부모는 과일가게를 하며 5남매를 키웠다. 아버지는 폐암수술을 받았으며 어머니는 곗돈을 떼였다. 맏딸은 진학을 포기하고 보세의류를 팔아서 빚을 갚았다. 4명의 누나 모두 대학에 진학하지 않았다. 아버지가 퇴원하자, 누나들은 전동 침대를 사드리고 아버지를 포용했다. 나는 제희를 좋아했고 가족의 결속력을 좋아했지만, 제희 부모님의 정서는 수용하기 어려웠다.

나는 그것을 곰곰히 생각해볼 때가 있었고 그때마다 좀 사나운 심정이 되었다. 제희네 부모님은 왜 도망가지 않았을까. 왜 새로운 곳에서 새롭게 시작하지 않았을까. 자식들에게 부끄럽지 않은 부모가 되고자 하는 것은 자신들의 욕심일 뿐이라는 생각은 안 해보았을까. 빚을 떠안으면서 딸들에게 짐을 지운 것이라는 생각은 해본 적이 없었을까. 자신들의 양심과 도덕에 따랐지만 딸들의 인생을 놓고 봤을 때는 부도덕한 선택이 아니었을까.[6]

나는 채무를 감당하기보다 도주를 나은 선택으로 여긴다. "자식들에게 부끄럽지 않은 부모가 되고자 하는", "양심과 도덕"은 부모의 가치관일 뿐, 자녀의 "인생을 놓고 봤을 때"는 "부도덕한 선택"이라는 것이다. 부모로서 경제적 부담을 자식들에게 전가하는 것이야말로 부도덕하다는 것이다. 나의 논리에 따르면 '인간으로서 양심과 도덕'은 '부모로서 양심과 도덕'과 배리된다. 부모는 '자식의 인생'을 '양심과 도덕'보다 우위에 두어야 하기 때문이다. 그렇지 않은 부모야말로 부도덕한 사람이라는 것이다. 반면 제희의 부모는 자신의 가치관을 자녀의 인생보다 중요하게 여겼다. 그들의 가치관은 그간 감내해 왔던 역사와 현실이 초래한 생존의 마지노선에서 온 것이다.

그녀는 내게 전쟁 중에 있었던 일을 들려준 적이 있었다. 피난길에 갓난쟁이 막내를 등에 업었는데 어느 순간 부모님과는 헤어졌고 그 뒤로 다시는

---

6   황정은, 「상류엔 맹금류」, 『자음과 모음』 21, 자음과모음, 2013.8, 97쪽. 이하 인용문은 인용문 말미에 페이지 수만 기입.

만나지 못했다. 갓난쟁이 막내는 피난길에 죽었다. 막내를 이불로 감싸서 등에 업고 있었는데 공습 뒤 잔불이 남은 들판을 걸을 때 불티가 튀었는지 솜속으로 번진 불에 타 죽었다는 것이었다. 아기가 울어대도 방법이 없어 그냥 업고 걷다가 문득 등이 뜨거워 아기를 내려놓고 이불을 열고 보니 새카맣게 그을려 죽어 있었다고 그녀는 말했다. 내가 그 이야기를 들은 당시부터 거슬러 올라가도 오십여 년 전의 이야기였다. 그것을 함께 들은 제희가 슬펐겠다고 말하자 그녀는 슬펐다거나 잊었다거나 답하지는 않고 그때는 그런 일을 겪은 사람이 많았다고만 답했다.102~103쪽

'전쟁'은 일상의 삶이 불가능한 상황이다. 피난민들은 불가항력으로 죽음에 노출되어 목숨을 부지하는 것 외 선택지가 없었다. 무차별적인 죽음 앞에서 '사느냐 죽느냐' 두 갈래 길만 놓여 있으므로 삶에 대한 다른 방식, 접근, 태도를 가질 수 없었다. 더구나 그들은 삶에 있어서도 상류가 아니라 하류에 위치해 있었다. 다양한 선택지의 삶을 살 수 없었으며 자녀들 역시 부모를 좇아 개인의 선택지를 만들지 않았다. 그들은 현재의 변화와 속도에 적응하는 삶이 아니라 그들이 살아온 과거의 속도에 따라 살고 있었다. 반면 나는 속도와 변화의 시대에 우위를 점할 수 있는 선택을 했다.

가치관의 차이는 구체적인 사건으로 나타난다. 나는 제희와 함께 가족 나들이를 나섰다. 준비할 때부터 갈등의 조짐이 보였는데, 수목원에 이르자 표출되기 시작한다. 제희네 부모님은 맹금류 축사의 하수구 주변에 자리를 깔고 도시락을 먹었고, 제희 아버지는 음침하고 축축한 하

수구 물에 손을 씻었다. 나와 제희 가족은 수목원 관리인의 훈시를 듣고 주변 사람들의 눈총을 받았다. 제희 가족의 상황을 이해할 수 있었지만 그러한 삶이 다른 사람들에게 보여지는 것까지는 용납하기 어려웠다. 하수구 주변에 초라한 식탁을 벌려놓고 행인들의 이목을 받는 것, 관리인의 훈시를 받고 그로 인해 또다시 행인의 눈총을 받는 것, 그를 아무리 좋아해도 그의 부모까지 좋아할 수는 없었다.

나는 제희와 헤어졌다. 나는 제희 부모 세대의 속도로 살아갈 수 없었는데, 왜냐하면 그것은 변화에 도태하는 것으로 경쟁적인 삶의 구도에서 이익을 창출해 내기 어렵기 때문이다. 그런 까닭에 나는 지금 다른 남자의 아내가 되어 시부모와 거리를 두고, 자기 삶에 집중해서 살고 있다. 그것은 정서적 결속력 같은 따뜻함은 겸비하지 못했지만, 적어도 상류의 맹금류를 의식하면서 하류로 떨어지지 않을 수 있는 여유를 갖춘 것이다. 가족이라는 양식을 기피하는 것이 아니라 경제적 열위를 감당하기 어려운 것이다. 가족은 강제성을 지니므로, 내 삶이 하류로 떨어지지 않는 구속력의 장치로 경제적 우월성을 선택한 것이다.

3. 가족, 정서적 구심체

황정은의 「상류엔 맹금류」에서 제희 가족은 결집의 구심체로서 가족에게 환난이 닥쳤을 때 정서적 결속력을 보여주었다. 아버지의 질병, 곗돈을 떼이는 일 등의 재난이 몰아닥쳤을 때 그로부터 벗어나기 위해 부모와 자녀는 하나로 힘을 모았다. 이때 제희네 가족의 정서적 결속을 가능하게 하는 조건은 외적인 어려움에 있었다. 외부의 정황이 어려울수록 가족의 결속력은 빛을 발할 수 있다. 김애란1980~도 「물속 골리앗」에서 가족의 정서적 결속이 빛을 발할 수 있는 상황을 구체적으로 보여준다. 마을을 잠식하는 장마, 아버지와 어머니의 죽음은 나로 하여금 가족의 정서적 결속력에 의존하도록 만든다.

20여 년 전 아버지는 내집 마련에 성공했다. "아파트가 가진 상승의 이미지와 기능, 시세"가 중요했기에, "배운 것, 가진 것 없이 오직 용접 기술로만 돈을 모은 아버지는 그곳에 입주한 걸 무척 자랑스러워하셨다. 기형적 외관이며 좁은 평수는 상관없이 사는 내내 크게 안도하셨으나"[7] 20여 년간 은행주택담보 대출을 다 갚자, 철거될 상황에 처했다. 적은 보상금으로는 집을 얻기 어려워, 부모님과 나는 아파트에 남았다.

장마 직전, 아버지는 신도시 건설 현장에서 아파트를 짓다가 목숨을 잃는다. 당시 아버지는 체불임금 시위 중 40미터 타워크레인에 올라갔다. 장마는 물난리를 초래했고, 어머니는 물과 전기가 끊긴 철거예정 아파트에서 상실감을 못견뎌 죽고 만다. 장마는 아파트 고층까지 잠식해 들어갔으며 온 세상이 물에 잠기기 시작했다. 나는 문짝으로 배를 만들어 물 위를 표류한다. 타워크레인을 발견하고 살아남을 수 있는 방안을 모색하는 중, 유년시절 아버지가 가르쳐준 수영을 떠올린다.

---

7   김애란, 「물속 골리앗」, 『자음과 모음』, 자음과모음, 2010.5, 49쪽. 이하 인용문은 인용문 말미에 페이지 수만 기입.

그날, 우리 부자는 사각팬티를 입은 채 나란히 강둑에 서 있었다. 먼저 시범을 보인 것은 아버지였다. 아버지는 내 앞에서 팔의 각도가 어떻고 호흡이 어떻고 한참을 설명했다. 하지만 내가 계속 멍청한 표정을 짓자 그냥 네 맘대로 해보라 하셨다. 네가 가장 먼저 할 일은 물을 무서워하지 않는 거라고. 강물의 흐름을 자연스럽게 느껴보라고 했다. 나는 물이 두렵지 않았다. 하지만 콧구멍에 물이 들어오는 건 참을 수 없었다. 게다가 아버지 앞에서 뭔가 자꾸 실패하는 모습을 보이고 싶지 않았다. 아버지는 자세를 잡아주며 조금씩 깊은 데로 나를 이끌었다. 그러면서 인간은 날 때부터 헤엄을 칠 줄 안다고. 네가 태어난 때부터 갖고 나온 선물을 오늘 다시 돌려주는 것뿐이라고 얘기했다. 아버지와 노닥거리고 실랑이 벌이기를 한참, 어느 순간 놀랍게도 나는 수영을 하고 있었다. 개 헤엄치듯 우스꽝스럽게 버둥거리는 거였지만, 그건 무척 이상하고 편안하며 신기한 경험이었다. 어디선가 '그래, 그렇게'라고 말하는 아버지의 목소리가 들려왔다.73~74쪽

아버지는 불안과 공포에 맞서 자기를 극복하는 방법을 알려주었다. 유년기 아버지가 가르쳐준 수영 덕분에, 나는 세상이 물에 잠겼어도 물 위를 유영하며 살아남을 수 있었다. 아버지가 평생을 바쳐 소유한 아파트를 잃을 순간이 오듯, 나도 타워크레인의 꼭대기에서 언제 덮칠지 모르는 죽음에 항거해야 한다. 삶의 풍파를 부모로부터 물려받은 것처럼, 이에 대한 극복의 가능성도 전수 받은 것이다. 물속의 삶이 골리앗이라면 나는 다윗이 되어, 나에게 주어진 시간과 삶을 유영해 나가야 한다. 아버지가 일찍이 가르쳐준 비법을 되새기며 생존을 위해 두려움을 떨

치고 극복할 수 있는 길을 찾을 것이다.

김애란은 「물속 골리앗」에서 정서적 결집체로서 가족의 기능과 의의를 성경의 인물을 통해 신화적 수준으로 끌어올렸다. 물속을 배경으로 다윗과 골리앗이라는 구도는 가족이 지닌 초월적인 힘을 시사한다. 외부의 환란이 아무리 거세게 압박하더라도, 가족은 신성한 구속력을 발휘하여 환란을 극복할 수 있음을 암시한다. 그 힘은 부모가 물려준 물질적인 경제력이 아니라 유년시절부터 부모의 양육 과정에서 전달된 비물질적인 정서력에 기반해 있다. 가족을 구성하고 존속시키는 데는 경제적 능력 외에도 정서적 친밀감이 전제되어야 하는데, 인간의 내면에 잠재해 있는 기억과 정서는 비물질적 힘으로 삶의 구심점과 방향성을 제시할 수 있음을 보여준다.

4. 가족, 구속拘束의 근원

정서적 구심력은 양가성을 지닌다. 김애란1980~이 정서적 구심력으로서 가족의 긍정적인 기능에 주목한 데 비해, 박상영1988~은 오히려 가족이야말로 인간에게 주어지는 상처의 기원이 될 수 있음을 시사한다. 그는 「우럭 한점 우주의 맛」에서 성소수자들이 극복하기 어려운 가족 갈등을 보여주었다. 작가는 나와 그와의 사랑을 서사의 표면에 두되, 서사의 골격은 작중 주인공의 삶의 방식을 인정해 주지 않는 가족으로부터 받은 상처로 설정했다. 아들의 삶의 방식을 이해하지 못하는 어머니,

어머니의 완고한 태도에 상처받은 아들, 양자 간에는 화해하기 어려운 간극이 존재한다. 어머니는 아들을 이해하지 못한 채 자기 세계에 아들을 가두려 했으며, 그 과정에서 아들에게 치유할 수 없는 회한을 남겼다. 어머니와 아들의 고백을 각각 들어보자.

> 너 유치원 다닐 때였나. (…중략…) 나는 가만히 네 뒤를 따라갔다. 네가 두발쯤 걷다 자꾸만 멈춰 서기에 뭐 하나 봤더니, 거리에 있는 모든 가게 앞에 서서 일일이 보고 관찰하고, 때로는 만져도 보고 그러고 있더라. 호기심이 가득한 얼굴로 그 모습을 뒤에서 보는데 화가 나는 게 아니라, 덜컥 무섭더라. 네가 더 이상 내가 아는 아이가 아니라는 생각에. 네가 보고 싶은 것을 보고, 네가 걷고 싶은 길을 너의 속도로 걷는 게, 너만의 세계를 가진 아이라는게, 그렇게 섭섭하고 무서웠다.
> ―그때부터 산만했나봐, 나.
> ―그래서 너를 많이 괴롭혔던 것 같네. 간이 작아서. 너를 간장 종지처럼 좁은 내 품 안에 가둬놓고 싶었나보다.[8]

> 단 한번이라도 내게 사과를 해줬으면 좋겠어. 그때 내 마음을 짓밟은 것에 대해서. 나를 이런 형태로 낳아놓고, 이런 방식으로 길러놓고, 그런 나를 밀어내고 다시는 돌아오지 못할 곳에, 무지의 세계에 놔두기로 결정한 것에 대해서, 제발 사과를 해줬으면 좋겠어. 그게 엄마의 본심이 아니었다는 것도,

8   박상영, 「우럭 한점 우주의 맛」, 『창작과비평』, 창작과비평사, 2018.12, 241쪽. 강조는 필자. 이하 인용문은 인용문 말미에 페이지 수만 기입.

누군가의 잘못도 아니라는 것도 알고 있지만, 알지만, 나는 엄마를, 당신을,

도저히 이해할 수 없을 것 같아.

뭘?

정말 미안한데, 아마도 영영 용서할 수 없을 것 같아.

얘가 갑자기 뚱딴지같이 뭔 소리래.243쪽

어머니는 아들에게, 아들은 어머니에게 어설픈 형태이지만 내면을 토로하고 있다. 어머니와 아들의 고백은 대화의 형식을 띄고 있지만, 아들은 속마음을 독백할 뿐 소리내어 어머니에게 전달하지 않는다. 젊은 작가들은 가족이 '닻'이 되기도 하지만 '덫'이 될 수 있음을 보여준다. 전쟁과 같은 재난의 시기 가족은 정서적 연대를 도모할 수 있는 닻이 되지만, 독립된 개체로서 자기 길을 개척할 때는 덫이 될 수도 있음을 시사한다.

손보미1980~는 「폭우」에서 두 쌍의 부부를 대비해 놓았다. 불행은 가족을 통해 해소되기보다 증폭되어 헤어나기 어려운 늪이 된다. 주인공의 남편은 전자제품 상점의 판매원이었으나 갑작스러운 사고로 뇌진탕에 걸렸으며 이후로 눈에 이상이 와서 맹인이 되었다. 남편은 앞을 볼수 없게 되자, 매일 자판을 두드리며 '우스운 이야기'를 써서 아내에게 방송국으로 보내게 했다. 남편의 이야기는 한 번도 채택된 적이 없지만, 남편은 매일매일 자판을 두드렸다. 아내에게 남편의 타자 소리는 삶이 부서지는 느낌을 자아냈다.

가끔 그녀는 거울 속에 비친 자기의 얼굴을 가만히 바라볼 때가 있었다. 서른세 살에 불과했지만 흰 머리칼이 드문드문 보였고, 볼은 축 늘어져 있었으며, 피부는 거칠었다. 밤중에 자다가 깨기도 했다. 그녀는 좁고 너저분한 방과 음식물 냄새가 진동하는 싱크대, 바퀴벌레가 드나드는 화장실을 둘러보았고, 마지막에는 남편의 잠든 얼굴을 바라보았다. 별다른 일도 하지 않고 집에만 있는 남편의 배와 등에는 지나치게 살이 붙어 있었다.[9]

남편에게 갑작스럽게 닥친 재난은 아내의 삶도 잠식해갔다. 그녀는 미국 대중음악 강연을 들으며 초라한 일상을 잊곤 한다. 구청은 구민들의 문화생활 수준을 높이기 위해 각 분야의 권위자에게 격조 있는 강의를 기획했다. 맹인의 아내는 미국의 대중음악보다도 격조 높은 강사의 분위기에 매료되었다. 그것은 동경하지만 가질 수 없는 세계였다.

매주 수요일 저녁이 되면 그녀는 자신의 유일한 외투를 걸치고 차가운 바람을 헤치며 집에서 두 정거장 떨어진 구청까지 걸어갔다. 그녀는 강좌를 들으러 걸어가는 그 길과, 강의실의 냄새, 네모반듯한 책상, 그리고 항상 값비싼 캐시미어코트를 걸치고 오는 강사를 좋아했다. 강사는 미국에서 대학과 대학원을 다녔다고 했으며, 그에 걸맞게 미국의 대중음악뿐만 아니라 영화, 소설, 시, 연극에 대해서도 해박한 지식을 가지고 있었다. 그녀는 노트에 강의 내용을 빽빽하게 기록해 두었다가 집으로 돌아오면 남편에게 얘기해 주었다.6쪽

---

9   손보미, 「폭우」, 『문학동네』, 2019 가을호, 문학동네, 10쪽. 이하 인용문은 인용문 말미에 페이지 수만 기입.

그렇다면 교수의 삶은 어떠했을까. 대학에서 전임이 된 남자는 미국 대중음악 강연을 하러 구청에 갔다. 구청에서 강의를 중단하자, 맹인의 아내가 다가와 인사했다. 개인적으로라도 강의를 듣고 싶다고 말하며 맹인 남편 얘기를 들려주었다. 맹인 남편은 강사를 집으로 초대하게 했다. 교수의 아내는 남편의 뒤를 밟았으며, 남편이 맹인의 아내를 만나는 것을 부정주표으로 이해했다. 중산층 남편과 아내 간에도 메울 수 없는 거리가 존재했다.

맹인 남편과 그의 아내도 불행하지만, 교수 남편과 그의 아내도 불행하다. 불행은 물질의 유무에서도 오지만, 양자 간의 거리에서 초래된다. 육체적이고 경제적인 조건 외에도 불신이 그들을 불행의 늪으로 몰고 간다. 우아한 장소에서 식사를 하고 와인을 마시더라도 그 간극은 메울 수 없었다. 물질의 유무가 불행을 표면적으로 드러낸다면, 불신의 씨앗은 점점 더 커지고 아이의 불행으로 이어진다. 부모에게 마음을 열지 않는 아이는 엄마에게 상처가 되고, 부부간의 불신과 불행을 초래했다. 작가는 가족과 가정은 인간의 불완전한 삶을 보듬어주는 온상이 될 수 있는가를 묻고 있다. 오히려 강제성과 구속력으로 말미암아, 서로의 존재가 상처의 온상이 될 수 있음을 보여준다.

5. 증여贈與의 공동체로서 공정성 제기

국가의 재분배, 자본주의 사회 상품의 교환양식에 비해, 가족이 지닌 '증여贈與' 양식이야말로[10] 자발적이고 자연스럽게 가족 공동체 존속에 기여했다. 중국작가 위화의 『허삼관 매혈기』1996, 중국출간는 동아시아 가족의 전통에서 드러나는 증여의 초월적인 성격을 보여주고 있다. 가장家長 허삼관은 가족들을 위해 자신의 '피'를 증여한다. 큰돈이 필요할 때면 피를 팔아 가족을 부양한다. 배우자를 맞이할 때, 큰아들이 다른 아이에게 상해를 입혔을 때, 아들이 아플 때에도 피를 팔아 번 돈을 만들었다. 그는 피를 팔 때에 다음과 같이 애걸한다.

우리 다섯 식구는 지난 오십칠 일간 옥수수죽만 마셨습니다. 전 지금 몸속의 피 말고는 아무것도 가진 게 없다구요. 제발 제 몸속의 피 두 사발만 가져가주십사 부탁드리려고 왔습니다. 그래서 돈이 생기면 그 돈으로 식구들한테 오랜만에 맛있는 밥 한끼 사주려구요. 도와주십시오. 나중에 반드시 보답하겠습니다.[11]

그는 맹목적인 형태로 증여하는데, 왜냐하면 증여의 대상이 되는 자녀는 곧 자신의 분신, 또 다른 자신自身이기 때문이다. 혈연血緣을 기반으

---

10 아즈마 히로끼, 안천 역, 「가족의 철학」, 『관광객의 철학』, 리시올, 2020, 219쪽.
11 위화, 최용만 역, 『허삼관 매혈기』, 푸른숲, 2009, 168쪽. 이하 작품 인용은 인용문 말미에 페이지 수만 기입함.

로 한 가족제도에서 증여의 방식이 일방적일지라도, 핏줄 공동체의 실현과 존속이라는 측면에서 구성원 모두는 하나의 목적을 실현한다. 허삼관의 아내는 남편의 피가 궁극에는 조상의 것임을 다음과 같이 시사한다. "어렸을 때 아버지가 이런 말씀을 하셨어요. 피는 조상에게 물려받은 거라, 사람이 꽈배기나 집, 전답을 팔 수는 있지만 피를 팔아서는 안 된다고. 몸뚱이는 팔아도 피는 절대로 팔아서는 안 된다고요. 몸은 자기거지만, 피는 조상님 거라구요. 당신은 조상을 팔아먹은 거나 다름없어요."118쪽

가족이 가문, 문중, 혈통을 잇는 것이 공동체의 주된 기능일 때 증여의 공정성이 제기될 여지가 없었다. 공동체의 존속보다 개인의 삶에 더 비중을 두는 시대에 이르면, 증여에 공정성 문제가 제기된다. 왜냐하면 가족은 한 개인이 자신의 존엄성과 자유가 존중되고 실현되는 제1의 공동체가 되기 때문이다. 강화길1986~은 「음복」에서 가족 구성원 간의 의식 변화를 제기한다. 전래의 가족 구성원들은 불균등에 대해서도 제도적 강제성을 기반으로 당연시 했다. 작중 주인공 나는 며느리로서 시가媤家 제사에 처음 참여한다. 그녀는 안정된 가족의 기저에는 누군가의 희생이 강요되어 있었음을 목도한다.

제삿날, 고모는 자신을 비롯한 가족 구성원들이 불편할 수 있는 말들을 직설적으로 내뱉었다. 알고 보니, 그녀를 비롯한 이 땅의 딸들은 고모가 되자 식구들에게 악역을 자처하는데, 그간 가족 구성원으로서 균등하게 복을 나누어 받지 못한 불합리한 삶에 대한 원망이 굴절된 것이다. 이러한 모습은 친정엄마에게서도 재현되고 있었다. 나의 엄마도 외가에

서는 식구들에게 악역을 자처하고 있었다. '음복'이라는 제목에서 알 수 있듯이, 그녀들의 악역은 가부장적 가족 구도에서 자기 몫을 할당받지 못한 데서 오는 한탄이었다.

왜냐하면 나는 엄마가 우는 걸 자주 봤으니까. 외할머니가 외삼촌을 너무 사랑해서, 자신의 큰딸을 여러 번 아프게 했다는 걸 알았으니까. 대학교를 갈 수 없게 했고, 결혼식에 돈을 보내주지 않았고. (…중략…) 그러면서도 할머니는 누군가에게 화가 나거나 속상한 일이 있으면 엄마에게 전화를 걸어 몇 시간이고 떠들어댔다. 울었다. 하소연하고 속을 풀었다. 네가 아니면 누가 나를 이해해 주니. 네가 나를 이해해줘야지. 그리고 다시 전화를 해서 말했다. 너 대체 앞으로 어떻게 살래? 너 때문에 내가 잠이 안 와.[12]

그녀는 양육과정에서 부모로부터 복을 나누어 받지 못했음에도, 할머니의 하소연과 원망을 감당해 왔다. 그 결과 그녀 역시 고모가 되었을 때 친가에서 악역을 맡았다. 가족들로부터 복을 나누어 받지 못한 여성의 불합리한 삶은 되돌이표처럼 되풀이되고 있는데, 이것을 조장하고 존속시키는 주체가 여성이라는 사실 역시 간과할 수 없다. 작가는 그러한 소외가 남성보다 여성에 의해 존속되고 있다는 점에 주목한다. 나는 시어머니로부터 장문의 문자를 받고서, 남편 정우에게 다음과 같은 혼 잣말을 읊조린다.

---

12 강화길, 「음복」, 『문학동네』, 2019 가을호, 문학동네, 382쪽. 이하 인용문은 인용문 말미에 페이지 수만 기입.

그러니까 내가 너와 함께 살기 시작하면서 알게 된 것들을 말이다. 이를 테면 시어머니가 할머니를 모시며 함께 살고, 제사를 열심히 챙기는 대신 시아버지는 너의 삶에 어떤 상관도 할 수 없다는 것. 그 약속에는 나의 삶까지 포함되어 있다는 것. 그리고 그 내용을 며느리인 내게만 말해주기로 역시 약속했다는 것. 조금 더 자세히 말해볼까. 나는 그날 집에 돌아가는 길에 그 내용이 담긴 장문의 문자를 받았다. 시어머니는 글 말미에 이렇게 썼다.

"그러니까 앞으로 제사에 오지 않아도 된단다."

그녀는 강조했다.

"정우는 다 모르게 해줘."381쪽

시어머니는 아들의 삶을 위해 시가媤家의 짐을 책임지고 감내해 나갔다. 이제 아들을 위해, 며느리에게 봉제사에 대한 면책의 자유를 부여했다. 이때 '자유'는 일련의 사실을 아들이 모르게 해야 한다는 미션을 전제로 한 것이다. 아들에 대한 어머니의 배려가 가족내 아들의 무신경을 조장했다. 특별한 복을 받으면서도 그것이 누구의 희생을 전제로 한 것인지 알 필요가 없도록 말이다. 복을 나누어 받지 못하는 것도 문제지만, 복의 독식을 인지하지 못하는 것도 문제이다. 강화길은 가족 구성원들이 균질하게 복을 나누어 가질 수 있어야 함을 제시하고 있다.

정세랑은 『시선으로부터,』문학동네, 2020에서 할머니 심시선에 대한 10주기 제사를 하와이에서 지내는 이색적인 제사계획을 실현해 보였다. 가족 구성원들은 고인故人이 된 심시선이 젊은 시절 머물렀던 섬에서 그녀의 삶을 기억한다. 제사는 아들, 딸, 며느리, 사위, 손주 모두가 함께 준비하는 의식이 된다. 심시선의 딸 명혜는 가족들에게 제사의 준비물로 "엄마가 좋아했을 것 같은 가장 멋진 기억"을 가져올 것을 요구한다.

> 기일 저녁 여덟 시에 제사를 지낼 겁니다. 십 주기니까 딱 한번만 지낼 건데, 고리타분하게 제사상을 차리거나 하진 않을 거고요. 각자 그때까지 하와이를 여행하며 기뻤던 순간, 이걸 보기 위해 살아 있었겠구나 싶게 인상 깊었던 순간을 수집해 오기로 하는 거예요. 그 순간을 상징하는 물건도 좋고, 물건이 아니라 경험 그 자체를 공유해도 좋고.[13]

밀레니얼 세대는 증여의 공동체로서 가족 구성원 간의 공정성을 제안하고 있다. 가족과 제도를 부정하는 것이 아니라 가족을 구성하는 구성원들 간 인식의 변화를 지적하고 있다. 남녀 간의 연애에서부터 결혼에 이르기까지, 결혼에서부터 일상생활에 걸쳐 가족 구성원들의 의식과 결속력의 방식이 바뀌어야 함을 시사하고 있다. 유교적인 봉제사가 가족간의 서열과 위계를 강화시켰다면, 이제 가족 구성원 간의 평등을 제안하고 있다. 누군가를 위한 삶이 아니라 자기 몫의 복을 공평하게 나누어 받을 수 있는 터전으로 가족이 재정립되어야 함을 시사하고 있다.

---

13 정세랑, 『시선으로부터,』, 문학동네, 2020, 83쪽.

6. 밀레니얼 세대 가족 의식

이 글에서는 밀레니얼 세대의 가족 의식을 조명했다. 2010년부터 2021년에 이르기까지 문학동네 젊은작가상 대상 수상작 12편을 대상으로 밀레니얼 세대가 가족을 어떻게 바라보고 있는지, 그들이 지향하는 가족의 양태를 살펴보았다. 12편 중 6편의 작품이 연애의 좌절을 비롯하여 부부 및 가족 구성원 간의 갈등을 다루고 있었다. 일련의 작품을 통해 밀레니얼 세대의 가족 의식은 세 가지 형태로 드러남을 알 수 있다. 첫째, 연애 좌절의 배후에 가족이 자리잡고 있다. 둘째, 정서적 구심체로서 가족은 결속력의 근간이기도 하지만 상처의 기원이기도 하다. 셋째 증여의 공동체로서 구성원 간의 공정성을 제기한다.

젊은 세대에게 가장 이슈가 되는 사건은 연애이다. 연애의 좌절은 두 사람 간의 취향과 성격 차이에 기인하기보다 그들이 관계하고 있는 가족 공동체의 문제를 전제로 하고 있다. 좌절된 연애에는 두 사람을 포함한 공동체의 갈등이 전재해 있다. 가족의 강제성은 가족 구성원들에게는 선택지를 부여할 수 없다. 연애가 결혼으로 이어지지 않는 데에는 새로운 구성원이 가족의 강제성을 받아들 일 수 없기 때문이다. 이 지점에 이르면 '가족'이라는 제도를 돌아보게 된다. 가족이라는 삶의 양식은 문명화를 거듭할수록 적지 않은 갈등과 충돌을 야기한다. 생활수준이 향상되고 자본주의 경쟁이 전면화될 때 가족이라는 제도는 구성들에게 족쇄가 되기도 하기 때문이다.

가족의 정서적 구심력은 양가성을 지닌다. 극복할 수 없는 환란과 생존의 한계 상황에서 가족은 삶의 돌파구가 될 수 있다. 경제력이 아닌 비물질적인 애정의 전수와 친밀함의 기억이 현재 직면한 고통을 극복할 수 있는 신성한 힘으로 작용한다. 정서적 결속력이 강한 만큼, 극복하기 어려운 상처를 주기도 한다. 타인이 아닌 엄마이기에, 남편이고 아내이기 때문에, 구성원에게 극복하기 어려운 상처를 각인시킬 수 있다. 감정의 강제성으로 말미암아, 씻을 수 없는 상처를 줄 수 있다.

밀레니얼 세대들은 증여贈與 공동체로서 가족 구성원의 공정성을 제안한다. 전통적인 가족이 혈통과 가문 공동체를 잇고 유지하기 위한 수단이었던 만큼 가족간의 증여는 공정성보다 맹목적인 형태를 띠고 있었다. 가계의 존속을 위해 개인의 자유를 통제하고 희생을 강요했던 것이다. 집단보다 개인의 가치를 중시하는 밀레니얼 세대에 이르러, 가족 구성의 목적이 변화하고 구성원 간에는 증여의 공정성이 제기된다. 가족의 결속력이 누군가의 일방적인 희생 혹은 암묵적인 강요로 이루어져서는 안 된다는 것이다. 가족 모두가 균질하게 복福을 나누어 가질 수 있는 공정성에 대한 성찰을 제안한다.

젊은 작가들은 '가족'이라는 제도를 사유하며 변화와 개선을 지적한다. 전쟁과 재난의 시기에는 풍파를 헤쳐 나갈 수 있는 닻이 되지만, 새로운 패러다임에서 개인의 삶을 구축하는 데 덫이 될 수도 있다는 것이다. 개인에게 선택지가 없었던 지난한 과거와 달리 오늘날 세대는 다양한 층위의 삶의 선택지를 가지고 있으며, 스스로가 자기에게 가장 적합한 선택지를 고를 수 있다. 그들은 개별 취향에 대한 존중 외에도 그간 가족 구성원이 암묵적으로 수행해 온 불합리한 인식에 대한 개선도 제안한다. 부모와 자식, 가족내 남성과 여성, 부부의 제 측면에 걸쳐 우리 시대 가족 구조의 새로운 변화를 제기한다.

제2부

밀레니얼 세대 청춘의 표류

제1장
청춘, 거리 위의 이방인

1. '질투' 대신 '불안'

신춘문예 당선 소설을 통해 청춘의 고뇌를 구체적으로 들여다 보자. 한국소설가협회에서 간행한 『한국문단의 샛별—2014 신춘문예 당선 소설집』에는 18개 신문사 주최 신춘문예 당선작 18편이 실려 있다. 2014년 신춘문예 소설의 주제는 죽음과 삶의 절박함, 소외와 고독, 권력 앞의 벌거벗은 인간, 인종적 소수자들의 문제, 젊은이들의 방황 등 인간을 둘러싸고 있는 다양한 문제들이었다. 신인 작가들은 지금 이 사회를 구성하고 있는 다양한 문제적 상황에 대해 진지한 탐색을 보여 주었다.

이 글에서는 그 중에서도 눈길을 끈, 우리 시대 청춘의 방황을 다룬 소설들에 주목했다. 20대가 안고 있는 고민은 자신만의 문제가 아니라 이 사회가 직면한 과제이기도 하기 때문이다. 일련의 소설에 나타난 청춘의 공통된 정서는 '불안'이다. 온순하고 나약한 그들은 현실에 맞설 수 있는 힘이 없으며, 이서수, 「구제, 빈티지 혹은 구원」, 『동아일보』 대학을 들어와도 미래가 보이지 않았다.한인선,「유랑의 밤」,『문화일보』 졸업 후에는 비정규직으로 시작했으며,고동현,「청바지 백서」,『전북일보』 대학을 중도 포기하고 빨리 성공한 듯 보이는 그는 텅 빈 조로에 빠졌다.김덕희,「전복」,『중앙일보』

그들은 과거 청년들이 그랬듯이, "저녁거리마다 물끄러미 청춘을 세워두"긴 했으나 그들이 지녔던 '질투'는 없었다. 그들은 이전 세대의 옷을 입고, 이미 맞추어진 매뉴얼에 따라 살아가기를 원한다. 불안이 열정을 잠식했으며, 불투명한 과거와 현재로 인해 미래의 에너지마저 저당 잡혔다. 기형도는 그의 시 「질투는 나의 힘」에서 젊은 날의 '질투'를 다음과 같이 묘사했다.[1]

아주 오랜 세월이 흐른 뒤에

힘없는 책갈피는 이 종이를 떨어뜨리리

그때 내 마음은 너무나 많은 공장을 세웠으니

어리석게도 그토록 기록할 것이 많았구나

구름 밑을 천천히 쏘다니는 개처럼

지칠 줄 모르고 공중에서 머뭇거렸구나

나 가진 것 탄식밖에 없어

저녁거리마다 물끄러미 청춘을 세워두고

살아온 날들을 신기하게 세어보았으니

그 누구도 나를 두려워하지 않았으니

---

1   기형도,「질투는 나의 힘」,『입 속의 검은 잎』, 문학과지성사, 1989, 49쪽.

내 희망의 내용은 질투뿐이었구나

그리하여 나는 우선 여기에 짧은 글을 남겨둔다

나의 생은 미친 듯이 사랑을 찾아 헤매었으나

단 한 번도 스스로를 사랑하지 않았노라.

시 속의 청춘은 비록 스스로를 사랑하지는 않았지만, 질투라는 이름의 '욕망'을 가지고 있었으며 목마르게 사랑을 갈구하기도 했다. 반면 오늘날의 청춘들은 머뭇거리면서 저녁거리마다 물끄러미 청춘을 세워두긴 했으나, 다른 삶들을 질투하지 않았으며 사랑을 찾아 헤매지도 않았다. 현실에 대한 피로, 생활에 대한 불안에 휩싸여 그들은 '푸르른 봄靑春'의 시기에 가을 혹은 겨울과 같은 조로에 빠져 있다. 지금 이곳의 저녁거리마다 물끄러미 서 있는 청춘의 자화상을 살펴보자.

2. 피기 전에 낡아버린 삶 __ 이서수, 「구제, 빈티지 혹은 구원」, 『동아일보』

이서수는 「구제, 빈티지 혹은 구원」『동아일보』에서 구원받지 못한 남루한 젊은이의 모습을 담담하게 묘사해 놓았다. 작중에는 P와 그의 여자인 나, 그리고 친구들 L과 K가 등장한다. '나'의 시점에서 동류 젊은이들의 일상의 한 풍경이 그려진다. P는 새 옷을 입으면 발진이 돋는 등, 사람이든 물건이든 새로운 것들은 무조건 기피한다. 지난주에는 새엄마를 폭행했다.

P는 친구들과 빈티지 옷가게를 털 결심을 한다. P는 옆 좌석에 여자 친구인 나를 태우고, 뒷좌석에는 L과 K를 태워서 인터넷에서 봤던 빈티지 옷가게를 찾아 나선다. K는 어린 시절 가족과 왔던 오리고깃집을 찾아, 식당 마당에 묻어 두었던 타임캡슐을 찾으려 한다. 그는 타임캡슐 속 아버지의 글을 통해 가출한 아버지의 심경을 알고 싶었다. K는 아버지가 남기고 간 옷들을 입었다. L은 품속에 장도리를 가지고 왔다.

빈티지 옷가게에서 그들은 헌 옷들을 걸쳐 입고, 옷 가격을 물으면서 장도리를 꺼내 든다. 그러나 L이 꺼낸 장도리는 옷가게 점원에게 위협이 되지 못한다. 옷가게 점원은 따뜻한 차를 건네주고 그들과 나누어 마신다. 이 청년들은 장도리를 휘두를 정도의 울분과 적의가 없다. 울분과 적의는 부정적 에너지로서 일종의 힘에 해당하는데, 그들에게는 그런 에너지조차 없다. 옷가게의 주인이 '히피'냐고 물었을 때, 그들은 그것이 "이제는 웃기는 말"이라고 대답한다.

주지하다시피 히피는 1960년대 미국을 중심으로 일어난 반체제, 반사회적 행동을 하는 자연 추종자들이다. 그들은 기성의 사회통념, 제도, 가치관을 부정하고 인간성을 회복하고 자연에 대한 귀의를 강조하던 평화주의자들이었다. 그들의 반항과 저항에는 뚜렷한 목표가 있었으니, 궁극에는 평화주의의 실현이었다. 그들은 정치적인 이방인으로서, 인간성을 되찾고 개인의 자유를 찾으려 했다.

반면, P와 K 그리고 L은 사회에 불만을 가지지 않으며 사회에 공격성을 보이지도 않는다. 부모 세대와 유대가 원활하지 않은 그들은 단순한 이방인일 뿐, 어떤 위협적인 공격성도 없다. 달아나는 바퀴벌레 한 마리도 제대로 잡지 못한다. 풋풋한 그들의 젊음은, 낡은 옷에 가려져 있다. 시대에 적응하지 못하는 그들의 미숙한 감수성 역시 낡은 옷 속에 여리게 웅크리고 있다. 버려진 옷가지들처럼, 그들 역시 이 사회에 버려진 존재로 있었다.

옷 가게 주인은 그들을 "히피가 되지 못한 쓰레기"라 했으며, 그것은 다른 사람들 눈에도 마찬가지였다. "K는 여전히 모자라 보이는 차림새였고, L은 옷 같지도 않은 옷을 입고 있었으며, P와 나는 원래부터 남들에게 호감을 주지는 못하는 부류의 사람이었다." 과거 K의 가족들이 왔던 오리고기 집은 한정식 집으로 변해 있었고, 그들은 문전박대 당했다. 결국 타임캡슐을 찾을 수 없었지만, K는 과거 아버지가 타임캡슐에 넣어둔 단어가 무엇인지 이미 알고 있었다.

그것은 '젊음'이었다. K를 포함한 그들은 "그 단어의 의미를 이해하지는 못했다". 그는 타임캡슐을 통해 글을 찾으려는 것이 아니라, 그 의미를 찾고 싶었던 것이다. 평소 K는 가출한 아버지의 잔영을 좇아, 아버지의 옷을 입고 아버지의 생각을 알고 싶어 했다. 다른 사람이 입었던 옷을 다시 입듯이, 그들은 지난 세대의 그늘을 좇거나 그들의 그늘진 삶을 살았다. 가장 새로워야 할 인생의 절정기 임에도 불구하고, 오히려 그들은 헌 인생을 부유하고 있었다.

K의 아버지가 바람이 나서 가출할 수 있었던 것은, 그만큼 그가 '젊음'을 알고 그것을 향유할 수 있었기 때문이다. '젊음'이 무엇인지 안다는 것은, 그만큼 젊음을 누렸고 누린 만큼 그것이 영속되기를 꿈꿀 수 있었다는 것이다. 그는 가족보다 새로운 사랑을 찾아, 자신의 젊음을 재

생시켰던 것이다. 그는 그 젊음을 타임캡슐에 넣어, 시간을 건너뛰어서도 지속되기를 바랐던 것이다.

반면, 그의 자녀 세대는 그들의 젊음을 빈티지 속에 가두어 두고, 드러내지 못한다. 어린이가 젊은이로 성장했지만, 젊은이들은 '젊음'이 무엇인지 몰랐다. 그들은 젊었으나, 그 젊음을 마음껏 누리며 세상을 활보할 수 없었다. 오히려 그들에게 젊음이란 단어는 "가장 불가해한 것이었다". 누가 이들로부터 가장 파릇파릇해야 할 젊음을 앗아간 것인가. 왜 그들은 각자 자신의 꿈을 찾거나 좇지 못하고, 과거의 잔영 속을 헤매고 있어야만 하는가.

3. 거세당한 젊음, 거세당한 미래 __ 한인선, 「유랑의 밤」, 『문화일보』

젊음을 거세당하기는 특목고를 졸업하고 대학에 진학한 대학생도 마찬가지이다. 한인선은 「유랑의 밤」『문화일보』에서 빚에 쪼들려 남자와 동거하는 여대생의 일상을 담담히 보여주고 있다. 여대생 '나'의 1인칭 시점의 고백이라는 점에서, 주인공 내면의 세밀한 추이가 잘 드러나 있다. 나는 서울에 있는 대학에 진학했으나, 아버지의 실직으로 학비와 생활비를 감당해야 한다.

과외를 전전하면서 핸드폰 비, 교통비, 식비, 학자금 대출 이자 등을 감당해 나가지만, 과외비만으로는 벅차다. 나는 생활난 타계의 방편으로 남자친구와 동거에 들어간다. 일시불로 내는 기숙사비는 애시 당초 감당하기 어려웠다. 사랑해서 동거하는 것이 아니라, 생활을 감당하기 힘겨워 동거한다. 가장 빛나야 할 청춘기는 빚 청산의 과정이었다.

쌀이니 생수니 김치니, 자잘하지만 매일 닳는 것들을 사들고 오는 건 거의 언제나 B였다. 나는 쥐처럼 그의 식량을 조금씩 갉아먹었고, 그 값을 제대로 지불하지 못했다. 그렇게 쌓이는 빚은 한 방울씩 고이며 차오르는 물과도 같았다. 나는 물이 내 목에 찰랑거릴 무렵에야 겨우 한 움큼씩 물을 퍼내며 연명해나갔다. 물을 퍼내려면, B가 좋아하는 진밥을 준비하거나 B가 원하는 애정표현을 해주거나 하면 되었다. B는 사랑의 확인이라는 표현을 즐겨 썼고, 나는 쌓인 빚을 조금씩 청산할 수 있어 홀가분했다.

그렇다고 동거가 모든 것을 해결해 주지 않았다. "콘돔값은 A가 부담했지만, 임신테스트기 값과 아침에 소변을 보고 임신테스트기를 손에 쥔 채 느껴야 하는 불안과 공포는 내가 부담했다." 죽도록 사랑해서 시작한 동거가 아니라 살기 위해 시작한 동거이니 만큼, "동거는 합리적이어야 했고, 나는 과외를 끊을 수가 없었다". 나는 그간 힘껏 공부했으나 대학의 패기와 열정 대신, 끊임없는 상실감과 패배감을 맛보아야 했다. 대학생의 신분으로 서울에서 대학 생활을 유지하는 것, 그것만으로도 힘겨웠다.

과외를 통해 나는 이 땅에 또 하나의 패배자를 양산하는 데 기여했다. '이렇게 공부하면 나중에 행복해진다'는 거짓말을 하면서, 하루를, 한 주일을, 한 달을, 일 년을 전전긍긍하면서 버텨 나간다. 엄마가 전화로 "다 엄마 탓이야, 미안하다, 딸" "너 정말 힘들겠구나"라고 위로할라

치면, 나는 "인생이 다 그런 거지 뭐" "괜찮아, 며칠 후면 과외비가 들어오니까"라고 아무렇지 않은 척 엄마를 안심시킨다.

나는 밤이라는 고양이를 기른다. 발정기가 오기 전에 고양이의 성기능을 거세시키듯, 나는 나의 젊음을 거세시켰다. 남자친구 A와 시작한 동거는 다시금 남자친구 B, C,……로 바뀔 뿐 근본적인 상황이 바뀌지는 않았다. 감당할 수 없는 오늘을 살아내기에도 급급한 나에게 '미래'는 없었다. 남자친구 A는 "너랑 있으면 미래가 없을 것 같"다고 말하며, 나를 떠났다. 결국 남자친구 B와도 '과외', '밤애완 고양이', '면접', '월세', '샴푸값', '가스비' 때문에 헤어진다.

젊은이들은 온전히 사랑할 수 없었다. 그들은 젊음을 거세당했다. 자신이 원하는 대학에 들어와도 문제는 다시 원점으로 돌아갔다. 학비, 생활비 등을 해결하기 위해 그들은 책상 앞에 앉을 수 없었다. 대학생 신분을 유지하기 위해 일찍이 노동전선에 뛰어들고, 생활전선에 노출된다. 그렇다고 해서 주인공이 동거하는 남자친구의 삶이 열정과 패기로 가득 찬 것은 아니다. 남자친구가 미래와 생활 문제로 나와 이별하려 했던 만큼, 그들 역시 생활과 취업에 대한 압박이 컸다.

남자친구 B는 면접에 입고 갈 양복을 정성스레 손질하며, 양복에 붙은 고양이털에 불편한 심기를 드러낸다. 당면한 학비와 생활비를 감당해야 하는 여대생 못지않게, 동거하는 남자친구는 바늘구멍 같은 취업이 그의 목을 조르고 있기 때문에 낭만적 사랑을 할 수 없었다. 88만원세대인 그들은 힘겹게 수능을 치르고 대학에 진학했지만, 다시금 사회에 나갈 때는 비정규직이라는 또 다른 모습의 사회적 약자가 되어야 했다.

4. '기계 - 동물' 되기 __ 고동현, 「청바지 백서」, 『전북일보』

대학을 졸업하고 취업한 젊은이의 현실은 어떠한가. 고동현은 「청바지 백서」, 『전북일보』에서 대학을 졸업한 젊은이가 취직 이후 겪게 되는 삶의 고충을 보여주었다. 작중 주인공 Y는 한 업체에서 컴퓨터를 수리하는 임시직비정규직으로 일하고 있다.

> 무엇보다도 끊임없이 이어진 가난은 그럴 수밖에 없는 틀로 그의 삶을 얽매었다. 그는 성적이 나쁘지 않았지만 국비로 운영되는 전문대학에 입학해야 했다. 대학 시절에는 수업과 아르바이트로 이어지는 삶 외에는 관심을 가질 틈이 없었다. 그는 삶이란 주어진 환경에 몸을 맡기는 것이라고 생각했다

그는 다른 회사 전산부에 파견근무를 나갔다. 파견 나온 회사에서는 그의 생일을 축하하며, 선물로 셔츠를 주었다. 선물을 건네 준 여직원은 다가오는 야유회에 입으면 좋겠다고 인사말을 남겼다. 이후 그의 고충이 시작되었다. 야유회 전까지 그 셔츠에 맞는 청바지를 사야한다는 압박감으로, 그는 주말 내내 청바지 매장을 돌며 피로한 시간을 보냈다.

그는 자기가 주도해서 무엇을 고른다는 것이 실로 어려웠다. 지금까지 기존에 만들어진 규율에 맞추어 삶을 살아왔다. 그런 까닭에 정해진 무엇인가가 아니라, 자기 스스로 새로운 어떤 것을 찾아 나서는 일은 쉽

지 않았다. "그는 주어진 매뉴얼대로 일하는 생산직"을 가고 싶었다. 어머니의 만류로 사무직을 선택하긴 했으나, 컴퓨터를 수리하는 일은 생산직과 같은 성격을 가지고 있었다. 그는 "자신의 삶이 그저 톱니바퀴처럼 잘 짜여 굴러가기"를 원했다.

특정 셔츠와 자기 체형에 맞추어 청바지를 사는 일, 대형할인 마트에서 여러 브랜드의 상품 중 하나를 고르는 일, 일련의 선택은 그의 삶에 고충을 안겨주었다. 그에게 더 큰 고난이 닥쳤다. 그가 살고 있는 집이 재개발 지역으로 지정되어, 어린 시절부터 살아왔던 집을 떠나 다른 집을 찾아 나서야 했다. 가장 큰 고난에 직면하여, 홀연히 그를 둘러싼 환경을 떠났다. 실종되기 직전, 다음과 같은 생각을 했다.

그는 가끔 먼 산을 바라보았다. 무언가를 선택할 필요가 없는 동물들의 삶이 부러웠다. 주어진 환경에 적응만 할 뿐인 그것들이 자신보다 더 행복한 것 같았다. 그는 아무도 없는 숲을, 그 속에서 동물처럼 살아가는 자신의 모습을 종종 떠올렸다.

학창시절 기계적으로 공부하며 제도에 맞추어 왔다면, 성인이 되어서도 기계적인 것에 친숙한 삶을 살았다. 매뉴얼대로 하면서, 마음의 안정과 정서적 여유를 얻었다. 자기 생각, 자기 의견을 가지는 일을 하지 않았기에, 오히려 자기를 드러내는 일이 성가시고 힘들어지게 되었다. 그는 인간이되 동물이기를 원한다. 주어진 환경을 바꾸지 않고 "주어진 환경에 적응만" 하면 되는 동물의 삶을 동경했다.

동물과 그가 구분되는 점이 있다면, 기계적으로 분석하는 일이다. '회귀분석'과 같이, "시간에 따라 변화하는 데이터나 영향 등을 통계적으로 예측"하는 작업은 감정과 주관이 관여할 필요가 없는 기계의 영역이다. 그는 '기계-동물'과 같은 삶을 살면서, 점차 자신의 주관과 감정 그리고 개성을 잃어갔다. 그는 애초부터 현실의 제반 환경에 자신을 맞추어 왔을 뿐, 그에 거스르거나 자기 생각을 가지지 않았던 것이다. 주어진 조건에 이의를 제기하거나 분노 혹은 저항하지 않는 삶을 살아왔던 것이다. 이십 대에는 대학에 입학하여 취업만 생각했으며, 취업 후에는 매뉴얼대로 일했다.

주인공 Y는 오늘날의 젊은이들을 대표한다. 작가가 임시직이라는 Y의 현실적 조건과 '기계-동물'을 지향하는 삶과의 상관성까지 탐색했다면, 작품의 시의성은 더 돋보였을 것이다. 제도와 환경에 피동적으로 적응 해나가는 청년들의 삶을 조명한 것은 유의미하지만, 시의성 있는 주제인 비정규직의 문제성까지 고려하지 않아서 아쉽다. 비정규직임시직이지만 그에 맞추기에도 급급한 현실의 심각성까지 고려했다면, 이 작품에서 '기계-동물'되기에 경도된 최근 젊은이들의 태도는 더 첨예하게 전달되었을 것이다.

5. 자본주의 시대 공허한 소작인 __ 김덕희, 「전복」, 『중앙일보』

아예 대학졸업을 포기하고 사업에 뛰어드는 경우도 있다. 김덕희의 「전복」『중앙일보』에서 주인공 '나'는 일찌감치 이익에 눈을 떴다. 나는 생존을 위해 필요한 것은 졸업장이 아니라 돈이라는 것을 알아 차렸다. 대학을 입학하고 군대도 다녀온 시점에서, 부모님이 돌아가셨다. 부동산중개업자였던 아버지는 평소 "세상이 아무리 변해도 땅은 거짓말을 하지 않는다"는 사실을 인지시켰다. 현대를 "봉건시대"라고 설명하는 아버지의 말을 이해하기 힘들었지만, 나는 봉건시대의 영주로 살아남을 수 있는 길을 빨리 터득했다.

"아버지의 논리에 따르면 건물주는 지주였고 임차인은 소작농"이다. "소작농이 땅을 빌려 농사를 짓고 소작료를 내듯 상가를 빌린 임차인들은 장사를 해 번 돈으로 임대료"를 내는데, 나는 우리 시대 새로운 타입의 지주인 건물주가 되기 위해 온갖 노력을 다한다. 매뉴얼대로 살아온 대학 졸업생과 달리, 나는 학교 바깥의 세상에 눈을 돌려 우리 시대의 새로운 지주들을 선망하고 질투했던 것이다.

가족의 죽음은 생존 본능에 눈뜨게 했으며, 나의 생존 본능은 수익성 창출이다. 대학은 축제와 유흥으로 흥청망청 소비만 할 뿐 수익이 없으므로, 대학에 대한 미련이 남을 리 없다. 부모님의 장례식을 치른 후, 살고 있던 아파트를 처분해서 고시원에 들어갔다. 확보된 돈으로 일을 시작했다. "방 두 개짜리 아파트 하나를 굴리고 굴려 여기까지 오는 데 딱 15년"이 걸렸다. 이제 나는 대학가의 원룸을 소유하고, 임대수익으로 생활한다.

1년마다 한 번씩, 어떤 해는 두 번씩 이사를 했다. 올랐다 싶으면 팔았고 오르지 않겠다 싶어도 팔았다. 집 한 채를 고를 때마다 평균 예닐곱 번씩 현장을 답사했다. 아침에 출근과 등교하는 사람들의 동선을 파악해야 했고 밤에는 주변 상권의 분위기를 살폈다. 비 오는 날과 맑은 날이 다 달랐고 평일과 휴일이 또 달랐다.

나는 대학에서 책으로 세상을 배우는 대신, 일찌감치 임대사업에 뛰어들어 세상을 배웠다. 이익에 눈이 밝게 되었으며, 그 이익을 유지하기 위해 어떤 노력을 해야 하는지 알게 되었다. 나는 인근의 원룸업주들과도 경쟁한다. 공무집행자에게는 더없이 온순하고, 경쟁이 되는 인근 원룸업주들의 고발도 서슴지 않는다. 임대사업자로서 나는 임대료를 제 때에 낼 수 있는 학생에도 눈이 밝았다. 방이 남더라도, 치과의사집 딸 그리고 한우갈빗집 사장의 딸과 같이 임대료를 제 때에 낼 수 있는 학생만 받아들였다. 그런데 '지주'의 일상은 점차 긴장이 줄고 단조로운 무한반복의 연속이었다.

아침에 눈 뜨면 건물을 둘러보고 청소를 한다. 오후에는 운동을 하고 저녁에는 TV를 본다. 수입과 지출 경비를 맞춰보는 긴장감, 줄어드는 대출 원금과 불어나는 잔고가 주는 쾌감은 처음 1년도 채 가지 않았다. 단조롭고 빤한 일상의 무한 반복이었다. 세입자들을 관찰하는 버릇이 생긴 게 그즈음이 아닌가 싶다.

온순하고 조건 좋은 대학생만을 골라 '소작인'으로 둔 지주의 일상은 순탄했다. 어느 순간 나는 집 밖에 설치된 CCTV를 통해 원룸에 입주한 여대생들의 연애 풍경을 엿보는 것을 낙으로 삼고 있었다. 그런데 평소 CCTV를 통해 훔쳐보던 한 여대생이 실종되는 사태가 발생했다. 원룸에 형사가 방문하고, CCTV를 복사해 갔다. 나는 약간의 죄책감과 긴장에 휩싸였다.

나의 번민과 달리, 그녀는 남자친구와 고향 바닷가에 밀월여행을 가서 자살한 것으로 밝혀진다. "완전한 사랑을 찾은 이 순간을 영원히 지키고 싶어서" 바다에 뛰어들었다고 한다. 나는 사인을 기사로 읽으면서 방을 비우는 날짜를 가늠한다. "태어나면서부터 풀옵션의 혜택을 누려온 아이들"의 삶을 다시 확인한 것에 지나지 않을 터이다.

지주로서 수익을 내고 다른 사람들로부터 부러운 시선을 받고 있지만, 나는 원룸이 빈집이라는 생각을 갖게 된다. 사실 집이 비어 있는 것이 아니라, 그의 내면과 정신이 비어 있었다. 매달 임대료 수익은 불어나겠지만, 삶은 더 삭막해지고 정신은 더 적막해 질 것이다. 정신과 상담과 치료도 받을 것이다. 그는 기실 지주가 아니었다. 자본주의라는 거대 체계 속에 그는 또 다른 모습의 소작인에 불과했던 것이다.

6. 문청文靑과 소설쓰기

누가 젊은이들의 청춘을 거세시켰는가. 누가 그들로부터 주장과 생기를 앗아간 것인가. 2014년 신춘문예에 등단한 일군의 작가들은 가장 푸르른 나이, 20대가 사회적 약자 혹은 쓰레기가 되어야 하는 상황을 문제시 한다. 아니 가장 푸르러야 할 나이에, 세상의 이익을 좇아 공허해진 늙은 청춘에 문제를 제기한다. 그들은 이 땅의 청년들이 출생하기 전부터 이 사회에 내재해 있었던 시스템의 문제성을 환기시킨다. 그것은 작중 인물들이 어렸을 때부터 지금에 이르기까지 아주 서서히, 그리고 오랫동안 그들을 잠식해 왔다.

그렇다고 해서 작가들은 이 사회를 잠식하고 있는 시스템을 뒤집어 엎는 일에 과격하게 뛰어들지 않는다. 그들은 글의 생명력을 알고 있기에, 선전과 행동이 아니라 뼈가 있고 살이 붙은 글을 통해 그들의 맑고 곧은 의지를 전달한다. 신춘문예 당선자 유희민은 자신의 글쓰기를 다음과 같이 고백한다.

사람들이 왜 글을 쓰느냐고 묻는다면 그저 세상 사람들에게 보여주기 위해서 쓴다고 말한다. 글은 마치 주머니 속에 든 송곳과 같아서 대충 쓴 글이라도 끄집어내 놓지 않을 수 없다. 허투루 쓰는 글이든, 작심하고 쓴 혈서든 그게 남에게 보이지 않으면 의미가 없다. 허공에 쏘아 올린 말은 독백이지만, 글은 뼈가 있어서 그 위에 살이 붙고 부풀어 올라 생명력을 가질 수 있기 때문이다.유희민, 「당선소감」, 『국제신문』

신인작가 유희민의 지적대로, 문청들은 글이 곧 생명력을 가질 수 있다는 사실을 알고 있다. 그런 까닭에 일련의 소설쓰기는 이 땅에 봄을 알리는 일이라 할 수 있다. 그들은 지금 봄이 오지 않았다면 도래할 봄을 보여주고 있으며, 봄이 가고 있다면 언젠가는 이 봄이 다시 올 것을 알린다. 또 누군가가 봄의 도래를 막고 있다면 과감히 그들과 맞서는 일도 서슴지 않는다.

백시종은 『한국문단의 샛별－2014 신춘문예 당선 소설집』의 첫머리에서 이를 '아름다운 집념'이라 했다. "신춘문예 당선이 곧바로 직업과 연결되던 황금시대가 이미 지나간 황량한 벌판"임에도 "흡사 새벽을 밝히는 샛별인 양 찬란하게 떠 올라준" 그들의 소설은 그 자체로 봄을 표상한다. 무엇에도 굴하지 않고 꿋꿋하게 써 내려가는 것, 모두에게 읽히고자 하는 것, 그 에너지가 유구한 소설의 역사를 창출해 냈다. 이 봄에는 거세된 청춘의 새로운 약동을 꿈꾸며, 새롭게 떠오른 문청들의 다음 글쓰기를 기대해 본다.

제2장
집을 둘러싼 청춘 표류

1. 두 개의 집, 두 개의 세계

소설 속의 인물들은 인간이 지닌 다양성을 보여주는 장치이다. 그런 까닭에 각각의 캐릭터는 복수의 인물이면서도 한 인간에 내재해 있는 다면성을 보여준다. 요컨대 다양한 캐릭터는 한 인간의 내면에 존재하는 다양한 인격이다. 문서정은 「레일 위의 집」『문예바다』, 2019 여름호에서 우리 시대 청춘의 자화상을 보여준다. 이 작품은 주인공이 만나는 두 여자를 통해 오늘날 청춘에 내재한 성격을 보여준다. 나는 여자 친구 은정과 오랫동안 사귀고 있다. 은정은 내 안에 있는 현실적이고 냉철한 자아를 대변한다. 내가 3년째 기간제 교사로 일하는 데 비해 은정은 이미 임용에 통과하여 초임교사가 되었다. 은정은 데이트 비용을 절감하기 위해 나의 숙소에서 주말을 보내고 틈틈이 주식 강의를 들으며 주식투자를 시도한다. 그녀는 미래를 위해 현재 누릴 수 있는 행복을 아껴두며 살았다.

나는 교육대학원을 다니며 서울과 부산을 오가는 동안, 또 다른 여자를 만난다. 자칭 '스윗 하우스', '수영'은 내 안에 잠재해 있는 낭만적이고 몽상적인 자아를 대변한다. 예쁘고 경쾌하며 근심걱정 없어 보이는 수영은 '고독한 아티스트', '인기 유튜버'를 연상시키는 외모와 닉네임을 가지고 있었다. 그녀는 사진을 찍는 것을 일로 삼고 있었으며, 자신이 찍은 사진에 대해 이야기했다. 나는 은정과 수영, 두 세계를 오가며 안정과 일탈을 동시에 경험한다. 은정이 갑갑했지만 있어야 할 현실을 표상했다면, 수영은 자유롭고 편안했지만 비현실적인 판타지의 세계를 표상했다.

문제는 두 세계에 대한 나의 입장과 자세이다. 나는 수영이 홈리스homeless임을 알게 되자, 거리를 두기 시작한다. 그녀가 큼지막한 캐리어를 끌고 학교로 찾아왔을 때에는 불편함이 엄습했다. 그녀가 홈셰어를 제안하는 순간 눌러둔 불편한 감정이 표출되었다. 이 지점에서 수영에 대한 나의 태도는 두 세계에 대한 나의 입장을 보여준다. 나는 수영에 대한 두 가지 감정을 표출한다. 그녀에 대해 호기심과 흥미를 느끼지만 그녀의 삶에 개입하지 않으려 한다. 나는 폭우로 집을 잃은 이재민에 대한 보도를 들으며 수영을 떠올리지만, 그것은 단지 동정과 감상에 불과했다.

그녀는 아직도 어딘가를 흘러가고 있는 것일까. 좁은 방 하나 없이 어디로 떠내려가고 있을까. 나는 다시는 수영을 만나지 못하리라는 것을 알았다. 흘러가는 것들은 잡을 수 없으니까. 흘러가는 것들은 머물지 않으니까. 그녀가 부디 큰 파도에 휩쓸려 떠내려가지 말고 흐르고 흘러 어딘가에 정착하기를 바랐다. 기차에 올라 자리에 앉자 눈물이 차올랐다. 기차가 출발했다.[1]

나는 그녀가 어딘가로 흘러가고 있다고 관망할 뿐 그 흐름을 자기 삶 안에 수용하려 하지 않는다. 그녀의 일정치 못하고 불안정한 흐름은 동경의 대상일 뿐이다. 또 다른 뉴스 보도에 의하면, 서울역 주변의 변사자 발견으로 부랑자 수용 및 사인 규명이 제기되었고 수영으로 보이는 여성이 용의자로 검거되었다. 나는 마음의 동요를 가라앉히며 생각을 정리한다.

먼저 서울역 바로 근처에 있는 남대문경찰서로 가서 용의자가 수영인지 확인하는 게 우선일 것 같았다. 용의자가 수영이라면 변호사 선임 등 보호자 역할을 하는 게 도리이겠지. 역 대기실 가장자리에 놓인 벤치에 앉아 천천히 커피를 마셨다. (…중략…) 나는 어디로 가야 할지 모르는 사람처럼 한동안 앉아 있었다. 더 이상 지체했다가는 첫 수업을 놓칠지도 몰랐다. 발걸음을 서둘렀다. 어디선가 캐리어 끄는 소리가 들렸다. 나는 듣지 않으려고 손으로 귀를 감쌌다.284쪽

나는 임용고시에 통과하고 성실한 초임 교사가 되었고, 교육대학원을 졸업한 후에는 전문성을 갖춘 유능한 교사가 될 터였다. 앞으로도 정

---

1   문서정, 「레일 위의 집」, 『문예바다』, 2019 여름호, 문예바다, 282쪽. 이하 작품 인용은 이 책으로 하되, 인용문 말미에 페이지 수만 기입함.

해 놓은 궤도를 성실히 살아갈 것이며, 섣불리 타인의 삶에 개입하지 않을 것이다. 잠시 흘러가는 대상에 관심을 가질 수는 있으나 순간적인 일탈일 뿐, 현실이 요구하는 스펙을 위해 삶의 가속도를 늦추지 않을 것이다. 그것이 바로 그가 가야할 집이고 세계였다.

문서정은 「레일 위의 집」에서 두 개의 세계를 보여주고 있지만, 사실 그것은 단 하나의 세계였다. 현실적인 자아가 건재하는 집이 얼마나 견고하게 우리 삶에 포진해 있는지 확인을 위한 장치로서, 낭만적이고 몽상적인 '레일 위의 집'이 필요했던 것이다. '레일 위'에 존재하는 일시적인 거처는 기실 순간적으로 나타났다가 사라지는 집이며 현실은 이를 부랑자의 집으로, 집이 없는 것homeless으로 낙인찍는다. '레일 위의 집'을 하나의 세계로 용인하기에 우리를 둘러싼 삶의 제 조건은 척박하고, 사회의 구조가 우리를 포박하고 있기 때문이다.

2. 현실이 요구하는 집

척박한 삶과 포박하는 사회의 구조에서, 사람들은 어떻게 집을 지탱해 나가는가. 장강명은 연작소설집 『산 자들』민음사, 2019에서 지금 이 공간에서 살아 있는 다양한 군상을 탐구하고 있다. '산 자들'이라는 제명에서 알 수 있듯이, '산'은 '죽은', '죽을', '죽을 수도 있는'과 같이 '죽음'을 염두에 둔 것으로 이 작품은 치열한 생존기이다. 다시 말해 8편의 연작은 각 작품의 주인공인 아르바이트생, 노조, 철거민, 대기발령자, 자영업자, 미취업 대학생, 가수, 고등학생의 생존기에 해당된다. 「대기발령」과 「대외 활동의 신」은 취업 전과 후를 배경으로, 이 사회가 구조적으로 사람을 포박하는 실제를 보여준다.

「대외 활동의 신」은 지방대 출신 대학생이 무수한 스펙을 쌓은 끝에 대기업에 취직한 사례를 보여준다. '대외 활동의 신'은 주인공이 운영하는 블로그, 페이스북, 트위터 계정의 이름이다. 대외활동의 합격 팁, 정보, 요령을 담고 있지만, 제 온라인 계정 역시 또 하나의 전략으로서 대외 활동에 해당된다. 그는 학벌, 학점, 토익, 자격증, 어학연수 5대 스펙 외, "인턴 경험과 각종 공모전 수상 경력이며 대학생 기자단이나 탐방단 같은 대회 활동"[2]에 매진했다. 총 314곳의 대외 활동에 응모해서 58곳에 합격했으며 그 중에서 25곳의 활동을 수료하고 다양한 이력을 기록해 놓았다.

인턴이 업종과 회사의 취업을 염두에 두고 지원하는 것이라면, 대외 활동은 불특정 직업을 대상으로 하는 전방위 사회 활동이라는 점에서 일명 '열정 페이'를 기반으로 한다. 나는 전주에서 서울을 오가며 수도권 대학생들과의 경쟁에서 이기기 위해 고군분투했다. 학과 교수의 질시, 수시로 찾아오는 자괴감을 견디며 활동의 영역을 넓혀 나갔다. 그에게 있어서 '대외 활동'은 열등감, 피해의식, 보이지 않는 장벽을 넘어서기 위한 전략이었고, 세상을 보는 눈을 키우며 자신을 어디에도 가두지 않고 계속 나아가려는 의욕의 표출이었다.

---

2 장강명, 「대외 활동의 신」, 『산 자들』, 민음사, 2019, 233쪽. 이하 작품 인용은 이 책으로 하되, 인용문 말미에 페이지 수만 기입함.

대학 개교기념 의전봉사, S텔레콤 캠퍼스 S-리더, 도시의 시정 도우미, 자치단체 축제 진행요원, 통계청 대학생 서포터즈, 영 크리에이티브 드리머, K은행 대학생 마케터즈, 대학생 봉사단 활동, G제과 대학생 모니터링단 등 활동의 스펙트럼은 다양했다. 그럼에도 졸업 후 취업하지 못했다. 100여 군데 입사지원서를 냈지만, 7군데 서류전형 합격 통보를 받았으며, 4곳만 임원 면접까지 갔다. 무수한 대외 활동이 무색하게도, 졸업 후에는 백수가 되었다.

"아무것도 할 수 없고 아무것도 될 수 없을 것 같은 열패감과 무력감. 어디에도 속하지 못하고 어디에서도 환영받지 못하는 듯한 소외감과 고립감"263쪽 이를 극복하기 위해 다시 대외 활동을 시작했다. Y제약 국토 대장정 스태프로 참가하면서 부산에서 서울까지 590킬로미터를 걸었다. 그 과정은 치열했다. 행진의 고통이 절정에 달하자, 악쓰는 소리가 들리기 시작한다. 악을 쓴다고 힘이 솟거나 더위가 가시거나 갈증이 해소되지 않았지만, "그렇게라도 주의를 환기시켜야", "실신해서 쓰러"지지 않기 때문이다.

발바닥이 아프거나 자신이 한심하게 느껴져 울음이 나올 것 같으면 악을 쓰는 게 유용한 요령이다. 얼굴을 찡그리면서 눈물을 땀인 것처럼 위장하면 된다. 몇 시간 동안 거울로 제 얼굴을 보지도 못하고 다른 사람과 대화도 없이 땡볕과 아스팔트 열기 속에서 고행을 하다 보면 자기 자신이 존재한다는 감각이 희미해진다. 그럴 때에는 악을 써서 제 목소리를 귀로 들어야 한다. 그렇게 해서 현실감을 되찾아야 한다. 그렇게 악을 쓰는 건 일종의 대화이기도

했다. 나 죽을 것 같지만 조금 더 버틸게. 그러니까 너희도 버텨 하는.

신은 자신이 오래전부터 악을 써 왔다고 생각했다.265쪽

결국 그는 국토 대장정을 주최한 제약업체의 공채에 합격했다. 최종 합격하자, 대학에서 특강을 요청했다. 후배들은 그에게 대외 활동의 비결과 정보를 구했으나, 그는 자위의 말을 하고 싶었다.

신은 자신이 어떤 역할극을 수행하는 중이고, 그 자리에서 너무 순도 높은 진실은 피하는 게 낫다고 생각했다. '저 학생들은 자신들의 상품성이 얼마나 떨어지는지 몰라.'

강연을 마치고 나갈 때 뒷줄에 있던 남학생이 자리에서 일어나며 작은 목소리로 "노오오오력"이라고 빈정댔다. 주변 학생 몇몇이 웃음을 터뜨렸다.267쪽

특강을 하는 그도, 특강을 듣는 후배들도 그들이 벌이는 역할극의 실체에 대해 잘 알고 있었던 것이다. '노력'이 아니라 "노오오오력"이라고 빈정대는 야유는 그의 노력이 의미 없다는 것이 아니라 그 노력의 비정상성을 질타하는 것이다. 다시 말해, 사회 시스템의 비정상성과 비인간성을 질타하고 싶었던 것이다. 그들은 본 게임에 들어가기도 전에 이미 가치와 서열이 결정되어 버리는 구도 속에서, 그것을 뛰어넘는 노력이 얼마나 무모하며 비현실적인가를 잘 알고 있었다.

그런 까닭에 극히 특수하고 소수에 지나지 않는 특정 사례를 모두에게 일반화하려는 시도는, 그 자체로 이 사회의 폭압적인 시스템을 그대

로 내면화하고 순응해야 한다는 또 하나의 폭압을 구현하는 것이다. 그러므로 오히려 "착취를 당했고 그 바람에 인생에서 중요한 걸 놓쳤다"는 질문도 타당하고, 또 아래와 같은 반박도 사실이다.

애초에 뭔가 괜찮은 걸 노려볼 기회가 저한테 있기나 했습니까? 처음부터 컵에 물은 반밖에 없었습니다. 대외 활동이 아니었다면 저는 대학 생활 내내 빌빌대면서 허송세월을 했을 겁니다.268쪽

그는 자기 자신이 어떠한 착취를 당했으며 인생에서 어떤 중요한 것을 놓쳤는지 말하기보다, 그가 처해 있는 사회 구조적인 문제를 지적했다. 처음부터 컵에 물은 반밖에 없었던 것이다. 문제는 대외 활동에 혼신을 다한 개인에게 있지 않으며, 컵에 물을 반밖에 주지 않은 채 이를 일반화하려는 불합리한 사회 구조와 시스템에 있다. 인간의 모든 역량이 상품으로 치환되는 현실에서, 그는 떨어진 상품성을 높이기 위해 맹목적이고 저돌적으로 고군분투 했던 것이다.

3. 유랑의 집, 표류하는 사람들

대기업에 취직한 것으로 삶의 성공을 단정하고 마음을 놓을 수도 없다. 현실의 집은 언제든 해체될 수도 있고 또 다시 지어야 할 수도 있다. 장강명은 「대기발령」『산 자들』, 민음사, 2019에서 불안한 고용 상황에 부대끼며

유랑하는 사람들을 보여준다. 「대기발령」에서 연아는 사령장을 두 차례 받았다. 입사 때에는 회사대표로부터 받았고, 대기발령 때에는 인사팀장으로부터 받았다. 그녀가 소속한 행복동행팀 네 사람 모두 대기발령 사령장을 받았다. 그들은 사외보를 외주로 돌리게 됨에 따라, 자회사인 티엔티로 전직을 권고 받았다.

사내 게시판에는 승진, 전보, 휴직, 복직자 명단과 더불어 대기발령자 이름도 적혀 있었다. 대기발령은 사표를 강요하는 실형 선고와 다를 바 없었다. 그들의 자리는 사무실의 통로에 있으며, 출입하는 모든 사람의 시선을 받았다. 구내식당의 탁자가 책상이었고 파티션, 기물, 비품도 주어지지 않았다. 그들은 업무 지시사항도 받지 않은 채, 업무를 원활히 수행하기 위한 사전단계인 '교육발령자 준수 사항'을 엄수해야 했다.

출근09시 및 퇴근18시 시간 엄수, 휴게 시간12~13시 엄수, 업무 시간 중에는 교육 장소를 이탈하지 말 것.(10분 이상 자리를 비울시 해당 팀장의 승인을 받을 것) 업무 시간 중 잡담 및 개인 용무(휴대폰 등) 금지. 휴게 시간 외 흡연 금지, 업무 외 사적인 용도로 회사 장비(컴퓨터, 메신저 등) 등 사용 금지, 어학 공부, 독서, 게임, 취침 등 금지. 경영지원팀으로 일일 업무 보고서 제출.(매일 퇴근 전) 회사 혁신 방안 보고서 제출.(매주 수요일 퇴근 전) 자기 주도 학습 보고서 제출.(매주 금요일 퇴근 전)[3]

---

3   장강명, 「대기발령」, 『산 자들』, 민음사, 2019, 65쪽. 이하 작품 인용은 이 책으로 하되, 인용문 말미에 페이지 수만 기입함.

주어진 업무도 없는데 업무 보고서, 혁신 방안 보고서를 제출해야 했다. 자칫 불성실을 문제 삼아 회사 측에서 징계할 수도 있으므로, 교육 발령자 준수사항을 엄격히 지키려 노력했다. 회사라는 거대 판옵티콘이 주는 모욕과 모멸감은 삶의 의미를 박탈하고 자존감을 훼손시켰다. 초기에는 모두 한마음으로 어려움을 극복해 나가고자 결기를 다지지만, 거대 조직의 폭력을 감당하지 못한 채 대기 발령자들은 한 사람씩 한 사람씩 사표를 내기 시작했다.

연아 역시 사직서를 내고 결국 본사의 요구에 따라 자회사로 들어갔다. 자동 고용 승계가 될 줄 알았으나, 권고 기간으로부터 일정 시간이 소요되었기에 면접을 거쳤다. 그녀는 에디터, 프로듀서, 콘텐츠 마케터 등의 직함으로 자회사인 웹 콘텐츠 업체를 비롯하여 모바일 콘텐츠 회사, 디지털 저널리즘과 강연 플랫폼 회사 등을 전전했다. 작품 말미에 이르면, 그녀는 공대 출신 개발자 남편과 다음과 같은 자조의 대화를 나눈다.

"그 회사 화장실에 가면 휴지 한 장이 35원이라고 한 장이면 충분하다고 세면대 옆에 적혀 있었지. 그래서 휴지 덜 쓰면 돈 얼마나 아낄 수 있다고 그걸 아끼라는 건가 싶은데, 휴지를 사는 사람 입장에서는 생각이 또 다른가 보지? 그런 휴지 취급을 받는 기분이었어."

"그게 기업이지. 쇼 미 더 머니. 사람이나 휴지나."

"쇼 미 더 머니라며. 돈만 준다면 얼마든지 시킬 수 있는 거 아냐?"

"그건 아니지. 그건 인간의 위엄이나 품위에 관계된 일이지. 자기가 돈이 있다고 남의 존엄을 무시하면 안 되지. 그게 갑질이잖아."79쪽 애초에 연아가 소속한 행복동행팀이 사외보를 통해 지향했던 문화, 사회공헌, 보통사람들의 따뜻한 이야기 등은 '쇼 미 더 머니' 자본주의 논리 속에서 힘을 잃었다. "그 팀이 돈을 얼마나 버는지 아세요?" "돈이 아니면 어떤 식으로 회사에 기여했나요?"55쪽라는 질문에 답할 수 없다면, 회사를 떠나야 했다. 자본의 논리는 냉혹했고, 생존의 문제는 절박하다. 생존의 절박함 속에서 인간의 위엄이나 품위는 가치를 잃기 십상이다.

언제든지 인간은 위엄과 품위를 잃을 수 있다는 점에서 우리가 만든 집도 불안하다. 현실을 기반으로 지어진 집은 기실 안정적이지 못하고 언제 와해될지도 모른다. 집을 가졌다고 해도, 그 집은 사회 구조의 지반이 흔들릴 때마다 균열과 붕괴의 조짐을 보이며 인간과 함께 표류한다. 그런 까닭에 사람만 표류하는 것이 아니고, 궁극에는 우리의 집 역시 사람들과 더불어 유랑한다.

4. 존재의 집과 삶의 무늬

자본의 틈바구니에서 개체가 지닌 힘은 무력하다. 개체의 유약함을 넘어설 수 있는 가능성은 없는가. 전순덕은 「가루눈」『문예바다』, 2019 여름호에서 현실의 집이 아니라 존재의 집을 보여주고 있다. 주인공 나는 가족을 구타하는 아버지, 구타를 감당하는 어머니를 피해 다국적 기업에 입사하였다. 아버지의 유전자를 의식하여, 사랑하는 여자가 있어도 결혼하지 않았다. 가족, 사랑하는 여자와 거리를 두기 위해 해외 파견근무를 자청했다. 쌓이지 못하는 가루눈처럼, 차갑게 허공을 떠돌다가 존재의 의미를 부여받지 못하고 부유하는 삶을 살았다. 삼촌으로부터 어머니의 위독함을 전해 듣고, 나는 잠시 귀국한다. 어머니와 삼촌은 신부전증을 앓는다. "살기 위해 먹으면 독이 쌓이고, 해독하면 다시 먹어 독을 쌓는 것이 어머니와 삼촌의 병이다."[4]

삼촌을 통해 나는 아버지와 어머니의 과거사를 알게 된다. 어머니는 학교를 졸업하고 인쇄소에 취직했으며, 그곳을 출입하는 대학생을 만나 나를 가졌다. 대학생이던 아버지는 시국 문제와 연루되어 어딘가로 끌려갔으며, 그로 인해 트라우마를 얻었다. "일할 때는 죽은 사람처럼 말한마디 없다가도 한 번씩 감정이 움직이기 시작하면 통제할 수가 없"[301쪽]는 상태가 된다. 아버지의 병은 그때부터 시작되었다. 나는 가루눈처럼 흩날리는 삶을 살아왔지만, 그러한 삶은 아버지와 어머니의 삶도 예외가 아니었다. 외할머니로부터 신부전증을 이어받은 어머니, 시국을 잘못 만난 아버지 양자 모두 본인의 의지와는 관계없이 물려받거나 당하면서도 삶을 일구어 왔던 것이다.

눈은 허공에서 흩어지다 다시 내려앉았다. 가루눈이었다. 제 형태를 갖지 못한 가루눈이 어머니의 메말랐던 삶처럼 바람결을 타고 흔들렸다. 내리면서 흩어지는 콘크리트 바닥과 달리 화단에는 눈이 제법 소복했다. 엇비슷한 크

---

4   전순덕, 「가루눈」, 『문예바다』, 2019 여름호, 문예바다, 304쪽. 이하 작품 인용은 이 책으로 하되, 인용문 말미에 페이지 수만 기입함.

기의 남천 무리 속에 동백 한 그루가 우뚝 서 있었다. 붉은 단풍이 든 남천 사이에 있는 짙푸른 동백나무는 반지르르한 윤기가 흘렀다. 그 위로 푸슬푸슬한 눈이 쌓였다.304쪽

가루눈은 콘크리트 바닥에서는 녹지만, 화단에서는 쌓일 뿐 아니라 쌓인 눈은 나무의 기품을 더해준다. 형태를 갖지 못한 가루눈이 바람결을 타고 화단과 나무에 떨어지면서 생명의 가치와 무늬를 만들어 낸다. 흙 위에서는 소복이 쌓이는가 하면, 나무 위에서는 반지르르한 윤기를 만들어 낸다. 가루눈으로 존재하지만, 파편적인 삶의 편린이 하나씩 모이다보면 개체의 정체성이 만들고, 그러한 개체들이 무리를 이루어 살아가면서 다양한 무늬와 빛깔의 생명으로 가치를 발산하게 된다.

먹는 순간 독이 만들어 지고, 해독하는 순간 다시금 먹어야 하는 신부전증처럼, 삶이란 생래적으로 불균형한 것이며 불균형 속에서 균형을 유지하기 위한 지속적인 과정 혹은 불균형 속에서 균형을 유지하는 순간들의 연속체이다. 가족이라는 무리가 일구어내는 서정적인 세계는 생명의 가치와 삶의 무늬를 만들어 낸다. 그렇다면 사회라는 큰 무리는 어떠한가. 자본이 막강한 힘을 발휘하는 구조 속에서 존재는 삶의 무늬를 만들어 낼 수 있는가. 적어도 장강명의 연작소설『산 자들』에서는 가능하지 않지만, 그것을 화두로 소설을 쓰는 작가들의 의지 속에서는 그 가능성이 면면히 유지되고 있으며 그 아우라가 현실 독자들에게 또 다른 희망의 무늬를 일구어 낸다.

다시, 집의 문제로 돌아가자. 우리는 녹록치 않은 현실의 위압 속에

서, 마땅히 현실에 바탕을 둔 집을 지으려고 한다. 낭만적이고 몽상적인 집은 일종의 판타지로 돌리고, 사회의 위압에 동요되지 않는 튼실한 집을 지으려는 것이다. 집을 짓는 것도 어렵지만 집을 지탱하는 것도 쉽지 않다. 대대손손 누군가가 물려준 집에서 오래 거주하지 않는 한, 우리 손으로 일구고 만든 집은 현실의 위협으로부터 견고하지 않다. 우리가 개체의 삶이 아니라 무리의 삶을 추구하는 이유가 여기에 있다. 생존의 절박함은 우리들로 하여금 단일하고 획일화된 구조로 내몰지만, 표랑하는 사람들과 그들의 유랑하는 집을 이어 놓았을 때 거기에는 삶이라는 다양한 무늬와 결이 만들어질 수 있다. 이런 이유로, 우리는 나의 집과 더불어 너와 그들의 집이 연결된 한 무리의 마을과 그들이 어우러지는 동산을 꿈꾸게 된다.

제3장
청춘, 꿈꿀 수 있는 권리

1.청춘이 흔들린다

이 땅의 청춘들이 흔들리고 있다. 한창 인생의 봄철을 보내야 하는 청춘들이 거리에서 방황하고 있다. 이미 학교 울타리를 벗어났건만 사회에 편입되지도 못하고 집으로 다시 들어가지도 못한다. 일가一家를 이루어야 할 시기에도 여전히 거리를 배회한다. '청년'은 삶의 노정 중 과거를 함축함과 동시에 미래를 만드는 가장 영향력 있는 시기이기에, 그들의 방황은 지나온 삶의 문제성을 제기하고 가까운 미래의 어두운 비전을 시사한다.

톨스토이가 『사람은 무엇으로 사는가』[1885]에서 규명한 인간 정체성에 대한 질문 방식과 답이 여전히 유효하다면, 이 시점에서 다시금 '청년은 무엇으로 사는가'로 구체화해 보는 것도 유효할 것이다. 톨스토이는 '사람의 마음 속'에는 '사랑'이 있으며 '사람에게 주어져 있지 않은 것'은 '미래에 대한 지식'이고, 사람은 '사람들 간의 사랑'으로 살아간다고 했다. 오늘날 청년의 마음 속에는 무엇이 있으며, 청년에게 주어져 있지 않은 것은 무엇인가. 지금 이곳의 청년들은 무엇으로 살아가는가.

2. 청춘의 방황 __ '인민'에서 '개인'으로

금희의 「봉인된 노래」『실천문학』, 2015 여름호는 중국을 배경으로 혁명 1세대 마오쩌둥毛澤東, 1945~1976정권이 끝나고 덩샤오핑鄧小平, 1981~1989 시절에 성장한 청년의 삶을 보여준다. 작가는 사회주의와 자본주의가 착종되는 가운데 의식의 변화를 겪는 중국 젊은이의 방황에 주목하였다. 화자인 나의 외할아버지는 대다수 중국 인민이 그러했듯이, 열렬한 마오 추종자였다. 외할아버지는 1976년 마오의 죽음을 기념하여 같은 해에 태어난 아들의 이름을 '이념李念'이라 지었다. 외할아버지 내외는 "진지하고 엄숙하며 열정으로 가득 찬"[1]삶을 살았다.

삼촌은 외아들인데다가 유난히 명민해서 가족과 학교의 기대를 한 몸에 받았다. "외할아버지로부터 그 집에 세워놓은 분명하고도 절대적인 신념에 따라 식구들의 총애와 기대"를 받았으며, "전면적인 인격 성장을 이루기도 전에 절대 영향력자 선생님들로부터 받아야 할 그 이상의 주목과 찬양"을172쪽 받았다. 문제는 성년이 된 다음 발생했다. 외삼촌은 기대하고 찬양했던 바와 달리, 개인의 시련을 굳건히 감내해 내지 못

---

1   금희, 「봉인된 노래」, 『실천문학』, 2015 여름호, 실천문학사, 183쪽. 이하 작품 인용은 인용문 말미에 페이지 수만 기입함.

했다. "근데 내 인생은 이따위로 풀리지 않소? 이게 대체 누구 탓이란 말이오……."177쪽 그는 "회사와 상사와 동료들에 대한 욕설", "불공정한 세상과 악하고 허물 많은 인간"174쪽 등 주위를 탓하며, 한 직장에서 오래 일하지 못했다.

독립적이고 주체적인 삶을 살아야 할 성년은 자기 삶의 주인이 되지 못했다. 그는 가족들에게 비이성적인 주사를 보였고, 이혼하고 동거녀와도 헤어지는 등 삶의 방향성을 잃고 헤매기 시작했다. 가정을 일구고 아이를 키우는 인생의 황금기에 접어들어도 외삼촌은 늘 공백의 상태에 있었다. 외할머니와 어머니는 삼촌의 경제적 자립만을 원했을 뿐, 효도와 우애는 기대조차 않았다. 외할머니의 통장을 바닥냈고 외할머니가 돌아가신 뒤에는 아파트를 처분하여 빚을 감당해야 했다. 외삼촌은 외할머니와 어머니가 어렵게 벌어놓은 돈을 받았으나, 곧 빈털터리가 되었다.

나의 아버지는 외삼촌과 출신 성분이 달랐다. 할아버지는 건국 뒤 새법 때문에 재산과 토지를 빼앗긴 부농출신이었다. 할아버지는 네 명의 자식을 키우기 위해 몰래 장사를 하기도 했으며, 부업으로 경제력을 갖추었다. 마오 추종자가 아닌 할아버지의 슬하에서 자란 아버지는 "특별히 재능이 있거나 성품이 고상하다거나 천부적으로 영리한 사람은 아니었지만 나름 부지런하고 긍정적이며 독립적인 심성을 소유하고 있었다". 아버지는 "세상이나 운명 같은 거대 환경은 인간의 한계 이외의 일"로 치부하고 "차라리 그것들에 대한 개인의 반응을 중요하게 생각하는 사람이었다".179쪽 아버지 형제들은 노력을 중요시했으며 특히 경제적 거래를 명확히 했다. 대소사는 식구들이 회의를 열어 논의하는 등 합리적으로 판단하고 결정했다. 나는 "그들과 함께 할 때면 외할아버지네에서 느끼던 것과 같은 무조건의 희생과 봉사 정신으로 충만한 공동체적 분위기는 덜했고 개개인의 의사와 이익이 우선시되다 보니 상대적으로 각박스럽거나 몰인정하다는 느낌이 들기도 했다".180쪽

설날, 외삼촌은 우리집에 방문하여 아버지와 술잔을 나눈다. 외할머니와 어머니에게 하듯이 주사는 하지 못하고, 아버지의 눈치를 보며 아버지가 들려주는 축음기의 노래를 듣는다. 그들은 앞 다투어 신청곡을 축음기에 올려놓다가 북한의 혁명가극을 듣는다. 화려한 기교를 부리지 않은 조선의 선율로 이루어진 멜로디는 어떤 강한 집단적 호소력을 갖고 있었다. 나는 "개인을 뛰어넘어 인간의 성스런 신념적 차원 속에서 흘러나오는 숭고한 아픔의 노래"를187쪽 들으며 가슴이 멍해지고 더없이 애달파졌다.

외삼촌은 자신을 괴롭혀 온 "불만과 낙담, 조급함과 적대감, 과도한 야망과 허무한 자존심"187쪽을 잊은 듯했다. 아버지가 인간적인 트로트가 더 좋다고 말하자, 외삼촌은 다음과 같이 말한다. "그러게요, 형님. 이것도 어떤 아편같이 황홀하네요. 왠지 사람들을 더 위대하게 만드는 것 같잖아요……".187쪽 외삼촌의 행적과 표정에는 중국 현대사의 단면이 드리워져 있었다. 외삼촌은 노래를 통해 지금은 없지만 과거 그가 배우고 자란 정신과 조우하며 불안, 낙담, 조급함, 적대감을 잊고 고귀한 정서와 안온감에 휩싸였다.

사회주의 문화를 토대로 성장한 청년이 자본주의 문화에서 자립해야 했으니, 외삼촌의 방황은 덩샤오핑 시절 중국 청년의 방황을 대변한다. 어린 소년에게 사회주의는 국가와 민족의 이름으로 인민 대중의 삶을 견인했던, 그 무엇보다 고귀하며 엄숙한 열정으로 각인되었으나 개인의 주체적인 역량을 배양하지 못했다. 소년이 성년이 되었을 무렵, 사회주의 세계에 자본주의의 물결이 몰아닥쳤으니 이제 그는 국가와 민족을 위한 '인민'이기보다 자기 삶의 '주인'이 되어야 했다. 이것이 삼촌 세대의 딜레마라면 화자인 '나'의 세대는 또 다른 딜레마에 봉착했다. 자본주의와 자유주의 격랑 속에서 중국 청년은 삶의 주인으로 개인의식을 고취하고 세계시민의 역량을 구비해 나가해야 할 터인데, 그들의 관심은 사랑과 같은 개인의 감정에 경도된다.

나는 대학졸업 후 취직했고, 명절날 오늘날 젊은 세대의 정신과 마주한다. 국가와 민족을 위한 구호 대신 개인을 위한 구호가 거리를 풍미하고 있었다. 홍위병은 상가 가판대에서 '커플 인형'으로 진열되어, '혁명' 대신 '사랑'을 쟁취하기 위해 고군분투하고 있었다. 작가는 작중 화자의 시선을 통해 다음과 같은 우려를 내비친다.

저번 추석에는 집으로 돌아갔다가 유명한 선물 가게에서 초록색 군복 세트에 빨간 완장을 한 홍위병 커플 인형을 보았다. 그들에게서 당년의 '혁명' 구호는 일절 '사랑'이란 단어로 바뀌어버렸다. '사랑만세愛情萬歲' '사랑을 위해 분투하자爲愛奮斗' '단결하여 일어나 사랑의 승리를 쟁취하자團結起來, 爭取愛情的勝利' 등 나는 그 조그마한 인형들과 거리낌 없이 그것을 사는 지금 세대들

을 보며 어딘가 편해진 것 같으면서도 난감한 느낌이 들었다.188~189쪽

사회주의에 틈입한 자본주의는 발빠르게 인민의 내면으로 번져갔으며, 그들로 하여금 개인으로서 삶의 존재방식을 강요하기 시작한다. 개인의식은 삶 전반에 걸친 주인의식 함양으로 이어져야 할 터인데, 사랑을 비롯한 감각적인 삶의 일부에 국한되고 있었다. 외삼촌의 방황은 멈추지 않을 것이며, 다음 세대 청춘들은 또 다시 세계와 자아 간의 간격을 메우지 못하고 거리를 서성이게 될 것이다. 그렇다면 대한민국의 청년들은 어느 지점을 서성이고 있을까.

3. 청춘의 좌절 __ 순수에서 포기로

조미녀는 「A에서 Z까지」『문학의식』, 2015 여름호에서 대학졸업 취업준비생의 실태를 보여준다. 특히 작가가 주목하는 대상은 문과를 졸업한 실업 청년의 암울한 진로이다. 스물아홉 살 도우는 심리학과를 졸업하고 많은 기업체에 원서를 냈지만 입사하지 못하고 피자십 배달원으로 취직했다. 도우는 시급으로 5,850원을 받으며 배달 건당 300원(악천후는 500원)으로, 한 달 수입은 150만 원 정도이다. 미래를 거쳐 갈 임시정류장이자 용돈벌이 아르바이트로 시작했으나, 이제는 새로운 취직자리보다 기존의 피자가게에서 월급제로 전환하여 일하려 한다.

여자 친구 세정 역시 대학을 졸업하고 취업을 준비하고 있다. "대학

4년 동안 장학금도 한 차례 받았고, 학점도 나쁘지 않았다. 졸업을 일 년 앞두고 어학연수를 다녀와 토익 점수도 높였고, 대학병원에서 대기환자와 가족들에게 차를 제공하는 봉사도 1년을 넘게 했다."[2] 어학연수로 토익점수를 올리고 다양한 스펙을 쌓았음에도, 취업에는 번번이 실패한다. 엄마는 서른을 목전에 둔 딸에게 격려를 아끼지 않았지만, 맞선자리를 주선한다. 아빠는 임금피크제 도입으로 명예퇴직을 신청하면서 딸의 결혼을 서두른다. 그들은 딸이 좋아하는 피자배달부 남자친구를 사윗감으로 인정하려 하지 않았다.

도우와 세정은 오늘날 대한민국의 취업준비생들을 대표한다. 학창시절 그들이 공부를 열심히 하지 않은 것도 아니고, 사회생활을 위한 준비를 하지 않았던 것도 아니다. 외국어 능력을 쌓았고 다양한 사회봉사 체험을 하는 등 반듯한 인성도 구비하고 있었다. 그럼에도 그들은 취직이 어려웠다. 문제적인 부분은 도우와 세정을 비롯한 지금 이곳의 청년들이 그들이 처한 피폐한 현실과 대조적으로, 유순하고 선량하다는 것이다.

도우는 잘 웃고, 긍정적이고, 나에게 무한정으로 따뜻하고 다감했다. 도서관에서 싸구려 커피를 마시면서도 마냥 즐거웠다. 젊은 시절의 한 곳을 함께 걸어가고 있다는 것, 우리의 고민이 학점에 있었고, 취직에 매달리고 있었지만, 그 시절에도 꽃이 피고, 여름 햇살이 비쳤으며, 우수수 낙엽이 떨어졌

---

2   조미녀, 「A에서 Z까지」, 『문학의식』, 2015 여름호, 다트앤, 123쪽.

고, 함께 눈을 맞았다. 이름 있는 브랜드 커피 집에 드나들지 않아도, 고급스러운 스파게피 전문점이 아니고 허름한 분식집에서 국수를 나눠 먹어도 도우와 나만큼 잘 웃는 커플은 없었을 것이다.117쪽

피자배달부 남자친구에 대한 세정의 사랑은 변함이 없었다. 그들의 성품은 자연의 너그러움을 닮아 있으며, 소박한 삶 속에서도 행복을 찾을 수 있었다. 그러나 사회는 너그럽지도 않고 공평하지도 않았다. 서류전형에서 통과되고 면접의 기회를 잡는 것도 쉽지 않은 상황에서, 세정은 면접을 봤으나 떨어졌다. "일과 결혼, 둘 중에 한 가지를 택할 수 있겠어요?"라는 면접관의 질문에 "일과 결혼 중에 한 가지를 택하라는 것은 여성에게 결혼을 포기하라는 의미라고 생각합니다"125쪽고 말했고 그녀는 면접에서 떨어졌다. 취업전선에서 미끌어진 세정은 도우와 함께 모텔에서 울고 취하고 울부짖으며 절망했다.

세정은 다시 취업박람회로 향했다. 취업박람회에는 해외채용관, 신입채용관, 경력채용관, 중장년재취업관 등의 부스가 있다. 많은 부스들은 모든 연령대의 사람들에게 삶의 방향성을 취업으로 몰고 갔으며, 곧 명예퇴직을 할 세정의 아버지도 취업전선에 다시 뛰어들어야 했다. 세정은 자신의 취업 외에도 아버지를 위해 중장년재취업관을 전전하며 참고자료들을 챙겼다.

세정을 비롯한 이 땅의 많은 취업준비생들은 A에서 Z까지 여러 회사에 지원서를 내며, 종착지 없이 순환한다. 그들은 연애, 결혼 등 많은 것을 포기했지만, '희망'과 '사랑'은 지키려 한다. 지금 대학을 졸업하고

취업을 준비하는 청년들이 희망과 사랑을 마지막 보루로 간직하고 있는데 비해, 그 다음 세대들은 희망과 사랑마저 유기한다. 코엑스몰 쪽에는 "삼삼오오 모여 커피를 마시고, 도넛과 아이스크림을 먹으며 데이트를 즐기는 에코 세대"가 "미래에 대한 확신이 없어 하루하루 즐기며 부모의 피를 팔아 그들만의 자유를 즐기고"122쪽 있다. 에코Echo-Boom Generation 세대는 이제 '생각'을 비웠다. 무공해 청정 세대인 그들은 생각을 비웠으므로, 자신이 처한 현재에 대해 고뇌하기보다 자신이 현재 즐길 수 있는 것을 즐기고 활용할 수 있는 것들을 마음껏 활용한다.

작가는 이 작품에서 대학졸업생 일반의 취업의 어려움을 보여줄 뿐만 아니라, 특히 인문대 출신의 구직 어려움을 구체적으로 보여주었다. 인문학은 자신을 둘러싼 친지들에게 인간적인 품성과 배려심을 보이고 자기 의견을 개진할 수 있는 기개를 심어주었지만, 그것이 이 땅의 기업이 요구하는 바는 아니었다. 그렇다면 기업이 요구하는 것은 무엇인가. 그것은 조직이 요구하는 것을 반성적으로 사고하지 않고 수용하고 수행해 내는 것이다. 면접관이 추구하는 답안처럼, 기업이 일방적으로 요구하는 조건만 존재한다. 그것은 인간의 성품을 고려한 것이 아니라 기계적인 기능이다.

4. 청춘의 유기 __ 열정 페이와 자기 상실

이은희는 「꿈꾸는 리더의 실용지침」『황해문화』, 2015 여름호에서 기업이 요구하는 비윤리성을 질타하고 있다. 작중 주인공 이우리는 모기업의 '영업기획운영평가팀'이라는 신설 부서에서 일하게 된다. 그 팀에는 신입 이우리를 포함하여 유 부장, 정 대리 세 명이 있다. 신입사원 이우리가 파악한 유 부장은 작은 눈에 눈웃음으로 심중을 드러내지 않는, 속을 알 수 없는 사람이다. 그는 전략적으로 가족과 친지들의 이야기를 활용할 줄 알았다. 다른 사람들로부터 신뢰를 받기 위해 자신의 아내와 딸의 일상을 이야기하는가 하면 학창시절 고행담도 꺼냈고, 자신이 불안할수록 상대에게 더 다정하게 인사를 나누었다. "매일 많은 말을 나누었어도 유 부장에 대해 아는 것이 늘어나지를 않았다."[3] 그는 속내를 드러내지 않는데, 그것이 사람을 부리는데 용이하기 때문이다.

그녀가 이 회사에 들어갈 수 있었던 것은 대단한 스펙과 역량이 있어서가 아니었다. 정 대리의 지적처럼, "학벌도 별로인 데다가 무슨 자격증이나 대단한 어학능력이 있는 것도 아니었고, 말 잘 듣고 어린 신입사원에 비하면 쓸데없는 자기소개만 적어놓은 데다가 그녀는 다른 회사에서 아무도 뽑지 않을 만큼 나이가 많다".173쪽 유 부장은 이우리가 자기소개서를 잘 써서 그들이 찾던 사람이라 뽑았다고 하지만, 그녀의 자기소개서는 평범하다.

---

3   이은희, 「꿈꾸는 리더의 실용지침」, 『황해문화』, 2015 여름호, 새얼문화재단, 159쪽. 이하 작품 인용은 인용문 말미에 페이지 수만 기입함.

저는 항상 공부하는 직원일 것입니다. 대학원에서 익혀온 연구자로서의 자세는 제가 세상을 대하는 근본이기 때문입니다.162쪽

저는 가장 순수하고 가장 열정적이고 싶다는 꿈을 지녔습니다. 순수하고 열정적인 꿈이 청년을 청년답게 만든다고 생각합니다.171쪽

유 부장은 '항상 공부하는 직원', '가장 순수하고 가장 열정적이고 싶다'는 대목에서 이우리의 쓸모를 찾았던 것이다. '탐구', '성찰', '정의'가 아니가 '공부'라고 말하는 태도에서 그는 이우리의 순수와 열정의 활용도를 발견했던 것이다. 그는 천만 원의 돈을 지급하면서 이우리로 하여금 3년 동안 회사를 떠나지 않겠다는 계약서를 쓰게 했다. 중간 변심 퇴사를 우려하여, 3년간의 노예계약을 문서로 남긴 것이다.

이우리는 취업을 준비하며 읽었던 자기계발서들은 회사 생활에 도움이 되지 않음을 금방 알아차리게 되었고, 실용적인 자기계발서를 손수 쓰리라 결심한다. "나의 장점을 인정하는 사람들은 개개의 경우 그 장점을 사용하려 들거나, 아니면 시기하여 내가 사라지기를 바랄 것입니다. 그 외에 나의 장점을 인정하지 않는 사람들은 이러저러한 이유를 들어 앞으로도 그냥 계속 영원히 인정하지 않습니다."162~163쪽 이우리의 지적처럼, 회사는 이우리의 장점 사용법을 잘 알았던 것이다.

'영업기획운영평가팀'에서는 특정 사안에 대한 대중의 여론을 부도덕한 방식으로, 회사가 원하는 방향을 몰고 가는 여론몰이를 했다. 원하는 방향으로 여론을 선회하기 위해, 직면한 사안의 추이를 알고 대중의 여론을 꼼꼼하게 분석할 필요가 있었다. 이우리는 특정 방향으로 여론

을 몰기 앞서 그 사안의 맥락과 여론을 분석하는 일들을 맡았다. 이러한 기초작업을 토대로 정 대리는 인터넷 커뮤니티에서 불특정 다수의 생각을 그들이 원하는 방향으로 선회하는 일을 했다. "64개의 아이디를 사용하여 댓글을 달았고, 나머지 182개의 아이디는 모처에서 근무 중인 세 명의 비밀직원에게 배분하여 댓글을 달도록 했다. 과제는 '인성'이라는 키워드가 인터넷에서 범람하도록 하는 것이었다."168쪽

이우리 역시 46개의 아이디로 인터넷커뮤니티에 경쟁사의 제품을 비방하는 댓글을 달았다. 깡패, 날강도, 조폭, GMO 검출 등의 비방을 적절히 섞어서 경쟁사의 이미지를 실추시키고 판매를 부진하게 만드는 것이다. 유 부장은 다음과 같이 채근했다. "여론은 완성될 때까지 줄기차게 만드는 거야. 한 방울만 모자라도 물은 넘치지 않아 하다 보면 어떤 순간 둑이 터지듯이 흘러나온다고. 이건 사회정의를 위한 일이야. 열정을 갖고 일 해."171쪽

유 부장은 특정 사안에 대해 객관적이고 공정한 여론과 대응이 아니라 특정 기관이나 특정 대상에게만 유리한 입장으로 여론을 몰고 가기 위해 다양한 방식으로 여론을 조작해 나갔다. 유 부장과 정 대리는 "허드렛일을 시키고 열등감을 쏟아붓고 짜증을 흘려보낼 하수구"174쪽 같은 대상으로, 순수한 열정과 학구열의 소유자가 필요했던 것이다. '영업기획운영평가팀' 옆에는 '소비자발굴팀'이라는 이름으로 여사원 한 사람이 명패도 없고 일도 없이 앉아 있다. 본시 여사원은 마케팅기획팀이었는데 육아휴직을 마치고 오자 이 팀으로 발령 났고, 그녀는 업무를 기다리다가 자진해서 퇴사했다.

이우리를 통해 작가는 회사의 부조리를 간파하고 이우리의 자기소개서를 새롭게 전달한다. "쓸모없는 것들을 공부했고 쓸모없는 고민을 해왔고 아무것도 아닌 것들을 두려워하며 많은 시간을 보냈다. 정작 중요한 것이 무엇인지는 생각해볼 시간도 없었고 해야 하는 일들만을 좇아 달려왔지만 해낸 것은 하나도 없었다. 해보지 않았던 것을 시작하기 위해 많은 용기를 내야 했는데, 그 용기는 결국 스스로를 위해 써 보지 못했다."177쪽 이우리는 회사의 부당함을 목도하며, 자기 삶의 리더이기 위해 유 부장에게 '미래의 3년을 담보'로 삼은 계약서의 부당함을 지적했다.

유 부장을 비롯한 이 땅의 기업인들은 "아무것도 담보 잡힐 것이 없는" "자신에게 일자리가 급하다는 것과 자신이 착하다는 것, 자신에게 경험이 없다는 것을 담보로 일을 구"하려는 이 땅의 순수한 열정의 청년들을 부도덕하고 불안정한 고용시장의 현장으로 내몬 것이다. 이 땅의 유순하고 선량한 청년들은 미쳐 자신이 무엇을 바라는지, 무엇을 요구해야 하는지 생각하기도 전에 견고한 기성세대 면접관 앞에서 자신의 열정과 순정을 약속한다.

5. 청춘은 무엇으로 사는가

다시 처음의 질문으로 돌아가자. 오늘날 청년의 마음 속에는 무엇이 있으며, 청년에게 주어져 있지 않은 것은 무엇인가. 지금 이곳의 청년들은 무엇으로 살아가는가. 위의 세 작품에서 작가들 모두 이 세 가지 질문을 염두에 두고 인물을 창조하였고 그들의 방황에 노심초사하고 있다. 지금 이 곳의 청춘들은 무엇으로 살아가는가. 답을 찾을 수 없다면, 그것도 또 다른 방식의 답이다. 청년들은 미래를 알 수 없지만, 그들이야말로 당면한 우리 사회의 미래를 만들어 나가는 동력이다. 기성세대는 사람간의 유대가 가능한 사회를 만들어 주지 못했다.

눈 앞의 결과가 아니라 도래할 미래의 꿈을 염두에 둘 필요가 있다. 이바라기 노리코茨木のり子, 1926~2006는 「내가 제일 예뻤을 때」라는 시에서 제2차 세계대전 패전 이후 청춘의 상처를 보여 주었다. 시 속의 화자는 다음과 같이 고백한다. "내가 제일 예뻤을 때 / 우리나라는 전쟁에 졌다 / 그런 어처구니없는 일도 있을까 / 블라우스 소매를 걷어붙이고 비굴한 거리를 활보했다" 로맨스를 꿈꾸고 한창 멋을 부릴 시기에 무너진 거리를 배회해야 했던 것이다. "내가 제일 예뻤을 때 / 나는 너무나 불행했고 / 나는 너무나 안절부절 / 나는 더없이 외로웠다"고 고백한다.

그렇지만 시는 다음과 같은 독백으로 끝난다. "그래서 결심했다 될 수만 있다면 오래 살기로 / 나이 먹고 지독히 아름다운 그림을 그린 / 프랑스의 로우 영감님처럼 말이지" 서두에서 제시한 세 가지 질문보다 우선하는 것은, '꿈 꿀 수 있는가'이다. 청년이 꿈꿀 수 있다면 그 사회의 내일은 암울하지 않다. 눈 앞에 보이는 결과보다, 내일을 위해 청년이 꿈을 꿀 수 있는 오늘을 만들어야 할 것이다. 자본 창출을 극대화해야 하는 현실에서 인문학이 점차 불편한 학문이 되고 있지만, 청년들로 하여금 꿈의 동력을 제공하는 것도 문학임을 기억해야 한다.

1. MZ세대

　MZ세대 작가들의 소설을 통해 MZ세대의 정체성을 탐구해 보자. 사회 전반에서 MZ세대를 호명하는 데 비해 MZ세대에 대한 정치한 담론은 찾아보기 어렵다. 신진욱의 지적처럼 우리 사회가 청년기 연령대의 노동자, 여성, 성소수자, 비수도권 거주자의 정체성과 구조적 위치성을 모두 해체시킨 뒤, 총칭 'MZ세대'로 재구성하여 정치적 사업적 필요에 따라 공허한 세대적 자기정체성을 채워 넣고 있기 때문이다.[1] 이러한 사실은 대다수 MZ세대 논의가 유권자 및 소비집단으로 유형화되어 정치 의식 및 소비 스타일에 초점이 맞추어져 있다는 점에서도 확인된다.

　물론 MZ세대는 1980년부터 2000년대 초반에 태어난 연령대를 포괄하고 있으므로 그들의 정체성은 하나로 유형화하기 어렵다. 밀레니

1　신진욱, 『그런 세대는 없다』, 개마고원, 2022, 258쪽.

얼 세대는 2000년대에 성인기에 접어든 최초의 출생세대를 가리키는 용어로서, 1980년대 초에 태어난 세대부터 좁게는 1990년대 중반까지, 넓게는 2000년대 초반까지 태어난 세대를 포괄한다. Z세대는 1990년대 중반 이후에 출생한 오늘날의 가장 젊은 청년층을 가리킨다. 밀레니얼 세대의 맏이는 2020년에 마흔 살, Z세대의 막내는 스무 살이다. 같은 세대로 묶기에 연령대의 폭이 넓은 편이나 MZ세대는 우리 시대 젊고 역동적인 소비자, 혁신가로서 호명된다.[2] 게다가 우리 시대는 고령화 및 미디어를 비롯한 기술 발달로, 시공을 넘나드는 비동시대적인 요소들이 혼재되어 있다. 밀레니얼 세대와 Z세대를 동일 집단으로 묶기 어렵지만, 양자가 지닌 감수성이 우리의 문화를 형성하고 향유하는 주체라는 점은 간과할 수 없다. 이러한 사실은 그들이 고등교육을 받았으며 선진국의 환경에서 성장하였다는 사실과도 연계된다.

청년 70%는 대학에 진학하며 진학률은 10년째 OECD 1위이다. 2021년 기준, 고교생의 대학 진학률은 73.7%에 달한다. 한국은 1964년 유엔무역개발회의 설립 이래 첫 번째로 개발도상국에서 선진국으로 지위가 변경되었다. 주요 7개국 정상회의 초청국으로, 경제순위는 2021년 기준 10위로 경제협력개발기구에서 여섯 번째로 큰 무역을 위한 원조 공여국이다. MZ세대 작가들의 소설에서 대부분의 주인공은 대학교육을 받았으며 자신을 둘러싼 환경에 능동적이며 문화를 향유할 수 있는 지성과 소비 스타일을 지니고 있다. 그들은 다양성과 혼종성의 세계

---

2   위의 책, 245~247쪽.

에서 각자 자신의 선택지와 스타일을 표출한다.

이 글에서는 하나로 포착되기 어려운 MZ세대의 정체성을 분석하기 위해 '사이'라는 개념을 활용하였다. '사이'는 '어떤 것이 다른 것으로부터 떨어지거나 벌어진 공간', '어떤 시기와 시기 간의 벌어진 차이', '어떤 것이 다른 것과 맺고 있는 관계'를 의미한다. '사이'의 감수성은 이전과 이후의 관계를 전제로 떨어지거나 벌어진 공간과 시간에 대해 감각하고 의미화 할 수 있는 감각으로, 시대의 변화 속도가 빨라짐과 동시에 이에 적응해야 하는 세대의 특수성을 분석하기에 적절한 개념이다.

2021년 8월 멜론차트 1위를 차지한 Z세대 이무진작자작곡자, 21세은 〈신호등〉에서 그들을 '노란색'으로 표현한다. 신호등에서 '빨간색'과 '파란색', '사이'에 있는 노란색은 MZ세대의 낀 감수성을 감각적으로 보여준다. "붉은색 푸른색 / 그 사이 3초 그 짧은 시간 / 노란색 빛을 내는 / 저기 저 신호등이 / 내 머릿속을 텅 비워버려 / 내가 빠른지도 / 느린지도 모르겠어 / 그저 눈앞이 샛노랄 뿐이야" 목적지를 향해 길을 나섰지만, 자신의 보폭이 빠른지 느린지 알 수 없는 상황을 '노란색'으로 표현하고 있다. "빠른지도 느린지도 모르겠"다고 말하지만, '나'는 도로 위의 속도감 앞에서 당혹스럽고 초조한 마음을 감출 수 없다.

신호등의 '노란불'은 전진과 멈춤의 중간을 의미하며 불안한 마음을 숨 고르는 시간으로 만들어준다. 삶에는 '전진'과 '멈춤'만 있는 것이 아니라 그 '사이'의 준비와 여유, 안정과 안전의 시간도 있음을 시사한다. 다시 말해 '사이'의 시간은 다음을 위한 준비와 여유의 시간이기도 하고 '전진'과 '멈춤' 양자 간 충돌을 방지할 수 있는 안정과 안전의 시간이기도 하다. '사이'는 MZ세대에 내재해 있는 미정과 불확정, 불안과 불안정, 준비와 과정, 안녕과 숨 고르기 등 다양한 감수성을 포괄할 수 있는 개념이다. '사이'의 감수성을 척도로 MZ세대 작가들의 소설을 볼 때 현실에 대한 그들의 태도와 의식을 구체적으로 읽어 들일 수 있다.

'MZ세대 작가'와 'MZ세대를 다룬 작품'은 많지만, 절차를 거친 엄선 작이라는 점에서 '젊은작가상 대상 수상작'을 텍스트로 선정하였다. 2010년 1회부터 2021년 12회에 이르기까지 12편의 대상 수상작은 크게 가족 근간을 다룬 작품과 사회 근간을 다룬 작품으로 구분할 수 있다. 가족 근간을 다룬 작품[3]은 제1부 제4장에서 가족윤리에 주목하여 살펴보았다. 이 글에서는 사회 근간의 6편, 김중혁의 「1F/B1」[2010.1회], 김종옥의 「거리의 마술사」[2013.4회], 정지돈의 「건축이냐 혁명이냐」[2015.6회], 임현의 「고두」[2017.8회], 박민정의 「세실,주희」[2018.9회], 전하영의 「그녀는 조명등 아래서 많은 시간을 보냈다」[2021.12회]를 대상으로 MZ세대의 감수성을 분석하려 한다.

3　김애란의 「물속 골리앗」(2011. 2회), 손보미의 「폭우」(2012. 3회), 황정은의 「상류엔 맹금류」(2014. 5회), 김금희의 「너무 한낮의 연애」(2016. 7회), 박상영의 「우럭 한 점 우주의 맛」(2019. 11회), 강화길의 「음복」(2020. 11회).

2. '사이'의 가변성

1회 대상 수상작 김중혁1971~의 「1F/B1」2010은 MZ세대 '사이'의 가변성을 구현한 작품이라는 점에서 주목해야 한다. 작중 주인공 건물관리자는 SM 슬래시 매니저Slash Manager로 명명되는데 이러한 호칭은 불완전하며 불안하고 불안정한 그들 존재의 특성을 대변한다. 작가는 신임 건물관리자 윤정우의 시점에서 '사이'에 놓인 삶의 특수성을 토로한다. 홈세이프빌딩의 관리자 윤정우는 계단을 오르내리며 '사이'의 존재를 다음과 같이 설명한다.

저는 늘 계단을 이용합니다. 5층이든 10층이든 언제나 계단으로 올라갑니다. 처음에는 운동을 목적으로 시작했지만 이제는 계단을 밟지 않으면 마음이 불안합니다. 계단을 올라가고 내려갈 때마다 저는 늘 층을 알리는 작은 표지판을 봅니다. 표지판은 층과 층 사이에 있습니다. 1층과 2층 사이, 2층과 3층 사이, 4층과 5층 사이 (…중략…) 저는 그 표지판들을 볼 때마다 우리의 처지가 딱 저렇구나 하는 생각을 합니다. 사람들은 각자의 층에서 행복하게 살고 있지만 우리는 언제나 끼어 있는 사람들입니다. 이곳도 저곳도 아닌, 그저 사이에 있는 사람들입니다. 지하 1층과 1층 사이, 1층과 2층, 2층과 3층, 층과 층 사이에 우리들이 살고 있습니다. 하지만 우리는 기억해야 합니다. 슬래시가 없어진다면 사람들은 엄청난 혼란을 겪을 것입니다. 우리는 아주 미미한 존재들이지만 꼭 필요한 존재들인 것입니다. 누군가 저의 직업을 물어본다면 저는 자랑스럽게 슬래시 매니저Slash Manager라고 얘기할 것입니다. 여러분도 여러분의 직업을

자랑스럽게 얘기하시길 바랍니다.[4]

슬래시 매니저는 사이에 놓인 존재이다. 사이는 이곳과 저곳을 '구분'하면서 각각의 공간에 '자유'와 '안정'을 담보해 준다. 초임 건물관리자는 자기 직업에 사명감을 갖고 있지만 그것은 역설적으로 그들 존재의 미약함을 시사한다. 건물관리자는 건물의 '소유주'도 아니고 '세입자'도 아니다. 관리자라 명명하지만, 그들이 관리할 수 있는 영역과 일은 제한되어있다. 그들은 세입자의 민원과 불만을 해결해주는 관리자의 하수인에 불과하다. 모든 권한은 소유주가 가진 반면, 건물관리자는 소유주의 의무사항을 노임을 받고 대신한다. 건물관리인들은 그들의 힘을 규합하기 위해 연대하지만 외부에 저항하기에는 역부족이다. 네오타운이 갑작스런 암흑천지가 되었을 때 관리자 모두 연대했지만, 침입자들의 피해를 막을 수 없었다. 그들이 하는 '관리'에는 한계가 있었다.

역설적으로 슬래시(/), '사이'는 한계를 기회로 바꾸기도 한다. 구현성은 건물관리자의 역할을 한 권의 책으로 출간할 정도로 성실했다. 건물관리자 연대를 처음 기획했으며 많은 돈을 벌어들여, 고평시 건물을 일곱 채나 소유하고 있다. 네오타운의 조직위원회 위원이자 고평시 건축가협회의 후원자가 되었다. 조직의 창시자는 이권을 독식할 수 있는데, 그것은 특정 시간대의 관리권을 넘기는 것이었다. 비혼개발의 K는 네오타운을 허물고, 그 자리에 80층짜리 초현대식 복합상사를 짓기 위

---

4   김중혁, 「1F/B1」, 『문학동네』, 2009 가을호, 문학동네, 18~19쪽. 인용문의 굵은 글씨는 인용자의 강조.

해 기존 건물의 가치를 떨어뜨리려 했다. 그는 네오타운의 '하루 관리권'을 넘김으로써, 암흑의 사태를 방조하여 이권을 취한다.

자본주의 경제성장의 핵심은 이윤 추구의 대상이 아니었던 것을 상품화하는 데 있다. 지식과 교육은 물론이거니와 이미 '안전'이나 '보안'이 상품으로 화했다.[5] 슬래시 매니저로서 관리인의 관리권은 또 다른 권익을 창출해 낼 수 있었다. 세입자의 전구를 갈아 끼우는 일이 아니라 건물 전체의 관리기능을 마비시킴으로써, 다시 말해 관리를 수행해 내는 것이 아니라 이를 방기함으로써 관리권은 이권 창출의 수단이 되었다. 그러므로 신임 건물관리자 '윤정우'의 성실한 모습은 건물 관리업계의 일인자가 된 '구현성'의 과거와 오버랩 된다. 지금은 1층과 2층, 층과 층 사이를 관리하지만, 어느 순간 그 역시 관리하지 않는 형태의 관리권으로 이권을 만들기 위해 이를 활용할 것이기 때문이다.

'사이'의 존재는 가변적이다. 이권 창출을 위해서는 오늘의 성실함이 내일의 부실함으로 변할 여지가 있다. 전자와 후자의 사이, 이것과 저것의 사이, 시간적인 사이, 공간적인 사이는 비어있음으로써 그 무엇이든 될 수 있다. 빨간불과 파란불, 전진과 멈춤의 예고를 통해 다음을 준비하게 하면서, 동시에 특정 상황에 직면해서는 '사이'가 '차이'에서 '차별'로 교체될 여지가 잠재해 있기 때문이다. 그렇다면 '사이'의 가변성은 언제 어떻게 어떤 방식으로 발현되는가.

---

5   한그 게오르크 뵐러 · 폴 J.담브로시오, 김한슬기 역, 『프로필사회』, 생각이음, 2022, 226~227쪽.

3. '고발'과 '위축'의 사이

'사이'의 감수성이 '사이'의 가변성으로 발동되는 특정한 상황과 그에 따라 발생하는 정서에 주목해 보자. 전하영1980~은 「그녀는 조명등 아래서 많은 시간을 보냈다」에서 여성 인물을 통해 정서의 추이를 섬세하게 포착하고 있다. 주인공 '나'는 대학 입학 후 차이와 차별에 눈을 뜨기 시작한다. 우월한 조건을 선점한 중산층을 목도하면서 기득권의 비윤리를 목도한다.

> 그는 학생들에게는 한없이 따뜻했지만 권위적인 교수들과 싸우고 다니기로 유명했다. 권위. 그건 그가 자신 있게 경멸할 수 있는 단어였다. 열혈 운동권이었던 그는 감옥에 가는 대신 파리에 가야 했다. 그것이 그가 자신의 이상을 꺾으면서 부모와 한 약속이었다. 그에게 권위란, 그리고 굴욕이란 그런 종류의 것이었다.[6]
>
> 어쨌거나 이 모든 비난과 옹호, 논쟁과 음모에도 불구하고, 그는 안정적인 삶 속에 있었다. 그는 많은 것을 이루었다. 그는 여전히 교수님이고, 자식이 있고, 이혼당하지 않았다. 그의 주변에는 여전히 그를 따르는 이들이 넘쳐났다. 한때 그가 대항했던 권위는 그 자신이 소화할 수 있을 정도로 커스터마이즈되어 찬란히 그를 에워싸고 있었다.338~340쪽

인용문의 '나'는 고발과 위축의 정서가 오버랩 되어 있다. 중산층 지식인의 외피와 실제간의 간극을 고발하고 있지만, 동시에 대상에게 느끼는 위축의 정서가 노출되어 있다. 아직 이루어 놓은 것이 없는 이십 대 미혼 여성으로서 도달해야 할 삶의 목표 '안정적인 삶'을 목도하며 조바심과 불편함을 느낀다. 취업, 결혼 등 사회화 과정에서 성취해야 할 것들이 많은 미완未完의 상태를 자각하게 되고 불완전함과 불안이 엄습한다.

'나'는 출강하는 강사의 스타일과 직위에 경외감과 동시에 위축감으로 낭패를 드러낸다. 사회적 경제적으로 부족함이 없는 대상에게 압도되어 말 한마디 못 건넨다. 학생이기 전에 여성으로 보이고 싶었으나, 목소리와 자존감을 드러내지 못한다. 프랑스에서 대학 강사, 장 피에르와 마주할 수 있었지만 열패감에 빠진다.

장 피에르가 다소 따분한 얼굴로 내 가슴 쪽을 아래턱으로 가리켰다. 나는 고개를 숙여 티셔츠 가슴팍에 그려진 그림을 내려다보았다. 그건 뽀와 뚜비 콤비였는데 나는 오랫동안 뚜비를 좋아했고 고3이 되기 전까지는 뽀와 뚜비를 주인공으로 하는 네 컷 만화 시리즈를 그린 적도 있었다. (…중략…) 파리에 도착한 후로도 그 옷을 쭉 입고 있었다는 것이 좀 기가 막혀서 나는 아무 말도 하지 못했다.

세상에, 너네가 같은 나이라니.

장 피에르는 혼잣말처럼 한마디를 내뱉었다. 나는 그 말의 의미를 곱씹어 보며 내 부끄러움을 찬찬히 살펴보기 위해, 시선을 테이블에서 창밖으로 던지고, 또 맞은편의 중세 건물과 도로 쪽으로 옮겼으며, 그럼에도 고개를 들고 있는 것이 왠지 부끄러워져서 창 건너편 거리로, 가게 앞을 쓸고 있는 점원의 팔 동작으로 시야를 점점 좁히며 혼미해지는 정신을 간신히 붙들었다.

사실 뚜비 아래에는 내 가슴이 있었다. 나는 가끔씩 웃옷을 다 벗고 거울에 상반신을 비춰보곤 했다. 언젠가부터 내 가슴이 너무 예쁘다는 생각을 했고, 아무한테도 그것을 보여줄 수 없다는 게 내 인생의 가장 큰 비극처럼 여겨진 적도 있었다. 그러니까 뽀와 뚜비 아래에는 다른 가능성도 있었다는 말이다.328~329쪽

'나'는 애초부터 상대에게 압도되었기 때문에, 장 피에르와 수평적인 구도에 설 수 없었다. 장 피에르는 자기 생각을 거침없이 표현하는 데 비해, '나'는 그에 대한 감정은 물론 자신의 취향을 한 마디도 발설하지 못한다. 그것은 학생과 강사교수라는 신분 차이에서 기인한 것이 아니다. 내가 지향하는 삶의 목표점에 먼저 도달해 있는, 그것도 우월한 방식으로 선점해 있는 대상에 대한 숭배의 감정이 내 안의 수치심을 조장시킨 것이다.

대학에서와 마찬가지로 직장에서도, 우월한 직위를 활용하여 안정적인 삶을 향락하는 기득권이 있었다. 대학 졸업 후 '나'는 연구소에서 계약직 행정사무 보조로 일한다. 연구소에는 스타일이 좋은 연구원들이 많다. 그들은 우월한 조건에서 일탈을 향락한다.

내가 속한 '연구3팀'은 서무 선생님과 나를 제외하고는 모두 이공계열의

유부남 박사들이었다. 그들은 아침밥을 차려주는 전업주부 아내와 두 명의 자녀로 구성된 4인 '정상 가족'을 이상적인 삶의 형태로 여기는 2020년대의 희귀종들이었다. 아무렇지도 않게 하얗고 천진한 얼굴로 자신의 특권을 누구나 가질 수 있는 당연한 권리인 양 여겼다. 근무한 지도 어느덧 일 년이 다 되어갔으므로 곱게 자란 박사님들의 악의 없는 무례함에 그다지 상처를 받진 않았지만, 구태의연한 농담을 정색하고 받아치는 그의 태도에는 적잖이 신경이 쓰였다. 약간의 반감과 의아함, 근거 없는 배신감을 느꼈고, 그가 나에게 보여준 편안한 태도에 어떤 우월감 같은 것이 섞여 있었던 건 아닌가 싶어 조금 쓸쓸해졌다.307~308쪽

대학 시절에는 성적과 이력을 관리하면서 졸업과 동시에 취업을 준비해야 했으며, 비정규직이 되어서는 더 나은 직장으로 옮기기 위해 스펙을 쌓아나가야 했다. '나'를 비롯한 이십 대는 좋은 배우자를 찾아야 하는 동시에 스스로 좋은 배우자가 되어야 하는 피로감에 젖었다. 삶은 피로하고 도달해야 할 목표치로 가득 찼다. 이미 목표에 도달한 사람이 누리는 일상을 목도할 때는 초조하고 위축되었다. 더욱이 그들을 통해 사회의 불합리와 기만을 발견할 때는 불편을 넘어선 불평등으로 상대적 박탈감이 고조되었다.

박탈감은 또 다른 형태의 '비물질적 빈곤'이다. 비물질적 빈곤은 관계적이고 상징적이다. 권력의 부재뿐 아니라 비존중, 굴욕, 수치와 낙인, 존엄 및 자긍심에 대한 타격, 타자화, 인권 부정, 시민권 축소, 목소리 부족 등의 제 측면을 포괄한다. 빈곤의 관계적·상징적 측면은 빈곤의 물

질적 측면과 더불어 수레바퀴처럼, 사회적·문화적 공간 안에서 돌아가면서 사회적 고통을 유발한다.[7] 결국 개인의 위축이 아니라 공동체 사회의 위축을 초래한다.

나는 세상의 부조리에 항거하기보다 불평과 좌절에 빠진다. 중산층 지식인의 우월한 위치를 활용하여 행사하는 비윤리를 사회문제로 표면화 시키지 못한 채, 대상에 압도당한다. 고발의 감정 못지않게 위축의 감정이 내면을 잠식한다. 이 작품은 제목 '그녀는 조명등 아래서 많은 시간을 보냈다'처럼, 많은 시간을 보낸 데 비해 인물의 정서가 하나로 통일되어 행동으로 실현되지 않는다. 주인공의 비판 대상인 '지식인들'의 태도처럼, 나의 고발도 일종의 스타일로 그친다. 고발과 위축 양자 중의 하나가 아니라 양자 사이에 부유하는 내면을 보여준다.

4. '윤리'와 '일탈'의 사이

전하영의 소설에 등장하는 '나'를 비롯한 지성인들은 그들이 배운 지식으로 자기 삶을 '커스터마이즈' 한다. 그들은 전 세대와 달리, 대다수가 대학 교육을 받았으며 그들이 학습한 지식을 통해 자신의 삶을 가꾸지만 포장하기도 한다. 임현1983~은 「고두」에서 윤리와 일탈 사이의 감수성을 보여준다. 아버지는 국가유공자로서 장애인에게 제공되는 혜

---

7   루스 리스터, 장상미 역, 『풍요의 시대, 무엇이 가난인가』, 갈라파고스, 2022, 23~24쪽.

택을 꼬박꼬박 챙기는 사람이다. 아버지가 대놓고 이익을 챙기는 사람이라면, 아들인 나는 이타적인 행동을 통해 이익을 챙긴다.

"손해가 아니라 투자. 선물이 아니라 거래"를 통해 이기적인 욕망을 포장할 수 있었다. 공립여자고등학교 윤리교사로서 "자비를 베푸는 자가 갖게 되는 그 우월한 감정"을 맘껏 휘둘렀다. 학교에서 윤리수업을 무례하게 만든 연주는 부모없는 결손가정의 여학생이다. 나는 술집에서 일하는 연주와 마주친다. 연주에게 연민과 동시에 욕망을 느낀다. 이후 개인적으로 연주를 만나기 시작했고, 연주는 학교에 나오지 않았다. 연주는 결석일 누적으로 퇴학 처리되자 교무실로 찾아왔다.

"사랑했어요."

담담하게.

당황스러웠지. 보는 눈이 많고 학생들도 있었고 진학상담을 하던 학부모들이 뭐라고? 뭘 했다는 거야? 사랑했대요. 수군거리는 목소리도 들리더구나. 그랬으므로,

뭐.

뭐?

그래, 뭐.

그래서, 뭐.

뭐, 씨발.

나보고 뭐 어쩌라고.

"죄송합니다. 선생님을 사랑하는 건 아무래도 잘못이니까."

고개를 숙이는 연주가 무서웠단다. 존나 무서웠어. 무릎을 꿇으니까 더 무서웠다. 그 완벽한 사과의 자세가 무엇을 뜻하는 거겠니. 그게 더 우월해지는 거라고 누가 가르쳤는데. 연주를 따로 불러서 미안하다, 아무것도 미안하지 않은데 미안하다고 말하면서 그게 더 멋스러운 거라고 내가 가르쳤는데 그걸 연주가 진짜 잘하고 있더구나. (…중략…) 무엇보다 연주의 부른 배가 무서웠다.[8]

내가 가르쳐준 대로, 연주는 이타적인 행동으로 이기적인 욕망을 잘 포장하고 있었다. 나는 사립학교로 자리를 옮겼고, 오랜 시간이 흐른 뒤 연주와 연주의 아이를 만나게 된다. 누군가 내 학급의 학생을 계단에서 밀었는데 죽고 말았다. 연주는 가해자의 부모로서 연주의 아이와 나타났다. 그녀는 나를 알아보지 못했다. 연주의 아이는 보호관찰처분을 받았다. 나는 연주의 뒤를 쫓아가 집 주변을 배회하지만, 피해의식이 속죄의 마음을 압도했으며 나는 거리의 소년에게 자기합리화를 웅변한다. 교사라는 '직위'와 '윤리'라는 지식으로 자기 욕망을 포장할 수 있었다. 나의 '지식'과 '입지'가 나의 일탈을 가려 주었다.

물론 인간이 근원적으로 인식의 결핍을 내상하고 있음도 간과할 수 없다. 김종옥[1973~]은 「거리의 마술사」에서 학교의 왕따 문제를 통해 인간에게 내재한 근원적인 불완전성을 제기한다. 작품은 남우의 죽음과 그 원인을 탐구해 나간다. 아이들은 의도하지 않았지만 남우가 죽는 데

---

8   임현, 「고두」, 『문학동네』, 2016 봄호, 문학동네, 17쪽.

일조했다. 남우는 평소 따돌림을 받고 있었다. 남우와 태영의 몸싸움에서 태영이 정신을 잃자, 아이들은 남우가 태영을 칼로 찔러 피를 흘리게 한 것으로 오인했다. 아이들은 남우를 살인자로 몰았다. 궁지에 몰린 남우는 창밖으로 뛰어내렸는데 그것은 자살이기보다 사고사였고, 이를 초래한 것은 아이들의 편견이었다. 목격자로서 '나'는 그 상황을 다음과 같이 설명한다.

그래요. 저는 이 일을 겪으면서 오히려 선善에 대한 확신이 생겼어요. 악을 통해서 선을 보는 거죠. 어디선가 악은 악을 바라보는 그 눈 속에 있다는 말을 들은 적이 있는데, 이건 그 반대의 경우죠. 선은 악을 바라보는 눈이 없으면 볼 수 없어요. 악을 통하지 않으면 볼 수 없어요. 모든 게 그 눈 속에 있죠. 하지만 그 눈은 언제나 속고 말아요. 진실을 보지 못하죠. 마치 마술을 보는 것처럼. 우리는 그게 실제로 일어난 일이 아니란 걸 알지만, 눈은 몰라요. 하지만 그럭저럭 넘어가요. 저건 속임수라는 걸 알고 있으니까 하면서 말이죠. 하지만 그런 게 몇 번이나 반복되죠. 계속해서 계속해서. 그땐 정말 뭐가 뭔지 모르게 되어 버려요. 자기 자신에 대한 생각조차 확신할 수 없어요. 나 자신이 어떤 인간인지조차 알 수 없게 되어 버려요. 자기 자신이 뭘 했는지, 뭘 하고 있는지, 앞으로 뭘 하면 되는지. 그런데 어떻게 누군가에게 도움을 청할 수 있겠어요? 이건 남우에 대한 얘기가 아니에요. 바로 우리 자신에 대한 이야기죠. 사실 도움을 받아야 했던 건 남우가 아니라, 우리였어요. 반 아이들이었죠. 아시겠죠? 그러니까 그건 어떤 의미에서는 불가능했죠. 그것을 가능하게 해 줄 수 있는 사람, 그것을 가능하게 해 주는 장소, 변호사님은 그런 걸

상상할 수 있나요?[9]

우리의 불완전성이 초래하는 인식의 사각지대를 작가는 '마술'이라
는 환유로 설명한다. 작가는 선을 통해 악을 볼 수 있으며, 반대로 악을
통해 선을 인식할 수 있다고 말한다. 양자에 대한 인식의 불완전성은 특
정 세대의 문제에 국한되지 않고 인간이 내재한 근원적인 결함임을 시
사한다. 지식인들이 윤리와 일탈의 사이에 자기기만을 의도적으로 '커
스터마이즈'화 할 수도 있지만, 그와 무관하게 불완전한 인간은 인식의
미비함으로 악을 초래할 수도 있다는 것이다. 김종옥이 제기하는 인식
의 불완전성에 동의하지만, 이러한 불완전성으로 인해 이권이 개입할
시, 윤리는 욕망과 일탈을 포장하는 도구로 쉽게 탈바꿈 가능하다는 것
도 간과할 수 없다.

5. '인류'와 '국가'의 사이

'사이'의 가변성을 개인의 신변으로부터 사회와 국가의 문제로 확장
해 보자. 정지돈1983~은 「건축이냐 혁명이냐」에서 '인류'라는 보편성과
'국가'라는 특수성 사이의 감수성을 보여준다. 작가는 한국의 마지막 황
손 이구1931~2005를 주인공으로 삼았지만, 한국의 마지막 황손이라는 한

---

9   김종옥, 「거리의 마술사」, 『문화일보』, 2012 신춘문예당선작(2013문학동네 젊은작가
     상 수상).

국적인 소재로 다루지 않았다. 한국의 근대사를 보여주는 가장 한국적인 인물을 선택하되 탈한국적인 요소에 주목하여, 1960년대 이후 세계의 보편적 흐름과 특징을 담아낸다. 다시 말해 한국의 마지막 황손 이구를 통해 당대를 살아간 '개인'의 삶을 조명하고 있을 뿐 아니라 그 삶이 지닌 '세계사적인 보편성'을 탐구하고 있다. 작가는 한국의 마지막 황손 이구를 다음과 같이 설명한다.

사실 이구는 자신이 한국인인지 일본인인지 관심이 없었다. 그는 열아홉이었고 바야흐로 국적 따위 상관없는 시대가 도래하고 있었다. 이구는 시를 쓰고 싶었다. 그는 레스토랑에서 일하며 딜런 토마스의 미국 낭독 순회공연을 쫓아다녔다. 낭독회에 동양인은 이구 한 명뿐이었다. 시에는 국적이 없지 않습니까. 이구가 말했다. 그러나 핏셔는 바보 같은 생각이라며 고개를 저었고 후시미노미야 역시 고개를 저었으며 아버지는 전보에 욕을 적어 보냈다. 이구는 이후 누구에게도 시를 쓴다고 말하지 않았다. 대신 그는 건축을 공부했다. 1950년대는 전 세계가 새로운 나라와 새로운 사회를 만들기 위해 들떠 있는 시기였고, 그곳이 자본주의 국가든 공산주의 국가든 모두 새 건물을 짓고 새 다리를 짓고 새집을 지었다. 그러니 너는 건축을 하는 게 좋겠다, 고 핏셔가 말했다.

건축이라.

이구는 문득 모든 일이 잘 풀릴 것만 같은 기분에 사로잡혔다. 건축은 땅 위에 시를 짓는 일입니다. 이구는 르 꼬르뷔지에의 말을 주문처럼 외웠고 MIT를 졸업한 후 이오밍페이의 뉴욕 건축사무실에 들어갔다.[10]

이구는 뉴욕에서 같은 사무실에서 일하는 우크라이나 출신의 줄리아 멀록과 결혼했으며, 그의 관심은 시를 대신하는 건축이었다. 한국의 마지막 황손으로서 특정 국가와 민족의 이데올로기, 한국인 아버지와 일본인 어머니를 둔 혈통의 비의로부터 벗어나 개인의 취향을 좇아 모더니스트의 삶을 살았다. 무국적자의 모더니스트 이구는 1966년 군사 정권 무렵 한국에 온다.

> 나는 대한민국의 마지막을 황세손이지만 대한민국이 황제국이 된 건 단지 침몰하는 나라의 마지막을 부둥켜안은 고종의 발악이었고, 나는 그저 생물학적 아들의 아들의 아들에 불과한데, 이게 지금 시기에 무엇이 중요하며, 그들은 나에게 무엇을 요구하려 하는 것일까요.209쪽

작품의 제목 '건축이냐 혁명이냐'처럼, 작가는 이구를 통해 한국 역사의 실체가 아니라 1950년대 이후 세계의 경제적이고 정치적인 변화의 지형도를 보여준다. 화자는 건축 전문가로서 이구가 자기 의견을 피력한 바 있는 1966년 '새서울 백지계획'의 밤섬폭파에 반대한 이력을 제시한다. 당시 밤섬은 100여 명의 주민이 사유재산의 경계가 없는 자율공동체로 생태적 안정을 이루고 있었으나 정치색이 가미된 개발프로젝트로 인해 폭파된다.

작가는 한국의 1960년대 개발계획을 미국의 1950년대 세인트루이

---

10 정지돈, 「건축이냐 혁명이냐」, 『문학들』, 2014 겨울호, 심미안, 203~238쪽. 이하 작품 인용은 인용문 말미에 페이지 수만 기입함.

스의 '프루이트 아이고' 신화, 뉴욕의 그린 게릴라즈 그룹, 고든 마타 클릭의 도시건축연구소 습격과 나란히 다룬다. 근대적 개인 이구를 포함하여 개발기 한국의 풍경을 세계사의 보편적 흐름 속에 배치한다. 이구가 만든 회사에서 일하던 유덕문은 이구의 세계관을 다음과 같이 전한다.

> 내가 지은 건물이 얼마나 잘못되었는지, 지금 지어지고 있는 건물과 앞으로 지어질 건물이 얼마나 잘못되었는지 생각하기 시작하면 벌써부터 숨이 막혀 오고 정신이 아득해집니다. 나는 선 하나 제대로 그을 수 없는 지경에 사로잡히지만 임박해 온 마감 날짜와 시공 날짜 때문에 스스로를 기만하며 그림을 그리고 설계를 하는데 그런 다음에는 견딜 수 없는 자기혐오와 좌절에 사로잡히지요. 수십 년 동안 거리를 채우고 있을 콘크리트 더미를 생각하면 지금도 구역질이 납니다.236쪽

작가는 이구가 경제의 논리가 아니라 예술과 자연의 논리를 좇았음을 보여준다. 1960년대 한국의 개발 논리를 세계사적으로 사유하면서 동시에 반성적으로 조명한다. 한국 역사 속의 '왕손'으로서 이구를 부각시키지 않았다. 세계사의 흐름 속에 '인간 이구'를 조명함으로써 인류사적인 인식의 보편성을 보여주었다. 국가와 민족을 초월하여 인류를 대상으로 1960년대 전후 지식인들이 지닌 고뇌와 좌절을 조명하고 있다. 국가의 존재를 축소하는 것이 아니라 국가라는 지역성을 넘어서 인류의 범주에서 객관적으로 사유했던 것이다.

박주희1985~도 「세실, 주희」에서 일본인 세실과 한국인 주희의 관계

를 조명하고 있다. 한국과 일본의 근대사 수용에 대한 어려움을 문면에 내보이는 듯하지만, 작가는 세실과 주희를 나란히 병치함으로써 세계와 개인의 관점에서 역사의 주체적인 수용을 시사한다. 일본인 세실은 K팝을 즐기며 한국 연예인을 좋아해서 한국에 왔다. 그녀는 한국의 뷰티 편집숍에서 직원으로 일하며, 주희는 매장의 매니저이다. 세실은 주희와 가까워지기 위해 주희로부터 한국어 과외를 받는다.

한국어 작문 과정에서 세실이 '히메유리 학도대' 출신 전쟁영웅의 후손임을 자랑스럽게 표현하자, 주희는 혼란한 감정에 빠진다. 휴일 도심 한복판에서 주희와 세실은 위안부 문제를 성토하는 인파에 파묻힌다. 주희는 어리둥절해 하는 세실에게 어떠한 행동을 취해야 할 것인가. 일본이라는 제국의 실체와 그에 대한 한국인의 입장을 알려주어야 하는가, 모른 채 한국에서 살아가도록 상황을 회피해야 하는가. 작가는 판단을 독자들에게 맡기고 작품을 종결했지만, 기실 작품의 서두에 이미 작가의 입장이 제시되어 있다.

작품 초입부는 여주인공 주희의 미국여행에서 시작된다. 주희는 뉴올리언스에서 마르디 그라 축제에 참여한다. 작품 초입부의 뉴올리언스 축제는 특정 국가의 문화를 부각시키는 것이 아니라 특정 문화에 대한 개인의 주체적인 이해와 수용이라는 문제를 제기한다. 그녀는 버번 스트리트, 로열 스트리트 쇼핑몰 등 그녀가 알고 싶어하는 정보만으로 축제에 참여했다. 막상 축제에 참여하자, 그녀는 남자들에게 둘러싸여 예상치 못한 상황에 직면했다. 자신도 알지 못한 채 동영상에 찍히고 포털 사이트에 유포된다. 주희는 마르디그라 축제에 대한 정보를 사전에 찾은 바 없으며, 그녀를 데리고 간 친구도 그에 대한 구체적인 정보를 알려준 바 없다. 알지 못하기 때문에 아무런 대비도 못한 채 봉변을 당한 것이다.

작품의 초입부 상황은 종결부에서 세실과 주희가 위안부 문제 성토 현장에 있는 상황과 오버랩 된다. 주희는 세실에게 제국 일본의 과오와 그로 인한 한국인의 정서를 말해주어야 하는 것이다. 그래야지, 세실 역시 서울의 한복판에서 봉변당하는 일이 없이 인류보편적 시각에서 역사를 사유할 수 있기 때문이다. 작가는 국가가 아니라 세계와 개인의 관점에서 자신과 동일한 다른 개인을 이해하고 그를 포함한 공동체를 수용할 것을 제시한다. 다시 말해 특정 국가의 과거가 아니라 인류애의 관점에서 보편적이고 주체적인 이해와 수용을 제시한다.

세실과 주희는 그들이 살고 있는 세계의 평화를 위해 힘을 모아야 한다. 그것은 특정 국가와 민족을 위한 것이 아니라 개개인의 평화를 지키고 그 평화가 그들이 몸 담은 세계에 실현되기 위해 작은 힘들을 모으는 것이다. 이를 실현하기 위해, 우리는 자신이 살고 있는 시대와 문화를 주체적으로 이해하려는 노력을 기울여야 한다. 눈에 보이는 것, 보고 싶은 것만을 전적으로 수용하는 것이 아니라 스스로 납득 할 수 있을 때까지 상황과 행동에 대해 질문을 던질 수 있어야 한다. 피상적인 이해를 기반으로 한 일은 개인의 희생은 물론 그들로 하여금 인류에 역행하는 죄악으로 몰고 갈 수 있다. 마치 주희가 마르디 그라 축제의 전모를 제대로 알지 못한 채 축제에 참여했다가 봉변을 당했듯이 말이다.

MZ세대는 독립된 개체로서 불완전하지만, 종래 전통적인 집단과 타협하지 않는다는 점에서 주체적인 삶을 지향한다. 그들은 국가, 민족, 사회가 제시하는 지식과 정보가 아니라 개인의 관점에서 자신과 자신을 둘러싼 세계를 능동적으로 탐구한다. 가정과 여타 다른 사회 공동체가 그러하듯이, 국가와 민족이라는 집단도 절대적인 것이 아니라 개인을 위해 존재하는 삶의 기반이다. 그들은 과거 역사에 얽매이기보다 개인의 주체적인 이해와 수용을 제안한다. 열정과 희생은 자신에 기인하고 있지만, 그것의 의미와 가치는 개인과 세계와의 관계에서 실현되고 있음을 안다. 이러한 주체적인 개인은 '인류'와 '국가' 사이의 긴장을 유지할 수 있는 '세계 시민'이라 명명할 수 있다.

6. MZ세대의 감수성

이 글에서는 MZ세대의 의식을 '사이' 감수성으로 명명하고, '사이'의 가변성으로 인해 다양한 감수성이 발현되는 제 양태를 살펴 보았다. '사이'의 감수성은 그것이 놓인 가치중립성에도 불구하고, 시간과 상황의 추이에 따라 다른 형태로 변할 수 있는 불확정성과 역동성을 내포하고 있다. 그것은 발 빠른 변화에 직면하여 어디에도 안착할 수 없는 낀 존재라는 상황에서 기인한 것이다. 김중혁은 「1F/B1」2010. 1회에서 소유자도 아니고 세입자도 아닌 그 '사이'의 존재 슬래시 매니저, 건물관리자를 통해 불안정하고 불안한 세대의 존재론적 특징을 제시하고 있다. MZ세대 작가들의 작품에서 '사이'의 가변성은 세 가지 양태로 나타난다.

첫째, 고발과 위축 사이의 감수성을 들 수 있다. 지금 이 땅의 MZ세대는 아직 사회적으로 경제적으로 많은 것을 갖추어야 하는 미완의 상태에 있다. 전하영의 「그녀는 조명등 아래서 많은 시간을 보냈다」2021. 12회에서 그들은 대학재학 중 그리고 졸업 후 계약직으로 전전하며 사회의 불합리와 모순을 목도한다. 기성세대의 위선과 부도덕을 목도하지만 그에 대한 반항과 비판의 목소리로 일관하지 않는다. 고발에 앞서 그들은 이미 갖춘 기성세대에 대한 위축의 정서를 먼저 자각한다. 그 결과 그들은 고발의 목소리를 일관되게 내지 못한 채, 위축의 정서로 일그러진 자의식을 반추한다.

둘째, 윤리와 일탈 사이의 감수성을 들 수 있다. 지식인들은 자신이 습득한 윤리를 또 하나의 스타일로 포장할 수 있다. 그들은 다중의 얼굴로 자기와 타인을 기만할 수 있다. 그들은 중산층 지식인으로서 안정된 직장과 교양을 갖추고 있으며, 그들이 갖춘 지식은 그들의 일탈을 합리화하는 기제가 된다. 임현의 「고두」2017. 8회에서 윤리 교사는 윤리라는 지식으로 자기 욕망과 일탈을 합리화한다. 이미 사회적으로 특정 위치를 점하고 있으므로, 그들이 소속한 직장과 학교에서는 제자와 신입들이 그들의 이중성을 내면화하기에 이른다.

셋째, 인류와 국가 사이의 감수성을 들 수 있다. 정지돈이 「건축이냐 혁명이냐」2015. 6회에서 한국의 마지막 황손 이구를 통해 모더니스트의 삶을 조명했듯이, MZ세대는 한국이라는 국적과 민족성에 내재해 있는 보편성을 찾아낸다. MZ세대는 변화를 견인하고 변화에 발 빠르게 적응하는 세대인 만큼, 특수성보다 보편성에 친화력을 보인다. 현시대의 무자

비한 변화 속도에 노출되어 매 순간 불확실성을 의식하기 때문에, 그들은 근원에 집착하기보다 동시대 보편성에 친화력을 보인다.

박민정은 「세실,주희」2018.9회에서 갈등의 해결책으로 국가와 국가, 민족과 민족의 역사를 문면에 내세우지 않는다. 전 세계 여성을 사로잡는 코리아 뷰티, K팝 등이 세계화되고 세계가 온라인으로 연결되는 시점에서, 인류애에 대한 주체적인 자각을 시사한다. 한국의 마지막 황손 이구가 그가 살던 '시대'의 문제에 골똘했던 개인으로 존재하는 것처럼, 국가혹은 민족의 이름으로 정보와 지식을 수동적으로 수용하는 것이 아니라 인류애를 기반으로 주체적으로 의식하고 실천할 수 있는 세계 시민이 되어야 함을 시사한다.

우리는 '사이'의 개념으로 MZ세대의 감수성과 조우 할 수 있으며, 나아가 '사이'의 감수성으로 그들의 정체성을 설명할 수 있다. 발 빠르게 변해가는 환경에서 그들은 이것과 저것, 이곳과 저곳을 연결할 수 있어야 하기 때문이다. '사이'는 틈 혹은 균열이지만 이미 지나간 것과 앞으로 도래할 것 간의 균열의 지점을 봉합하고, 차이를 만들어 낼 수 있는 감각이다. '사이'의 감수성에는 '불확실성'이 내재해 있지만, 변화를 거듭할 수 있는 '역동성'도 잠재해 있다. 그들은 고발과 위축의 사이, 윤리와 일탈의 사이, 인류와 국가의 사이, 양자를 넘나들면서 아슬아슬한 곡예를 넘겠지만 궁극에는 일련의 것들이 다음 세대의 보편성을 준비하는 과정이 되리라 본다.

제3부

밀레니얼 세대 기억과 속도

제1장
봄날 잔인한 오후의 기억

1. 2014년 4월 16일 봄날을 기억함

오늘은 1월 6일, 제 생일이예요

저는 그동안 2센티미터 더 자라 177센티미터가 되었답니다.

여행지의 풍경은 키가 크기에 좋은 자양분들이거든요

엄마 아빠의 소원대로 저는 185센티미터까지 클 자신이 있어요

여행을 하는 동안 세계문학 전집들을 읽을 계획이예요

(…중략…)

제 두 손은 날개를 닮았을 뿐, 영원히

여전히 엄마 아빠의 귀염둥이 아들이랍니다

제 나이가 감당하기 어려운 시련을 겪은 후

가족과 친구들을 어제보다 더 사랑하게 되었어요

저는 이제 '불멸의 사랑'이예요[1]

위 시는 세월호에서 돌아오지 못한 소년의 성장을 보여준다. 이미 고인이 된 소년이 말을 할 이도 없건만, 육신을 잃은 소년이 스스로 성장하고 버젓이 이 땅에 살아있는 사람들을 더 사랑하게 되었다고 말한다. "제 나이가 감당하기 어려운 시련을 겪은 후", 절망과 고통이 아니라 더 큰 사랑을 하게 되었다는 대목은 우리를 숙연하게 만든다. 그것은 소년이 아직 제멋대로여야 할 '사춘기' 청소년이 아니라 단 1년 사이에 '현자'가 되었기 때문이다. 기성세대가 부끄럽게도, 깊은 바다 속에서 소년은 현자가 되어 이 땅에 불멸의 사랑을 실현한다.

2014년 4월 16일 이후 시간이 멈춘 사람들이 있다. 그들은 시계 바늘의 움직임을 좇지 못하고, 일상의 삶을 망실한 채 과거의 고통에 멈추어 있다. 문학은 과거를 살아가는 사람들의 고통을 읽어 들인다. '과거'가 지나가고 부재한 것이 아니라 현재에도 지속되어 영향력을 행사하고 있음을 우려하는가 하면, 무엇이 이 사람들을 과거 속에 침잠시켰는지 되묻는다. 1년이 지난 즈음, 이 땅의 작가들은 그 '과거'가 반복되지 않도록, 마주하고 싶지 않은 과거와 대면하고 침잠된 목소리를 읽어 들인다. 작가 이명랑은 일련의 사건들을 소설로 형상화하면서, 그것이 초현실적인 것으로 느껴진다는 자괴감을 다음과 같이 표출했다.

우리 사회에서 일어난 일들을 가장 현실적으로 그려내었는데 오히려 초현실적으로 느껴진다고 이야기하는 독자들이 많은 이유는 무엇일까요? 아마

---

1   권현형, 「불멸의 사랑—팽목을 위한 ode 416. 승태에게」, 『문학의식』, 다트앤, 2015 봄호, 152~153쪽. 시의 일부만 인용한 것임.

도 소설 속에서도 있을 법하지 않은 일들이 우리 사회에서 버젓이 일어나고 있기 때문이 아닐까, 생각해봅니다.[2]

　작가는 소설 속에서도 일어나지 않는 일들이 우리가 살고 있는 지금 이 공간에서 일어나고 있음을 우려한다. 소설은 현실에 있을 법한 일들을 그려내는 장르인데, 때때로 현실에는 있을 법하지 않은 일들까지 발생한다. 작가들은 현실을 초월한 현실에 당혹스러워하고, 그 초현실성을 바탕으로 '있어야 할 현실'을 재구성한다. 2014년 4월 16일 봄날의 세월호는 가장 당혹스러운 사건으로, 작가들은 물론 우리 모두의 뇌리에 각인되었다.

2. 고통, 기억의 지속

　안보윤은 「일그러진 남자」『문학의식』, 2015 봄호를 통해 2014년 봄 세월호에서 돌아오지 않는 사람들을 기억한다. 주인공 남자는 시간을 잃어버렸다. 본시 그는 대학의 시간강사였으며, 강의와 일상을 흐트러짐 없이 영위하고 있었다. 그런 그가 시간을 송두리째 잃게 되는 사건이 발생했다. 아내가 세월호에 갇혀 돌아오지 못한 것이다. 그 후 그의 평화롭던 일상의 시간이 흐트러진다. 작가는 그를 일컬어 '일그러진 남자'라 명명

2　이명랑, 『우리는 행복 할 수 있을까』, 예옥, 2015, 143쪽. 강조는 필자.

한다. 그는 자신과 마찬가지로 멈춘 시간 속에 살아가는 사람들을 녹취하는데, 그들을 '시곗줄증후군'자로 분류했다. 그들은 과거의 어느 지점으로부터 멈춘 시간 속에서, 고통스러운 기억과 함께 살아간다. 그들의 삶은 시계 바늘에 맞추어져 있지 않으며, 현실로부터 분리된 채 일그러져 있다. 그들은 특정 시간 속에 갇혀 지내기 때문에, 미래는 커녕 현재의 시간도 무의미하다. 일그러진 남자는 세 부류의 목소리를 녹취했다.

첫 번째, 자살한 아버지를 둔 아들이다. 아버지는 버젓한 엘리트 증권맨 임에도, 회사 탕비실에서 목을 매고 자살했다. 두 번째, 주위 사람들의 불의로 자녀를 잃은 부모이다. 엄마는 시아버지 병수발을 위해 어린 아이를 어린이집에 맡겼다. 아이는 어린이집에서 학대당했으며 병원에 도착했을 때는 싸늘한 주검이 되어 있었다. 세 번째, 지하철 참사를 막아낸 의인의 형과 아들이다. 의인은 화상후유증과 우울증으로 자살했다. 그는 아들을 데리고 자살하려 했으나 아들은 남겨 놓았다. 증권맨의 아들, 아이를 잃은 부모, 의인의 아들의 팔목에는 진한 시곗줄 자욱이 남아 있다.

죽은 자와 친지들에게는 모종의 공통점이 있는데, 그것은 그들이 이타심을 지니고 있다는 점이다. 증권맨은 아들에게 '물소년' 이야기를 들려준 바 있다. "마지막 국자의 마지막 한 모금은, 반드시 나를 위해 써야 되는 거다. 너는 그걸 알아야 돼."[3] 아버지는 마지막 국자의 한 모금마저 자신이 아닌 타인을 위해 쏟았으므로 죽었을 터이다. 아이의 엄마는

---

3 안보윤, 「일그러진 남자」, 『문학의식』, 2015 봄호, 다트앤, 207쪽. 이하 이 작품의 인용은 인용문 말미에 페이지 수만 기입함.

시아버지의 병수발을 하지 않았다면 아이를 어린이집에 보내지 않았을 터이다. 지하철 의인은 타인을 위해 자신을 송두리째 희생했다. 의인은 많은 사람들로부터 찬사를 받았지만, 그보다 더 많은 고통을 혼자 감내해야 했다. 치료에 끊임없이 돈을 쏟아 부어야 했으며, 아내와는 이혼했고 재활은 불가능했다. 그는 죽을 때까지 제 몸도 가누지 못하는 혐오스러운 외관의 환자로 살아야 했다.

그들은 이타적인 삶을 살았지만, 그들에게 돌아오는 것은 친지의 죽음과 죽음 뒤에 남겨진 고통이다. 증권맨 아버지의 말처럼, 의로움 따위는 "동화 속에서나 있는 위선"일 뿐 세상은 냉정했다. 작가는 독자들에게 다음과 같은 질문을 던진다. 이러한 희생은 누구를 위한 것인가. 일련의 희생이 가치가 있기는 한 것인가. 그들 자신은 스스로도 감당할 수 없는 고통과 절망 속에 내몰리는데, 도대체 이들은 누가 구원해 줄 것인가. 문학은 단지 질문을 던질 뿐, 답은 우리와 이 사회가 의식하고 함께 모색해야 한다. 희생이 필요 없는 공정하고 안정된 사회라면 좋겠지만, 누군가의 희생이 필요하다면 우리는 그 희생을 기억해야 할 것이다.

친지의 죽음 이후 이들의 시계는 멈추었고, 그들에게 남겨진 것은 고통뿐이었다. "제 아이가 세상에 존재했단 걸, 제 품안에서 살아 움직였단 걸 증명해주는 건 오로지 이 고통뿐이에요. 이 끔찍한 절망만이 제가 아이를 잊지 않고 있다는 증거예요."215쪽 '고통'은 부재한 대상의 존재를 '인식'하는 방식이다. 안보윤은 「일그러진 남자」에서 세월호 사건으로 아내를 잃은 남자를 통해, 멈춘 시간 속에서 살아가는 동시대 사람들의 고통을 소환해 내고 있다. 세월호 사건이 일어난 지 1년, 다수의 작가들이 세월호 사건 당시로부터 시간이 멈추어 버린 사람들의 고통을 읽어 들인다.

소설집『우리는 행복할 수 있을까』예옥, 2015는 총 15편의 개별 작품으로 구성되어 있지만, 일련의 작품들은 하나의 주제로 귀결되고 있다. 작가들은 침몰당한 희생자의 목소리를 복원해 내는가 하면, 살아있으되 존재 의의를 상실한 사람들의 고통을 전달하는 데 심혈을 기울였다. 작가들은 세월호 사건에만 문제를 국한시키지 않았다. 안보윤이「일그러진 남자」에서 시곗줄증후군이라 명명하며 절망과 고통 속에 머물러 있는 사람들을 녹취했듯이, 그들은 한국 현대 사회에서 발발한 다양한 재난과 인권유린의 실태를 소환하여 이 사회의 비정상성을 문제 삼는다. 사회를 고발하겠다는 것이 아니라, 절망과 고통 속에 신음하는 존재의 상흔을 읽어 들이고 그들의 목소리를 사회에 공명할 수 있도록 했다.

『우리는 행복할 수 있을까』에는 다양한 목소리들이 등장하지만 그 중에서 세 부류, 난파선에서 생명이 꺼져가는 학생들, 자식의 시신조차 찾을 수 없는 엄마와 아빠, 난파선에서 극적으로 구조된 사람들의 목소리에 주목할 필요가 있다. 왜냐하면 이들은 우리 사회에 '죽은 자', '살아도 죽은 것과 다름없는 자', '살아서 괴물이 된 자'라는 문제적 인물로 존속하고 있기 때문이다.

3. '죽은 자'

　김신은 「윈드 벨, 기억의 문을 열면」에서 침몰당하는 학생들의 목소리를 재현한다. 작중에서 지수는 엄마와 둘이서 살았다. 엄마는 마트에서 밤늦게까지 일하고, 아빠는 젊은 여자와 가정을 이루었다. 비록 두 사람이 함께 하는 시간은 적었지만, 서로의 존재만으로 건강한 일상을 영위했다. 지친 학교의 일상에서 벗어나 지수는 학창시절 마지막 수학여행으로 한껏 들떠 있다. 출항한 밤, 엄마와 지수는 다음과 같은 문자를 나눈다.

　"지수야."

　"응. 엄마."

　"날씨 어때? 여긴 안개가 좀 꼈는데."

　"ㅜㅜㅜ 여기도 완전 장난 아님. 배가 한참 있다가 떴어."

　"밤배라 괜찮을지 모르겠네. 정박하고 아침에 가는 게 낫지 않았을까?"

　"ㅋㅋ 그건 선장 맘이지요. 지금은 잘 가고 있어.~~"

　"엄마가 출근하느라 딸 수학여행 가는 것도 못 봤네.:-("

　"뭘 그런 걸 다. ㅋ"

　"멀미는?"

　"생각보다. … 배가 무쟈게 크걸랑요. 넘실넘실~ 출렁출렁~"[4]

4　김신, 「윈드 벨, 기억의 문을 열면」, 『우리는 행복 할 수 있을까』, 예옥, 2015, 194~195쪽. 이하 이 작품의 인용은 인용문 말미에 페이지 수만 기입함.

세월호는 4월 15일 저녁 6시 30분 인천항에서 출항 예정이었다. 안개가 자욱해 많은 선박들이 출항을 포기했으나, 세월호는 2시간 30분 늦게 출항을 강행했다. 수학여행의 들뜬 기분도 잠시, 지수는 이 세상을 마감한다. 4월 16일 오전 9시 즈음 배가 침몰하면서 지수는 수심 깊은 곳에서 다음과 같이 읊조린다.

배가 급속히 기울면서 심장이 얼어붙을 것처럼 차가운 바닷물이 들어오기 시작했다. 상상을 초월하는 수온 속에서 허우적거리며 울부짖는 비명 소리가 여기저기서 터져 나왔다. 사나운 물살이 집어삼킬 듯 휘몰아치는데 가만히 있으라는 안내방송이 허공중에 떠다녔다.

창문을 두드려보지만 몸은 점점 물에 잠겨 턱밑까지 물이 차올랐다. 소리를 지를 수도 숨을 쉴 수도 없을 것 같다. 제발 망치로 창문을 깨뜨려 주세요. 밧줄을 조금만 내려주세요. 제 손을 잡아 주세요……

발버둥 칠수록 내 몸은 어둠 속으로 끝도 없이 내려간다. 깜깜한 미로 속에서 빛이 완전히 사라졌을 때 내 짧은 생을 마감하는 심장의 고동소리도 마지막으로 크게 울린다. 내가 세상에 쓸쓸히 왔다 간 몇 번의 여행 동안, 그러나 내가 세상을 또 얼마나 좋아했는지, 아름답게 빛나기를 바랐는지 꼭 기억해 주었으면 좋겠다.197~198쪽

"심장이 얼어붙을 것처럼 차가운 바닷물"과 "사나운 물살"에 두려움

을 느끼면서도, 소녀는 세상을 좋아했으며 이 세상이 아름답게 빛나기를 바랐다. 그들은 무력한 순수이며, 때 묻지 않은 평화였다. 당시 사고의 최초 제보자는 승선한 학생이었는데, 기성세대는 맑고 순수한 300여명의 생명을 지켜주지 못했다. 노경실의 「누가 내 나무를 어디로 옮겨 심었는가?」에서 아들은 아버지에게 다음과 같은 예약 문자를 보냈다. 이혼하고 홀로 사는 아버지를 위해, 아들이 남긴 마지막 메시지에는 순수와 육친애로 가득 차 있다.

> 아빠, 생신 추카추카!
> 우리는 같이 살지 않아도 아빠와 아들!
> 초등학교 때 성교육 시간에 배운 게 생각 나.
> 내 몸의 살은 엄마아빠의 살로,
> 내 몸의 피는 엄마아빠의 피래.
> 그러니까 나랑 아빠는 영원히 하나야!
> 아빠, 올해로 쉰 살, 오십? 오십이면 철 좀 든다니까, 아빠도 새해에는 꼭 장가가요. 우리 엄마보다 조금 덜 이쁜 여자랑요. 아빠가 장가가도 나 안 삐질 거야! 생일축하 선물은 내일 배달될 거야. 별 거 아니니까 기대는 하지 말길! 그런데 내일이 아빠 생일인 것도 모르지? 그래서 나는 아빠처럼 안 살 거야. 난 내 생일날에 왕처럼 파티할 거야. 참, 아빠, 엄마한테는 절대 비밀!!!⁵

---

5 노경실, 「누가 내 나무를 어디로 옮겨 심었는가?」, 『우리는 행복할 수 있을까』, 예옥, 2015, 67~68쪽. 이하 이 작품의 인용은 인용문 말미에 페이지 수만 기입함.

작가들이 복원해 내는 소년 소녀의 마지막 모습은 이 사회에 아무런 방어벽과 제어 막을 걸치지 않은 순수 그대로의 모습입니다. 그들은 마지막까지 세계를 불신하지 않았고, 이 세계에 대해 어떠한 분노도 위해도 가하지 않았다. 2014년 봄의 세월호 사건이 잔인한 이유는 희생자가 순수한 어린 생명이라는 데 있다. 그들은 사회의 부조리와 불합리에 눈을 뜨기보다, 주어진 상황을 감당해 내려 애쓰던 어린 생명인 까닭이다.

4. '살아도 죽은 것과 다름없는 자'

손현주는 「청거북을 타는 아이」에서 아들을 잃은 엄마의 상황을 지옥경험으로 묘사했다. 아들의 흉측하게 훼손된 차가운 시신조차 건져 올리지 못한 엄마는 눈과 귀를 닫고 싶었다. 그 지옥 같은 곳에서 "상상해 본 적 없는 질투와 탐욕이 가슴속에서 불을 지피며 모락거리는데" 엄마는 급기야 정신줄을 놓는다. 세상에서 가장 안전한 곳은 이 사회 어디에도 없기 때문이다. 엄마는 자궁으로 아들을 불러들인다. 자궁은 세상을 멸시하고 죽음을 이길 수 있는 곳이다.

그 애를 만나면 세상에서 가장 안전한 곳으로 아이를 보낼 거예요. (…중략…) 거기가 어딘지 궁금하다구요? 따뜻한 양수가 흐르는 자궁요. 자궁처럼 안전한 곳은 세상에 없잖아요. (…중략…) 검은 눈동자, 붉은 기가 도는 피부, 오물거리는 입술, 태아기였던 그 애를 찾아야만 해요. (…중략…) 미안하다

아가야, 정말 미안해. 이제 네가 있던 그 자리로 돌아가렴, 따뜻한 양수가 흥
건히 넘치는 따뜻한 자궁 안으로. 그곳은 세상에서 가장 안전한 곳이야. 네가
처음 만들어지던 태초의 근원지, 그곳에서 까르르 웃으렴, 흰 피부, 밝은 웃음
소리, 엄마는 네게 진 빚을 갚으러 이제 너에게 가련다. 너는 엄마의 자궁 안
에서 세상을 경멸하고 마음껏 멸시하렴, 자궁은 너를 위로할 거야. 그곳은 죽
음의 공포를 이길 수 있는 유일한 곳이란다. (…중략…) 두 번 다시 운명의 사
슬에 걸리지 않도록 보이지 않는 힘이 존재하는 곳이지. 세상에 초대받지 않
은 영혼이 얼마나 행복한지 보여주렴.[6]

아들을 잃은 과부 엄마는 병원에서 의사와 상담하며 치료 중이다. 엄
마는 죽은 아들에 대한 그리움, 죽음의 문턱에서 아이가 가졌을 소름끼
치는 고통을 떠올리며 아들을 부른다. 어린 시절 물에 빠졌을 때 청거북
이 자신을 구해주었듯이, 물 속에 있는 아들이 청거북을 타고 돌아오기
를 염원한다. 노경실의 「누가 내 나무를 어디로 옮겨 심었는가?」에서 아
들을 잃은 아버지는 자신의 슬픔을 다음과 같이 토로한다.

나는 그 뒤, 지인들로부터 아들에 대한 이야기를 전해들은 뒤부터 샤워를
하지 못했다. 뜨거운 여름날이 되어도 나는 물줄기 아래에 발가벗고 서 있지
못했다. 거리에서 오래도록 밤을 보낸 사람들처럼 냄새가 나는데도 잘 씻지
를 못했다. 그 냄새도 나는 전혀 맡지 못했다.54쪽

---

6   손현주, 「청거북을 타는 아이」, 『우리는 행복 할 수 있을까』, 예옥, 2015, 219~220쪽.

작중 아버지는 가족부양에 실패하고 아내와 이혼했다. 그는 노숙자에서 택배기사로 전전한다. 그는 이제 샤워를 하지 못하고, 귀에는 이명이 들린다. 또 다른 아버지의 모습도 마찬가지이다. 신주희는 「극」에서 자식을 잃은 절망감으로 평생 메여 살아가는 아버지의 모습을 보여준다. "아비이던 세월", 그는 피해자 가족 대기실에서 딸의 죽음을 눈으로 보고서도 받아들일 수 없었다.

흰 가운을 입은 여자가 아이의 이름을 말하던 순간과 하얀 시트 밑으로 보이던 새파란 얼굴이 또렷했다. 남자는 정말 의아하다는 얼굴로 여자에게 말했다. 제, 딸 이름이 맞긴 한데요, 아, 아무리 봐도 애는 내 딸이 아닌 것 같아요.

남자는 뒤도 돌아보지 않고 그대로 확인소를 빠져나왔다. 윙윙거리는 이명 소리 저편을 가르며 누군가 희미하게 남자의 이름을 다시 불렀던 것도 같았다. 남자는 비틀거리는 몸을 추스르며 혼자 중얼거렸다. 아니라니까, 나 참. 정말 이상한 사람들이네. 대기실을 향해 걷는 남자의 목으로 무엇인가 뜨겁고 거대한 것이 올라오고 있었다. 꾸역꾸역 비명을 삼키는 남자의 어깨가 심하게 들썩거렸다. 어, 어, 어, 억, 억, 억. 자신도 모르게 절규에 가까운 비명소리가 목구멍에서 터져 나왔다.[7]

눈물이 그렁그렁한 여자가 그 남자를 내려다보며 다음과 같이 말한

---

7   신주희, 「극」, 『우리는 행복 할 수 있을까』, 예옥, 2015, 321쪽. 이하 이 작품의 인용은 인용문 말미에 페이지 수만 기입함.

다. "이제 그만하세요. 아저씨는 딸 시체라도 찾았잖아요, 얼른 가세요, 이 지옥 같은 데서, 딸 곱게 보내고 아저씨도 일상으로 돌아가야죠." 그렇다. 죽은 자식을 둔 부모들은 그날 이후 지옥 같은 나날들을 보내야 했다. 그들은 일상으로 복귀할 수 없었다. 살아 있으므로 세월을 견디려고 하지만, 하루하루가 억울했다. 아버지는 돈을 털어 딸과 함께 가기로 했던 북극행 비행기 티켓을 끊었지만, 떠나지 않고 새 생활을 시도했다. 새 동네로 이사하고, 새 일터를 찾았다. 관심도 없던 난을 키우고 주말드라마를 보며, 사람들과 어울려 술을 마시고 노래방을 다녔다. 응원하는 야구팀을 만들기도 했다. 그렇다고 해서, 봄날의 잔인한 오후가 잊혀 지지는 않았다.

　　잠이 안 와요. 눈 감으면 자꾸 그 꿈을 꿔요. 시커먼 바다랑 뾰족하게 솟은 뱃머리.
　　이제 그만 잊어.
　　그래요. 노력하고 있어요.
　　이제 곧 새벽이야.
　　얼마나 추웠을까.
　　그만하지.
　　그만하고 싶은데 더는 그럴 수가 없어요.
　　왜?
　　세상이 너무 아무 일 없이 돌아가는 것 같아서요.
　　그게 이상한가?

네. 너무나 이상해요. 분명히 어딘가 고장이 났는데, 지금까지도 하나도 고쳐지지 않았는데, 어떻게 이렇게 아무 문제가 없는 것처럼 보일까요? 어떻게 그토록 침착하고, 평화스런 얼굴을 할 수 있느냔 말이에요. 나는 그게 징그럽고 무서워.333쪽

그들은 시커먼 절망으로부터 도망칠 수 있는 곳은 아무 데도 없다는 것을 잘 안다. 잊은 듯이 보였지만, 절망은 가라앉아 있었을 뿐 사라진 것은 아니었다. 노인이 된 그는 지난 세월을 무효로 여겼다. 오래전의 분노를 잊은 것이 아니었다. 아내가 목숨을 끊자, 그는 딸과 함께 가기로 했던 북극을 향해 비행기를 탔다. 북극과 가장 가까운 곳에 이르러서 딸과 함께 보기로 했던 오로라를 보러 떠나려 한다. 기력이 쇠한 그는 남은 생을 북극에서 마감할 것이다. 절망과 상실감은 사라지는 것이 아니라 오랫동안 고여 있다가, 어느 순간 큰 힘으로 다시 분출되어 남은 전 생애를 좌우한다. 그들은 살아 있어도 죽은 것과 다름없었다. 그들은 고통 속에서 반복되는 과거를 살아간다.

5. '살아서 괴물이 된 자'

세월호에서 살아남은 아이라고 해서, 절망과 슬픔을 빗겨갈 수는 없었다. 이평재는 「위험한 아이의 인사법」에서 살아남은 아이의 고통에 주목했다. 엄마와 아빠, 동생은 죽고 자신만 살아남았다. 가짜엄마와 가

짜아빠는 자진해서 순진한 나를 돌보며, 나에게 남겨진 돈을 가로챘다. 나는 그들의 유기와 학대 속에서 이 사회의 괴물로 자란다. 그들로부터 모진 학대를 받아온 나는 이제 그들을 구타하며 복수한다. 나는 스스로 세월호가 초래한 '위험한 아이', 괴물임을 만방에 알리려 한다.

고등학교 3학년 때였죠. 폭력으로 세 번째 전학을 한 네 번째 학교였고요. 어쨌든 그때 나는 이미 다섯 번이나 정신병동을 드나든 상태였어요. 친구도 없이 하루하루가 전쟁 같았죠. 가짜엄마와 가짜아빠는 그 모든 일을 정해진 수순으로 진행했어요. 착하게 굴어도, 못되게 굴어도 결과는 똑같았기에 나는 못되게 구는 사람이 되었어요. 바로 봉인된 세월호의 사회가 만들어낸 괴물이었죠.[8]

나는 세월호에 갇혀 아직도 떠돌고 있을 동생의 영혼을 떠올리며, 할 일이 남아 있다고 마음을 다잡았다. 나의 폭력은 단순히 가짜엄마와 가짜아빠가 저지른 부도덕함과 악행에 대한 복수가 아니다. 나는 머리가 굵어지고 세상에 눈을 뜨면서, 사회의 부도덕과 부조리에 복수하려 한다. 무고하게 이 땅에서 사라진 어린 생명들을 대신하여 사회에 보복하려는 것이다. 지금까지 나를 학대해 온 가짜엄마 가짜아빠는, 배가 기울어졌어도 현재 위치에서 대기하고 움직이지 말라고 지시하고는 혼자 빠져나갔던 '선장'의 또 다른 모습이었던 것이다.

8 　이평재, 「위험한 아이의 인사법」, 『우리는 행복 할 수 있을까』, 예옥, 2015, 121쪽. 이하 이 작품의 인용은 인용문 말미에 페이지 수만 기입함.

현재 위치에서 절대 이동하지 마시고 대기해 주십시오.

학생 여러분 및 선생님 여러분께 다시 한 번 안내 말씀드립니다.

*다시 한 번 안내 말씀드립니다. 현재 위치에서 절대 이동하지 마시고 대기해 주시기 바랍니다.*120쪽

작가는 의도적으로 안내방송을 본문에서 사선으로 처리했다. 나는 학교를 다니기 시작하면서 기성세대가 만들어 놓은 것과는 모두 정반대로 하기 시작했다. 위험한 아이가 되어, 부도덕한 사회에 자신이 할 수 있는 위협을 가하려는 것이다. 그러나 이러한 나의 위협은 정신병자의 병적 질환으로 격리 감금될 것이 뻔하다. 기성 사회는 현 체제에 위협을 가하는 대상을 좌시하지 않기 때문이다.

이명랑은 「이제 막 내 옆으로 온 아이에게」에서 사회질서를 운운하며 어른들의 지시에 따르는 소녀와 사회로부터 일탈하여 제 멋대로 처신하는 '노랑머리' 소년, 두 아이를 대조적으로 보여주었다. 침몰하는 배에서도 끝까지 어른의 지시에 따르려던 소녀는 죽음을 목전에 두었고, 일찌감치 어른들의 말을 듣지 않던 노랑머리 소년은 살 수 있었는데 그는 다른 사람들을 위해 자신을 희생한다. 소녀는 노랑머리 소년에게 학교에서 배운 대로, 다음과 같이 지시했다.

여러 사람이 다 같이 지키기로 약속한 법칙, 그게 바로 규칙이야. 규칙이

지켜지기 때문에 안정을 유지할 수 있고, 공동체의 분위기를 탁하지 않게 유지할 수 있는 거야.[9]

그들이 철통같이 믿는 공동체가 이미 탁해진 상황에서, 소녀의 신념은 너무 나약한 나머지 위험을 초래하기에 이르렀다. 작은 사내아이가 더 작은 여자아이에게 구명조끼를 벗어 입혀주었지만, 작은 사내아이가 입을 구명조끼는 아무도 가져다주지 않았다. 죽어가는 어린 아기를 살려주었지만, 정작 그들의 생명을 살려주는 사람은 없었다. 이들은 죽기까지 이 사회에 불신과 분노를 보여주지 않았다. 그들은 대기하라는 지시를 충실하게 지키며, 자신이 살았던 짧았던 생과 부모에 대한 그리움을 토로하며 이 세상을 마감했던 것이다.

순수한 소녀의 신념이 공고하게 실현될 수 있는 사회를 만들지 못한 채, 기성세대는 이미 만들어진 체제에 복종하기를 강제했다. 체제의 잘잘못은 은닉한 채, 기성세대는 복종하는 순한 어린 양들을 배양해 왔던 것이다. 만약 노랑머리와 같은 체제 불순응아들이 죽지 않고 살아 있다면, 이 사회의 질서에 균열을 가하는 요주의 인물로 공공연히 낙인찍힐 것이다. 기성세대는 자라나는 신세대를 그들이 만든 불합리, 불평등, 부당함에 반박하고 대응할 수 있도록 교육시키지 않았으며 온실 속에서 동일한 화초로 배양했다.

친구와 가족들이 모두 죽었음에도 홀로 살아남은 다음 세대는 더 이

---

9   이명랑, 「이제 막 내 옆으로 온 아이에게」, 『우리는 행복 할 수 있을까』, 예옥, 2015, 138쪽.

상 온실 속의 화초가 아니다. 그들은 자신이 살고 있는 온실이 그들 자신을 위한 것이 아니었음을 알아차릴 것이다. 어쩌면 그들은 비닐 장막을 벗어던지고, 어른들과 나란히 강렬한 태양과 바람과 빗줄기를 호흡하며 이 땅이 간직해야 할 마땅한 모습을 고민하고 있을지도 모른다. 비애의 먹구름이 번개 치는 에너지가 되듯, 이들의 슬픔도 더 나은 현실을 일구기 위한 질박한 자양분으로 거듭날 순간이 올 것이다.

6. 진실을 향한 탐색

2014년 4월 16일 세월호 사건 발발 당시, 공식적인 채널의 목소리를 들어보자.

여러분 안녕하십니까. 평온한 수요일 아침에 날벼락 같은 소식이 몰려왔습니다. 수학여행을 간 고등학생을 포함해서 승객 사백오십구 명을 태우고 제주로 가던 여객선이 전남 진도 인근 해상에서 침몰했습니다. 지금까지 네 명이 숨지고 이백구십일 명의 생사가 여전히 불투명합니다.[10]

공식적인 목소리는 감정을 전달하지 않는 데 비해, 소설은 기계적인 목소리에 감정과 생명을 불어 넣는다. 방민호는 「서쪽으로 더 서쪽으

---

10   방민호, 「서쪽으로 더 서쪽으로」, 『우리는 행복 할 수 있을까』, 예옥, 2015, 296~297쪽. 이하 이 작품의 인용은 인용문 말미에 페이지 수만 기입함.

로」에서 세월호 희생자의 고통에 공감하고 일상의 균열을 경험하는 젊은이의 모습을 보여주었다. "영혼들은 서로 그 파동으로 서로에게 자기 감정을 전달하고 타인의 감정에 감응"한다는 작가의 지적처럼,312쪽 '감정'은 이성과 논리에 선행하여 발생하고 전달된다. 소설이 현실과 다른 점이 있다면, 눈에 보이지 않는 감정이 구체적인 양태로 묘사되고 전달된다는 점이다.

전성태는 「가족버스」에서 진도로 향하는 고3 여고생의 감정을 잘 보여주고 있다. 지민이는 외할머니의 장례식을 치르자, 엄마에게 친구들과 진도를 다녀오겠다고 말한다. "미안해, 엄마. 이러려고 그런 건 아니었어. 그냥 거기 한번 가보고 싶었을 뿐이야. 일 년 동안 내내 그랬어, 바다 보면서 우리만 공부해서 미안하다고 말하고 싶었어. 잊지 않았다고 말해주고 싶었다고. 우리가 무슨 대단한 걸 하겠다는 거 아니었어."[11] 같은 하늘과 땅에서 고등학교를 다니는 학생들도 진도의 슬픔을 애도했다. 수험생인 고3 딸아이를 만류하고 싶지만, 엄마는 그들의 의기를 소중하게 여긴다.

신문과 방송은 있는 사실을 전달하지만, 소설은 존재하고 있으나 보이지 않는 사실을 추적하고 재구성한다. 그 힘은 이성, 논리에 앞서서 감정의 전이에서 온다. 여기서 애도가 시작되고, 이야기가 만들어진다. 단 한 사람의 이야기, 단 하나의 사건이 아니라 동시대를 살아가는 우리들의 이야기가 만들어지고, 우리들의 사건으로 공유되고 확산된다. 2014

---

11 전성태, 「가족버스」, 『우리는 행복 할 수 있을까』, 예옥, 2015, 87쪽.

년 따뜻한 봄날은 우리 모두에게 잔인한 기억으로 남아 있다. 작가는 법과 제도라는 이성과 논리의 힘이 미치지 못하는 감정의 힘으로 잃어버린 진실을 이 땅에 다시 복원하려 한다. 안보윤은 「일그러진 남자」『문학의식』, 2015 봄호의 말미에서 '일그러진 남자'의 행적을 다음과 같이 묘사하며 작품을 마무리한다.

일그러진 남자는 무언가를 묻기 위해 목소리를 기록하는 중이었다. 손으로 꼭꼭 눌러 접은 슬픔과 죽음의 기억처럼 단단한 것들, 상실과 분노와 공포처럼 흉포하고 허기진 것들 형태가 있든 없든 하나같이 귀퉁이가 일그러진 것들이었다. 남자의 주변에는 그런 것들이 잘 모여 들었다. 이유는 당연히, 그가 일그러진 남자이기 때문이었다. 고작 손바닥만 한 노트를 하나 채워놓았을 뿐인 남자가 씨근대고 있었다. (…중략…) 삐뚤삐뚤 글자들을 적어나갔다. 지금 일그러진 남자가 할 수 있는 일은 고작 그 정도였다.222쪽

일그러진 남자는 소설을 창작하는 작가들에 대한 환유로 읽을 수 있다. 자신의 상처만이 아니라 세상의 상처를 기록하는 작가들은 현재를 살아가는 사람도 아니며, 더군다나 미래를 위해 살아가는 사람들이 아니다. 엄밀히 말해 그들은 과거를 위해 살아간다. 첨단의 미래와 고도의 부가가치를 지향하는 자본주의 사회에서 그들은 경쟁력이 없는 사람들이다. 그들은 미래의 가치를 창출하기보다 과거의 가치가 올바르게 자리매김되었는지 따져보고, 제자리를 잃은 존재의 목소리에 귀 기울이는 사람들이기 때문이다. 이들에게 글쓰기는 경중의 문제가 아니라 존재의

문제이다. 그들은 시공간을 초월하여 평등한 모든 존재에게 말을 건네고, 공명되지 못한 존재의 목소리를 현실에 복원한다. 이들의 글쓰기는 뒤돌아보기이며, 이들이 뒤돌아 봄으로써 봉인된 세월호는 다시금 현실에 소환되어 진실을 향한 탐색의 여정에 오를 수 있다.

제2장
기억과 현실의 가역반응

1. 기억, 과거와 현재의 공존으로서 지속

우리는 현재라는 시공간을 살지만, 내면에는 과거가 공존한다. 지금 이 순간 선택하고 행동하는 것이지만, 그 동인은 오래전부터 잠재해 있었다. 잠재해 있던 것들이 어떤 상황에 직면하자, 현실의 시공간으로 표출된다. '머릿속에 새겨 두어 보존하거나 되살려 생각해 내는 것'을, '기억'이라 명명한다. 새로운 어떤 것을 접할 때 매뉴얼이 필요한 이유는, 그에 대한 기억이 전무하기 때문이다. 다시 말해 기억을 통해 삶에 대한 제각각의 매뉴얼을 가진다.

지금 이 순간 새로운 상황에 직면하지만, 그 상황을 이해하고 대처하는 것은 과거의 기억에 기인한다. '현재' 역시 기존에 없었던 것이라기보다 기존의 것을 토대로 변형된 것이다. '누군가'를 잘 기억할 때, '어떤 일'을 잘 기억할 때, '어떤 사실'을 잘 기억할 때, 상황대처 능력이 발달한다. 기억은 일종의 능력이다. 특정 집단의 구성원들은 기억을 공유함으로써, 통일된 매뉴얼을 기억함으로써, 집단의 질서와 안정을 도모한다.

기억은 생활의 양분이기도 하지만, 상처의 지속이 되기도 한다. 기억은 현실과 사이좋게 공존하지 않는다. 양자는 순조롭게 결합하기도 하지만 역으로 진행할 수도 있다. 기억과 현실은 끝없는 가역반응과 더불어 갈등과 변질이 일어난다. 그 결과 제각각의 기억은 개성적인 인생의 플롯을 만들어 내고, 삶을 한 편의 역동적인 드라마로 만든다. 이처럼 '기억'은 현존의 시금석이라는 점에서, '삶'의 동력이 된다.

이 글에서는 기억의 제 양태에 주목하여, 최근 소설을 읽어보려 한다. 빛나는 과거의 기억이 현재의 기반이 되는가 하면, 그늘진 과거가 현재의 우울을 초래하기도 한다. 소설을 통해 기억이 현실에서 작동하는 제 형태를 일별해 보는 일은, 우리의 일상을 돌아보고 기억을 정제할 수 있는 계기가 되리라 본다.

2. 추억, 현존하는 과거

권비영의 「마치 아무 일도 없었던 듯이」『문예바다』, 2014 여름호는 중년을 넘어선 사람들에게 그들의 현재를 결정하는 저력은 과거에 있음을 시사한다. 수연과 은숙은 여고동창이다. 여고시절 그들을 비롯한 여고생들은 미술선생님을 흠모했다. 은숙은 자신의 감정을 서슴없이 겉으로 표현했고, 수연은 내밀하게 간직했다. 은숙은 선생님을 좇아 미술을 전공했고, 미술학원을 운영한다. 수연도 선생님에 대한 마음을 깊이 간직한 채 국문과에 진학했다. 쉰이 넘은 그들을 건강하게 현존케 하는 큰 동인은 다름 아닌 여고시절의 순정이다. 수연이 전하는 여고동창회의 모습을 들여다보자.

여고 동창회에는 잘 가지 않는데 그해에는 은숙이가 전화를 해서 갔다. 그분을 모셨다기에 참석했다. 동창들은 물을 머금은 화초처럼 생생하게 피어 올랐다. 소녀들처럼 깔깔댔다. 마음 언저리에 늘 얹어 둔 그분을 보아서인지 세월이 거꾸로 가고 있었다. 그분은 조금 피곤한 표정을 지으면서도 분위기를 맞추어 주고 있다. 마지막에 그분이 노래를 불렀다.

못 잊어 생각이 나겠지요. 그런대로 한세상 지내시구려. 사노라면 잊힐 날 있으리다.

은숙이가 조금 훌쩍거렸다. 그러면서 나직하게 말했다.

저 샘은 왜 늙지도 않으신다니.[1]

다소 신파적인 요소도 있지만, 중년인 그들의 삶을 견인해 온 요체는 여고시절의 순정임을 확인하게 해 준다. "마음 언저리에 늘 얹어 둔 그분"은 세월의 흐름에도 퇴색되지 않는 생생한 생기이며, 이러한 생기가 그들의 삶을 녹녹하게 만들어 주었다. 은숙은 그림을 그리며, 선생님에 대한 애틋한 마음을 담았다. 선생님이 전시회를 열었던 그 장소에서, 은숙은 자신의 개인전을 준비했다.

---

1   권비영, 「마치 아무 일도 없었던 듯이」, 『문예바다』, 2014 여름호, 문예바다, 177쪽.

수연은 소설집의 표지 그림을 부탁하기 위해 선생님께 연락했다. 은숙이 그려준다는 것도 마다하고, 수연은 선생님과 약속을 잡았다. 약속한 날, 은숙은 아무리 기다려도 선생님이 오지 않았다. 그날도, 그 이후에도 아무 연락이 없었다. 수연은 선생님을 원망하기보다 선생님 신변에 나쁜 일이 생긴 것으로 여겨 몸과 마음을 심하게 앓았다. 수연은 아무에게도 말 못하고 혼자 마음을 삭히며, 은숙의 개인전에 참석했다. 수연은 은숙의 개인전에서 선생님을 만나 그간의 자초지종을 듣는다. 백내장수술을 했으며, 그 와중에 전화기를 가지고 병원에 가지 않은 일, 수술에 문제가 생겨 병원에 입원해 있었던 일, 뒤늦게 은숙에게 수연의 연락처를 물었지만 은숙이 모른다고 한 일 등.

권비영의 「마치 아무 일도 없었던 듯이」는 표면적으로 중년 여성들에게 남아 있는 순정의 로맨스가 부각되어 있다. 이 작품이 잘 읽히는 것은 1인칭 주인공 수연의 수기적인 요소 때문이며, 작품의 갈등이 소소하여 현실에 반향을 일으킬 만큼 큰 것이 아니기 때문이다. 중년 여성의 순정은 인간의 원형적 요소이기는 하지만, 이를 둘러싼 갈등이 작중에서 안온하게 해결됨으로써 쉽게 읽히는 반면 주제가 던지는 무게감은 약하다. 여성 작가 특유의 온화한 감수성이 대중의 정서와 기호에 호응하는데 비해, 심각성은 없다.

이 글에서는 기억과 관련하여 다음과 같은 사실에서 작품을 주목하였다. 우리가 '마치 아무 일도 없었던 듯이' 현실을 지내고 있지만, 그 현실 속에는 오래된 과거가 공존하면서 그 영향력을 행사하고 있다. 과거는 단절되지 않는다. 과거는 내면 깊이 침잠해 있으면서 현재를 견인한다. 그 중에서도 특별히 잊을 수 없는 과거는 '추억'과 '기억'이라는 의식의 거대한 빙산이 되어, 현재와 미래를 조정한다. 이는 비단 중년의 삶에만 국한되는 것이 아니다. 청년의 삶에 있어서도, 과거는 거대한 영향력을 행사하며 현재를 조정한다.

3. 반복되는 과거, 소시민의 일상성

이영훈의 「페달」『문학동네』, 2014 여름호에서 주인공 나는 나약한 소시민이다. 나는 디자인 회사를 그만두고 프리랜서로 일한다. 일거리를 준 업체는 디자이너인 나에게 캐릭터에 어울리는 이야기까지 기획하게끔 했다. 담배를 피우며 머리를 쥐어짜지만, 이야기는 쉬이 만들어지지 않는다. 이야기가 만들어지지 않는 지지부진한 상황에서, 나는 두 가지 일에 직면한다.

하나는, 나의 공모전 수상 기념으로 아내가 시어머니 선물을 준비하려는 것이다. 나는 가장이면서도 경제력이 부진한 탓에, 비굴하고 소심하다. 나는 아내의 월급에 의지해야 하기에, 돈 쓰는 일에 더 예민해진다. 아내는 시어머니에게 고가의 선물을 사드리려 하지만, 나는 돈 걱정이 앞선다. 아내는 점심 도시락을 싸다니는 등 가계를 꾸려나가는 데 알뜰한 노력을 기울였다. 사랑과 도의 등과 같은 정신적인 미덕도 경제력이 전제되지 않을 때는 흔들렸다.

다른 하나는, 오랫동안 연락이 없던 친구로부터 연락을 받고 나간 것이다. 나는 낯선 번호의 전화를 받을까 망설이다가 받았는데, 중학교 친구 진우였다. 진우는 집안사정으로 상고에 진학했고, 그 후 간헐적으로 만났다. 진우는 내가 입대할 때 훈련소까지 마중 나오는 등 나를 기억하고 챙겨 주었다. 이에 비해 나는 진우에게 성의 있게 굴지 않았다. 오랜만에 연락이 닿은 친구와의 통화 내용은 다음과 같이 삭막하다.

"오랜만이다."

얼떨떨한 기분이 싹 가시도록 아무렇지 않게 진우가 말했다. 생각하기도 전에 말이 먼저 나왔고.

"내 번호, 어떻게 알았냐?"

뱉자마자 나는 그 말을 후회했다. 어떻게 알았느냐니, 십수 년 만에 연락해온 친구에게 할 소리는 아니었다. 서둘러 "아무튼 반갑다" 하고 덧붙였지만, 또다시 아무튼, 이란 말을 붙인 것이 마음에 걸렸다.[2]

자신의 인사말이 십수 년 만에 연락해 온 친구에게 보여야 할 도의적인 태도가 아님을 자신도 알고 있었다. 나는 반가움보다 성가신 감정이 앞섰다. 동시에 도덕적 자의식이 작동한다. 오랜만에 연락 온 친구에게 반가움을 느끼기에 앞서, 나는 주머니의 돈을 떠올리고 점심 도시락을 싸다니는 아내를 생각했다.

---

2   이영훈, 「페달」, 『문학동네』, 2014 여름호, 문학동네, 228쪽. 이하 작품 인용은 인용문 말미에 페이지 수만 기입함.

"어떻게 지내냐, 너는?"

가장 무난한 말을 건넸다. "나?" 하고 진우가 되물었다. 그리고 긴 숨소리가 들려왔다. 한숨, 혹은 웃음 같은 숨소리.

"말하자면 길어. 만나서 얘기하자."

가슴에 무언가 묵직한 것이 내려 앉았다. 귀찮음과 불쾌함, 그 중간의 어떤 기분이. 습관적으로 '그래, 밥 한번 먹자'란 말을 할 차례였지만 진우가 곧바로 말을 이었다.

"보고 싶다."

얼굴이 달아올랐다. 그래서 나는 대답했다.

"언제 볼까?"228~229쪽

나는 귀찮음과 동시에 수치심을 느낀다. 주머니의 돈, 해야 할 일들이 우선인 탓에 먼저 '보고 싶다'라는 말을 건넬 여력이 없었다. 더 솔직하게 말하면, 조건과 상황에 관계없이 '보고 싶다'고 말할 수 있는 용기가 없었다. 그것은 중학생 때도 마찬가지였다. 친구들과 오락실에서 놀때, 고등학생들이 돈을 빼앗았다. 진우는 불의에 대응하여 자신의 의지를 표현했다. 고등학생들은 진우에게 더 많은 폭력을 행사했고, 진우는 그에 굴하지 않았다. 진우 덕택에 친구들은 빼앗긴 돈을 되찾았고, 진우는 피투성이가 되었다.

진우에게 다가갔다. 진우가 멍하니 나를 바라봤다. 얼굴이 달아올라 눈을 맞출 수 없었다. 서툴게 손을 놀려 아이들의 돈을 주웠다. 진우가 중얼거렸다. 아까아, 첨에에, 가치, 싸워으면, 조았을 헨데. 입안이 터졌는지 발음이 새어나왔다. 돈을 다 줍고 진우의 몸에 묻은 먼지를 털어주며 말했다. 좋긴 뭐가 좋아. 어차피 우린 상대도 안 돼. 진우가 고개를 저었다. 그해애도, 우리가아, 머릿수느은 더 만하잔하. 피투성이가 된 얼굴로, 아무렇지도 않게 진우가 말했다. 다시 얼굴이 달아올라서, 나는 재빨리 진우의 가방을 들었다. 진우의 곁에 섰을 때, 진우가 손을 내밀었다. 현수야, 나 좀 도와줘. 그 말은 이상하리만치 또렷했다.226쪽

중학생 때에도 나는 소심하고 용기가 없었다. 나는 맞고 있는 진우를 도울 용기가 없었다. 동시에 그런 자신이 부끄러웠다. 구타당하는 진우를 외면했다는 자책감으로, 수치스러웠다. 사회인이 되어서도 나는 진우를 정면으로 마주할 용기가 없다. 나는 진우가 이혼했으며 마땅한 직장 없이 알바를 전전한다는 것을 알아차리면서도, 그의 형편을 묻지 않는다. 혹여 진우가 자신에게 도움을 청하여 불편한 일이 생길까 두려워, 거리를 둔다.

약속해 놓고도 가지 않으려고 핑계를 찾는가 하면, 만나서도 휴대폰을 만지작거리며 빨리 일어나려 한다. 밥 값, 택시 값 정도를 내는 것으로 불편한 자리를 파하려 한다. 하지만 번번이 진우가 먼저 현금으로 지불했다. 나는 진우의 손에 이끌려 어느 한적한 동네에 이르렀다. 동네 문구점에는 그들이 중학교 때 함께했던 오락 기계가 놓여 있었다. 진우와 나는 기계의 페달을 밟으며, 두 사람이 한 조가 되어 게임 속 악당들을 물리치는 데 열을 올렸다. 나는 스스로 잘 한다고 뻐겼는데, 알고 보니

진우가 악당의 생명력을 파괴해 준 탓이었다. 진우는 자주 그곳에서 게임에 열중하며, 과거를 향수했던 것이다.

　게임 속 캐릭터의 생명력이 소진되자, 진우가 "나 좀 살려줘"라고 말했고 나는 동전을 바꾸기 위해 편의점으로 갔다. 나는 진우가 부담스러웠다. 그것은 단순히 게임의 문제만이 아니라, 생활고의 문제도 감지되었기 때문이다. 나는 중학생 때 고등학생들로부터 부당하게 맞고만 있는 진우를 외면했듯이, 어른이 된 지금도 형편이 좋지 않은 진우를 외면하고 싶기 때문이다. 동전을 바꾸러 가면서 아예 집으로 가버릴까 고민하다, 늦게 진우에게 갔다. 잡았던 총만 그 자리에 늘어져 있을 뿐, 진우는 자리에 없었다. 전화를 받은 이후부터 헤어지기까지, 시종 진우가 궁색한 처지를 호소하고 도움을 청할까봐 노심초사했다.

　나는 진우를 기억하면서 동시에 내 안에 있던 나약한 자아와 재회한다. 오랜만에 만난 진우는 내 안에 잠재해 있던 소심과 나약을 재확인시켜 주었다. 진우는 과거가 아니라 과거부터 현재까지 현존해 있었던 나의 양심과 자의식을 환기시켜 주었다. 불의 앞에 당당히 맞서지 못하고 외면했던 모습은, 내면 깊이 각인되어 지금까지 현존하고 있었던 것이다. 진우와의 만남이 되풀이에 불과할 뿐이듯이, 나의 현재는 내 속에 잠재해 있던 것들의 반복에 불과했다. 진우의 전화와 만남을 통해, 내 안에 잠재해 있던 소심한 자의식이 다시금 불쑥 튀어나온 것이다. 본질은 그대로이면서, 바뀐 상황에 따라 자의식이 지속적으로 작동되는 것이다.

　우리는 페달을 밟듯 앞으로 나아가는 삶을 사는 듯하지만, 시간의 조수에 떠밀릴 뿐 과거를 되풀이한다. 이는 외부 세계가 비대해져서가 아니라 현대인의 자아가 더 왜소해진 것이다. 우리는 의욕에 차서 미래의 페달을 밟는 것이 아니라, 과도하게 주변을 의식하고 경계하면서 자아 안에 매몰되어 있다. 그 결과 우리는 온전히 현재를 만끽하지 못한다. 우리에게 현재는 과거의 그늘이 지속되고 있을 뿐, 새로운 또 하나를 창출해 내지 못한다. 소시민의 일상성은 '무기력한 반복'의 다른 이름이다.

4. 기억의 부재, 관계의 부재

우리의 과거에는 그늘만 있는 것이 아니라, 안온한 추억도 있다. 권비영의 소설에서 보여주듯, 안온한 추억은 현재와 미래의 추동력이 된다. 기억을 하나의 능력이라 할 때, 기억능력이 있는 사람과 기억능력이 없는 사람이 있다. 기억능력이 없어진다면 어떤 일이 벌어질까. 기억능력이 없어진다는 것은, 단순히 과거의 그림자와 추억을 잃는 것만을 의미하지 않는다. 그것은 타인과 공유할 수 있는 관계능력이 없어짐을 의미한다. 기억을 할 수 없다면, 다른 사람과의 공유를 통해 형성되는 친밀함과 사랑을 잃게 된다.

치매와 같은 기억능력 상실은 타인과의 공존능력 상실을 의미한다. 전성태는 「소풍」에서 기억에 장애가 생긴 장모와 그것을 인지하게 된 자녀들의 상황을 보여주고 있다. 세호네 가족은 공원으로 소풍을 갔다. 세호는 팔순 장모와 아이들을 데리고 모처럼의 가족 나들이를 즐겼다. 어린 딸과 아들은 흥에 겨워 노래 부르고, 네잎클로버도 찾았다. 세호는

"사는 게 별것 있나, 하는 생각이 스쳤다. 저렇게 드라마 한 장면 같은 풍경이면 족했다. 저것 한 컷 건지려고 새벽부터 고속도로를 타고 내려왔다는 생각이 들자 그는 다섯 시간 분량의 구질구질한 필름을 버리고 손을 터는 사람처럼 마음이 산뜻해졌다."145쪽

세호에게 각인된 "드라마 한 장면 같은 풍경"은 앞으로도 세호의 기억 속에 오래 남아 '추억'이라는 힘으로 자리잡을 것이다. 많은 "구질구질한 필름" 속에서도, 어린 자녀들이 해맑게 즐거워하는 모습은 부모의 내면에 잊을 수 없는 삶의 자양분이 될 터이다. 그런데 문제가 발생한다. 장모는 돌아가신 세호 아버님의 안부를 물어, 세호를 당혹스럽게 했다. 아이들은 아빠에게 차 안에서 할머니가 옷에 오줌을 싸고, 공원에서는 아이들의 이름을 잘못 부른다고 말한다.

장모의 기억 능력이 온전치 못한 것이다. 세호의 아버지가 정신을 놓은 채 요양원에 있다가 돌아가신 지 얼마 지나지 않았기에, 세호와 세호 처는 마음이 편치 않다. 아내는 장모의 증세를 애써 태연한 듯 받아들이고 싶었지만, 그럴 수 없었다. 모든 활동이 기억을 통해 공유되고 확산될 수 있으므로, 기억장애는 관계장애를 초래한다. 우리는 기억을 가지고 있지 않는 사람과 유대를 가질 수 없다.

노모는 손주들과의 추억을 간직하기 위해 손주들의 놀이에 동참한다. 손주들과 함께 네잎클로버를 찾으러 가고, 손주를 위해 보물돈을 숨겨 놓고 찾기 놀이를 한다. 아이들이 찾아내지 못하자, 노모는 자신이 숨겨 놓은 장소를 찾으려 했지만 기억해 내지 못했다. 노모는 사위와 딸이 지켜보는 가운데, 숲속을 뒤지며 울상이 된다. 사위는 아무 일 없었다는

듯이 소풍을 파하려하고, 딸은 허둥대는 엄마의 모습에서 깊은 상실감에 빠진다.

'생활'은 시간의 지속을 의미한다. '기억'은 흐르는 시간의 영속성 속에서 생활이 지속될 수 있도록 해 준다. 노모는 점차 딸과 사위, 그리고 손주들과 시간을 공유하지 못한다. 노모는 기억이 멈춤으로써, 고립된 시간을 살아가야 하기 때문이다. 노모는 기억으로부터 단절되고, 현재의 시공간을 타인과 공유하지 못한다. 더 이상 과거의 시간을 찾을 수 없고 꺼낼 수 없어진 순간, 현재도 멈춘다.

5. 시간 길어 올리기

시가 정서와 사상을 주조로 한다면, 소설은 사건과 갈등을 주조로 한다. 소설에서 사건과 갈등이 구성되는 방식이 플롯이다. 플롯의 구성에서 중요한 요인이 '시간'이다. 이때 시간은 자연적인 시간이 아니라, 누군가에 의해 의식되고 지각되는 시간을 의미한다. 인간의 의식과 지각에 가장 큰 영향을 행사하는 것이 '기억'이다.

공동체의 기억과 달리, 개인의 기억은 동물과 구분되는 인간의 개성이다. 한 인간의 개별적인 성격은 그가 지니고 있는 기억과 그 기억이 현실과 조합하여 만들어 낸 결과물이다. 기억은 현실과 끊임없는 가역반응을 보인다. 기억은 거슬러 올라와 현실을 간섭한다. 현실은 잠재하는 기억을 일깨우며 현존시킨다. 기억과 현실의 가역반응은 갈등과 변질을 노정하지만, 궁극에는 개체의 균형을 지향한다. 개체가 균형을 잡지 못하는 원인을 들추어내고, 개체의 균형을 모색한다.

그런 의미에서 기억이 현실을 간섭하고 현실이 기억을 소환해 내는 일련의 행위는, '삶'이라는 거대서사의 동력이다. 다양한 기억으로 얼룩진 내면에서, 우리는 일상이 무기력한 반복을 되풀이하고 있지 않은지 점검해야 한다. 기억의 가역성可逆性이 원활히 작동할 수 있도록, 시간을 꺼내는 작업을 지속해야 할 것이다. 기억이 현실에서 원활히 작동함으로써, 우리는 현존하는 개인과 사회의 실태를 읽어내고 병리적인 징후를 감지할 수 있다.

제3장
느림에 대한 사유

1. 속도

인간이 기계에 속도의 능력을 위임하고 나자 모든 게 변한다. 이때부터, 그의 고유한 육체는 관심 밖에 있게 되고 그는 비신체적, 비물질적 속도, 순수한 속도, 속도 그 자체, 속도 엑스터시에 몰입한다.[1]

밀란 쿤데라는 『느림』1993 作/1995 번역에서 '느리게 사는 삶'과 '속도를 추구하는 삶'을 대조해서 보여 주었다. 이때 그가 주목하는 것은 사랑의 방식이다. 소설에서 그는 18세기 소설 속 인물과 동시대 그의 주변인들을 대비시키면서, 18세기 T부인이 사랑을 즐기는 방식이 21세기 사람들의 사랑의 방식보다 훨씬 우월함을 시사한다. 전자는 자신의 사랑을

---

[1] 밀란 쿤데라, 김병욱 역, 『느림』, 민음사, 1995, 7쪽. 이하 본문 인용은 인용문 말미에 페이지 수만 밝힘.

오랫동안 지속하면서도, 타인의 자존심은 지켜주고 개인의 자유는 극대화 한다. 반면 후자는 타인과 외부의 시선을 의식하면서 자신의 사랑마저 온전하게 구가하지 못한다. 작품 초입부터 '느림의 즐거움'을 찬양하고 있거니와, 그는 '느리게 사는 삶'의 가치를 강조한다.

밀란 쿤데라가 제안하는 '느리게 사는 삶'의 가치는 기욤 아뽈리네르1880~1918 의 시 「미라보 다리」에서 훨씬 더 극명하게 나타난다. 아뽈리네르는 「미라보 다리」에서 낭만적 사랑은 '느리게 사는 삶'에서 오는 것임을 보여준다. 이 시에서 느림은 '속도'의 문제이기 앞서, '기억'의 문제임을 알게 해 준다. 사랑하는 사람은 떠나갔으나, 시적 화자는 사랑을 떠나보내지 못하고 자신의 기억 속에 잠겨 있다.

> 미라보 다리 아래 센 강이 흐르고
> 우리의 사랑을
> 나는 기억해야 하는가
> 기쁨은 늘 괴로움 뒤에 왔었지
>
> 밤이여 오라 종이여 울려라
> 날들은 가고 나는 머무네
>
> 손에 손잡고 얼굴에 얼굴을 맞보고 있자
> 우리 팔의 다리 아래로
> 영원한 시선에 지친 물결이

저렇게 흘러흘러간다 해도

밤이여 오라 종이여 울려라

날들은 가고 나는 머무네

사랑이 떠나간다 저 흐르는 물처럼

사랑이 떠나간다

삶은 얼마나 느린가

소망은 또 얼마나 격렬한가

밤이여 오라 종이여 울려라

날들은 가고 나는 머무네

하루 이틀 한 달 두 달 세월은 가는데

 지나간 시간도

사랑도 돌아오지 않노라

미라보 다리 아래 센 강은 흐르고

밤이여 오라 종이여 울려라

날들은 가고 나는 머무네[2]

---

2   기욤 아뽈리네르, 이규현 역, 『알코올』, 문학과지성사, 2001, 19~21쪽.

시적 화자의 의식 속에 느리게 머물러 있는 기억은 아프지만 아름답다. '낭만'은 속도에서 오는 것이 아니라 지체遲滯에서 온다. 자연적인 시간과 물질은 빠르게 변화할 수 있지만, 인간의 의지와 의식은 오래 동안 지속할 수 있다. 빠른 변화 속에서도 변하지 않고 본질을 지속시키는 것, 그 속에서 낭만과 열정이 살아 숨 쉰다. 밀란 쿤데라는 그의 소설에서 "느림의 정도는 기억의 강도에 정비례하고, 빠름의 정도는 망각의 강도에 정비례한다"고48쪽 했거니와, 느림은 속도 문제이기 앞서 주체의 의식문제이다. 빠르게 변한다는 것은, 많은 것들을 망각한다는 것이다. 다시 말해 세월의 흐름을 빠르게 인지한다는 것은, 많은 것들을 망각해 가고 있다는 것이다.

느림의 문제는 기억에의 의지라는 측면에서, 자기를 지키는 것이기도 하다. 그러므로 느림은 윤리의 문제와도 접속한다. 일정한 지속의 형태를 아로새기는 것, 그것은 기억의 요구이기도 하고 아름다움의 요구이기도 하다. 아름다운 것은 쉽게 변하지 않고 오랫동안 유지되는 것이다. 나아가 잊어버리지 않는 것, 적어도 잊어버리지 않기 위해 노력하는 것, 그것은 '오래된 젊음'과도 상통한다. 쉽게 잊고 새 것을 받아들이기보다 오래된 기억을 통해 변화와 객관적인 거리를 유지하는 것, 그것은 오래된 것이면서도 훼손되지 않은 정신을 의미한다.

밀란 쿤데라가 제시한 '느리게 사는 삶'과 '속도를 추구하는 삶'의 대비는 지금도 유효한 삶의 화두이다. 무릇 소설은, 속도를 추구하는 삶에 제동을 거는 장르이다. 그것은 기억을 아로새기며 삶이 놓칠 수 있는 다양한 무늬와 본질을 환기시켜 준다. 편의와 이익을 극대화하는 속도를 부정하는 것이 아니라, 삶을 아름답게 하기 위해 기억을 유지하고 삶의 템포를 늦출 필요가 있다는 것이다. 이 글에서는 세상의 '속도를 따라가지 못하는 사람들'과 세상의 '속도를 따라가지 않으려는 사람들', 그리고 세상의 '속도를 추구하는 사람들'에 대해 주목해 보았다.

2. 느리게 사는 삶 1 __ 속도를 따라가지 못하는 사람들

김보민의 「모조의 거리」『문예바다』, 2014 봄호에서 '모조의 거리'는 여자와 아이가 힘겨운 삶을 지탱하고 있는 곳이다. 세상은 여자와 아이의 더딘 속도를 기다려주지 않았고 더 빠르게 앞질러 갔다. 작가는 소설에서 세상의 변화를 쫓아가지 못하는 인물은 현재가 불안할 뿐 아니라 나아가 미래도 없음을 보여준다.

일찍이 여자는 세상이 요구하는 의례와 의식을 성실히 수행하면서 학교를 졸업했지만, 학교 밖에서 그녀가 할 수 있는 일은 없었다. "해가 산을 꼴딱 넘어간 이후" "진한 가지빛 보라로 물드는 하늘을 바라보면서 행복감"에173쪽 빠져들곤 했던 소녀가, 학교 밖을 나와 갈 수 있는 곳은 없었다. 결과만 보는 세상에서, 그녀의 성실은 답답하다는 조롱과 비난을 받아야 했다. 학교를 졸업한 후, 여자는 자기 앞의 삶에 대한 불안으로 도서관에 갔다. 도서관 지하에서 읽을 수 없는 책들에 둘러싸여, 죽음 같은 잠을 자면서 세상으로부터 자신을 격리시켰다.

도서관에서 여자는 한 남자를 만난다. 여자는 남자를 통해 세상에 나갈 수 있는 기회를 가진다. 여자는 남자와 살면서 모조 액세서리 골목에 가게를 차렸다. 여자는 "갓길 같은 삶"176쪽에 평온을 느끼며, 세상과 호흡을 맞추는 듯했다. 그러나 세상에 적응이 빠른 남자는 느리고 변함없는 삶에서 급격히 늙어 갔다. 줄창 잠을 자는가 하면 한숨을 내쉬다가, 종국에는 가게 전세금을 빼서 홀연히 사라졌다.

이제 여자는 혼자 악세서리를 만들어 초등학교 1학년 아들을 키운다. 재개발로 인해 여자는 가게를 나와야 하지만, 전세금이 없어서 갈 곳이 없다. 남편이 가게 전세금을 빼서 자취를 감춘 후, 여자는 생활뿐 아니라 미래도 막막해졌다. 아이는 또래 아이들보다 느린 탓에 학교에서 따돌림을 당하고 노리갯감이 된다. 세상에 적응이 빠른 아이들은 여자의 아이를 부진하고 부족한 아이로 취급한다. 아이는 늘 몸에 멍이 들거나, 상처를 입어서 집에 돌아왔다.

아이는 늘 혼자였다. 여자도 학교 다닐 때 늘 혼자였다. 어떤 집단이든 그들만의 언어가 있다. 그건 여자도 마찬가지였다. 자신의 언어가 의도한 대로 전달되지 못한다는 것을 깨달을 때마다 여자는 한 걸음씩 뒤로 물러났고, 그만큼 세상은 여자의 속도와 정반대의 빠른 속도로 앞질러 갔다.[3]

아이는 학교 적응이 더 어려워졌다. 세상이 그녀의 느린 속도를 기다려 주지 않았듯이, 학교 역시 아이의 느림을 기다려 주지 않았다. 학교는

---

3   김보민, 「모조의 거리」, 『문예바다』, 2014 봄호, 문예바다, 172~173쪽. 이하 작품 인용은 인용문 말미에 페이지 수만 기입함.

'특수반'을 만들어 아이를 격리시키려 했다. 다른 아이들의 빠른 속도를 기준으로, 학교에서는 여자의 아들을 '특수'한 것으로 취급했다. 여자와 아이는 세상으로부터 수용되지 못한 '모조의 거리'에 놓여 있다. 세상과의 통로를 제공해 주었던 남편도 없고, 새로 입주해야 할 전세금도 없는데, 통장의 잔고마저 모두 잃는 사태가 발생한다.

여자는 패스트 패션의 장식용 벨트를 만드는데 통장의 잔고를 다 쏟아 부었다. 며칠 동안 밤 세워 일한 노고에도 불구하고, 벨트는 반품되었다. 모조의 거리에서 이제 여자는 갈 데가 없다. "사람들이 잘못 들어오면 길을 잃어버리곤 하던 모조의 거리가 여자에게는 반대의 시간을 살았던 팔 년이었다. 이곳을 떠나 다시 혼란의 시간으로 돌아가야 한다는 것이 두려웠다."185쪽 여자는 세상의 속도에 적응하지 못하는 아들을 체인벨트로 매질하는가 하면, "팽팽하게 당겨진 갈고리 체인을 들고 아이에게 다가갔다".186쪽

여자는 반품할 수 없는 벌거벗은 생명들, 자신과 아이를 감당하기 어려웠다. 김보민이 소설에서 구현해 낸 '느리게 사는 삶'은 세상의 속도를 따라잡지 못한 소외자의 삶이다. 세상의 속도와 호흡을 맞추지 못하면, 부진한 사람 답답한 사람으로 내 몰린다. 세상은 더딤을 기다려 주기보다, 속도에 방해가 되는 이들을 격리한다. 다소 이 작품은 몽환적인 분위기를 풍기는데, 이는 작가가 '느리게 사는 인물'의 묘사에 비해 '세상의 속도'를 묘사하는 데 구체적이지 않기 때문이다. 예컨대 여자와 남자의 만남의 필연성, 남자의 성격 묘사에 있어서 핍진성이 희박하다. 특히 전세금을 빼서 남자가 베트남으로 갔다는 설정에 있어서, 왜 하필 베트남

인지 연계성이 드러나 있지 않다.

김미수도 「사월의 눈」『문예바다』, 2014 봄호에서 '느리게 사는 삶'을 보여 준다. 작중 주인공 연아는 대학을 졸업하고 시장 상가 건물에서 책방을 운영한다. 대학시절 연아는 사랑하던 남자가 있었다. 대학 졸업할 때까지 3년 동안, 그녀는 남자가 만든 공부방에서 봉사를 했다. 남자는 연아와 결혼을 약속했다. 연아는 아르바이트로 받은 월급을 들고, 남자를 기쁘게 해 주려고 그의 집으로 갔다. 그 곳에서 그녀는 고통스러운 장면을 목도한다. 남자는 연아의 친구 치희의 몸을 탐하느라 연아가 온 것을 알지 못했다.

이후 연아의 시간은 멈추었다. 다음날 연아는 공부방에서 나와 밤늦게 거리를 헤매다가 괴한들에게 겁탈당한다. 그녀는 세상으로부터 숨어 있기를 원했고, 아버지는 책방을 마련해 주었다. 연아는 가게의 시계를 '다섯 시 오 분'에 고정시켜 두었다. 왜냐하면 과거 그 시간부터 연아의 삶이 멈춰져 있기 때문이다. 연아는 세상의 변화와 속도에 적응하지 못한 채 멈춘 시간 속에 살고 있다. 그녀의 일상은 의미 없는 반복의 연속이다.

책방의 오디오에서 차이코프스키의 1812년 서곡이 흘러나온다. 처음 책방의 문을 연 이래 변함없이 틀어 놓는 음악이다. 책방에서 보내는 일상이 그렇게 반복되고 있다. 몇 달 전과 어제와 오늘까지 그리고 아침부터 밤까지 반복된다. 온종일 똑같은 밝기로 연아의 어깨를 비추는 형광등 불빛처럼 변함이 없다.[4]

시장의 상가에는 점포들의 폐업으로 비어 있어, 사람의 왕래도 드물다. 책방의 맞은편에는 속옷가게가 있다. 속옷가게 남자는 물건을 진열하는데 한나절을 보내고, 저녁이 되면 진열했던 것을 다시 제자리에 두느라 또 한나절을 보낸다. 반복의 연속이다. 속옷가게의 남자는 지루한 일상을 틈타 책방에 와서 읽었던 추리소설을 다시 읽곤 했다. 신간을 들여올수록 반품은 점점 늘어나기에, 몇 달째 신간을 들이지 않는다. 가끔씩 양 씨의 아들이 반품하지 못해 정가의 20%에 파는 책을 사러 온다. 양 씨의 아들은 백혈병을 앓고 있지만, 병원비와 약값 부족으로 치료를 받지 못한다. 아이는 늘 책방 귀퉁이에 앉아서 퉁퉁 부은 얼굴로 월간만화를 보며 킬킬거리고 웃곤 했다.

남자가 자취를 감춘 연아를 만나기 위해 서점에 왔다. 그는 연아가 떠난 이유를 알고자 했으나, 연아는 답하지 않았다. 상가건물 바깥으로, 시장 사람들의 삶은 평온한 듯 보이지만 칼부림이 감춰져 있다. 상가건물에 문구용품 가게가 들어섰다가 삽시간에 없어졌다. 백혈병을 앓는 양 씨의 아들이 죽었다. 양 씨는 생활력을 잃었고 아들의 빈자리를 찾아 서점에 들르곤 했다. 왜소한 체구의 양 씨의 아내는 혼자 생활을 감당해 오다가 목숨을 끊었다. 속옷가게도 문을 닫았다. 속옷가게 남자는 시장을 떠나면서 연아와 함께 맥주를 마셨다. 사월 눈이 내리던 날, 그들은 술에 취해 모텔에 들어간다. 속옷가게는 폐점하고, 연아는 다섯 시 오 분을 가리키는 탁상시계를 휴지통에 버린다.

---

4   김미수, 「사월의 눈」, 『문예바다』, 2014 봄호, 문예바다, 190쪽.

작품 말미에 이르면 연아는 '멈춤'에서 벗어나 세상의 변화에 맞추어 자신도 변화할 것을 시사한다. 연아가 쓴 "반품 대동서점"이라는 마지막 문구는 지난 시간과 상처를 반품하고, 그녀가 세상의 밖으로 다시 나올 것임을 짐작하게 한다. 연아는 매우 느리게 세상과 다시 조우할 것이다. 느림은 '멈춤'과는 다르다. '멈춤'은 생동하지 않고 생기를 잃은 것이지만, '느림'은 생동하되 그 흐름이 빠르지 않음을 의미한다. 아니 어쩌면 연아는 책방에서 눈에 뜨이지 않지만 아주 느리게 자신의 다음 삶을 준비하고 있었는지도 모른다. 우리 주위에는 이처럼 '속도를 따라가지 못하는 사람들'이 있다면, 다른 한쪽에는 의도적으로 '속도를 따라가지 않으려는 사람들'도 있다.

3. 느리게 사는 삶 2 __ 속도를 따라가지 않으려는 사람들

정지아는 「자본주의의 적」『문학사상』, 2014.3에서 '자본주의의 적'은 '욕망하지 않는 것'임을 보여준다. 그녀는 방현남과 자폐가족의 삶에 주목한다. 방현남은 작중 화자인 '나'의 대학동창으로 문예창작학과를 졸업했다. 그녀의 무기력은 얼핏 무능력과 유사해 보인다. 그래서 인지 자본주의의 패배자 같기도 하고, 자본주의의 부진아 같기도 하다. 항상 욕망하고 안달하는 '나'와 대조적으로, 그녀는 대학시절 내내 무엇인가를 욕망하는 법이 없었다. 그녀의 삶은 '나'로 하여금 "내 안의 욕망을 객관적으로 보게"[5]해 준다.

'나'는 자본주의가 필요로 하는 인간이다. "자본주의는 인간의 무한한 욕망을 동력으로 삼아 대량생산과 대량소비의 확대재생산 속에 괴물처럼 팽창하고 있다." "사람들은 무한경쟁 속에 자신을 내던진다."140쪽 이 팽창의 구도 속에서, 나 역시 더 팽창하고 확대를 꿈꾸며 자신을 무한경쟁 속에 내던져 왔다. "되고 싶은 것도 많고 갖고 싶은 것도 많고 하고 싶은 것도 많은" 나는 "욕망으로 가득 찬, 자본주의적 인간이었다."137쪽

> 나는 무엇인가를 끊임없이 하고 있었으며, 내 마음속에는 알고 싶고 하고 싶고 되고 싶다는 열망이 마그마처럼 들끓고 있었다. 절망과 희망을 사계四季처럼 반복하며 나는 청춘의 시기를 보냈다.122쪽
>
> 지금과 다른, 지금보다 나은, 무엇이 되는 것, 소설가가 되고 아내가 되고 어머니가 되고, 그것이 내가 생각하는 인생이었다.123쪽

방현남은 대학시절 같은 과에 다녔지만 존재감이 없었다. 그렇다고 그녀가 아무것도 못한다는 것은 아니다. 그녀는 책도 읽고 자취도 하면서 대학시절을 보냈다. 내가 소설을 써서 발표하면, "정 쓰고 싶으면 혼자 써. 쓰고 버려"라고 말한다. "별 것도 아닌 걸로 자원 낭비하고 세상에 민폐 끼치지 말라"134쪽는 것이다. 나와 같은 문창과 출신의 방현남이 글을 안 쓰는 이유는 그것이 절실하지 않기 때문이다. 그녀는 욕망이 없으므로, 축적되는 것도 없다. 외부의 것을 욕망하지 않는 자는 누구에게

---

5   정지아, 「자본주의의 적」, 『문학사상』, 문학사상사, 2014.3, 140쪽. 이하 작품 인용은 인용문 말미에 페이지 수만 기입.

도 위협의 대상이 되지 않았다. 독재정권도 안기부도 "있는 듯 없는 듯 존재"하는 방현남에게 어떤 가해도 하지 않았다.

졸업 후에 방현남은 연애도 하고, 사랑하는 남자도 만났다. 결혼하고 아들 둘을 낳아서, 일가를 이루어 살고 있다. 방현남과 그의 가족에게 붙은 '자폐'라는 수식어는, 외부의 속도로부터 자기 고유의 것들을 보호한다는 의미이다. 그들 특유의 '정직함'은 그들이 자기 내부에 종속된 것이 아니라, 내부와 외부가 소통하고 있음을 보여준다. 좋은 것을 모르는 것이 아니라 "좋지만 갖고 싶지는 않다"138쪽는 것이다. 다시 말해 "좋기는 하지만 그것을 내 것으로 받아들이고 그 이전의 것에 대한 애착을 포기하는 데 에너지를 쓰고 싶지는 않다"는 것이다. 전세지만 집이 있고, 넉넉하지 않지만 남편이 벌어오는 월급이 있으며, 건강하게 자라는 두 아들이 있다. 방현남은 욕망을 이성으로 통제한다.

피에르 상쏘의 관점에서 방현남은 "시간의 흐름에 따라, 얼굴에 고귀하고 선한 삶의 흔적을 조금씩 그려가는 사람들"이다. 방현남과 그녀의 가족은 천천히 자신의 운명을 완성해 나가는 사람이다. 욕망을 이성으로 통제하는 정직한 방현남 가족은, 피에르 쌍소가 주장하는 '느림'을 실천하고 있다.

느림이라는 태도는 빠른 박자에 적응할 수 있는 능력이 없음을 의미하지 않는다. 느림이란 시간을 급하게 다루지 않고, 시간의 재촉에 떠밀려가지 않겠다는 단호한 결심에서 나오는 것이며, 또한 삶의 길을 가는 동안 나 자신을 잊어버리지 않을 수 있는 능력과 세상을 받아들일 수 있는 능력을 키우겠다

는 확고한 의지에서 비롯하는 것이다.[6]

우리는 더 빨리 반응하고, 더 빨리 정보를 얻고, 더 빨리 보고, 더 빨리 결과를 산출하려 한다. 외부 세계의 독촉보다, 오히려 우리 스스로가 '빨리' 독촉한다. 고군분투하는 피곤한 삶으로부터 해방될 순간을 고대하고 있음에도, 항상 결핍의 갈증으로 휴식을 얻지 못하고 살아간다. '피로'마저 자기 부진으로 진단한다. 피에르 쌍소에 의하면 '피로'는 특별한 이상의 증후가 아니라, 육체가 자신에게 전달하는 정직한 전언이다.

우리의 육체가, 다시 말해서 우리의 문화 속에서 은폐되어 왔던 육체가, 감동적일 정도로 진지하게 다시 우리 눈에 그 모습을 정직하게 드러내는 것이다.

피곤은 우리가 노력으로 얻어 온 것들을 다시 검토해 보고, 기억해 보며, 우리의 육체 속에 새로이 확인시켜 놓는다.39쪽

피에르 쌍소는 "무언가를 소유하고, 능력을 갖추고, 가치를 지니는 것. 이런 것은 우리의 평안을 깨뜨리고 괴롭히게 된다"129~130쪽고 말한다. "만일 내가 나 자신의 가치를 확인한다면, 군이 사회적 위치를 구분해 주는 흔적들을 쌓으려고 애쓰지 않을 것이다."131쪽 정지아가 소개하는 방현남과 자폐가족은 자기 가치의 확신이 있기 때문에, 외부의 것에

6   피에르 쌍소, 김주경 역, 『느리게 산다는 것의 의미』, 동문선, 2003, 13쪽. 이하 본문 인용은 이 책으로 하되, 인용문 말미에 페이지 수만 기입 함.

집착하지 않는다. 피에르 쌍소가 말한 '적은 것으로 살아가는 기술', 느림의 지혜를 일찌감치 실천하고 있었던 것이다.

4. 속도를 추구하는 사람들

우리 주변에는 '느리게 사는 삶'과 달리, 가열 차게 '속도를 추구하는 삶'도 있다. 김금희는 「옥화」『창작과비평』, 2014 봄호에서 속도를 추구하는 삶을 보여준다. 작가는 중국 조선족 사회를 배경으로, 불법체류 탈북여성의 문제를 다루고 있다. 홍은 남편과 함께 건축자재 가게를 운영하면서 중고아파트와 봉고차를 장만했다. 어린 아들을 키우며, 땀과 피로 돈을 번다. 홍은 기도모임에서 만난 탈북여성으로부터 한국행 여비로 4천 원을 빌려 달라는 청을 받는다. 힘겹게 남편 몰래 저축해 온 비상금 3천 원을 무상으로 주었으나, 홍의 마음은 편치 않다. 과거의 상처가 다시 떠올랐기 때문이다.

홍은 어머니와 남동생이 있었다. 어머니는 노총각 남동생을 위해 옥화라는 탈북여성을 짝지어 주었다. 어머니는 "저그 둘이서 는밭 쪼매 부치고 시내 나가서 일도 허고, 얼라도 낳고 그래 살"[7]기를 바랬다. 북한에서 온 옥화는 "비쩍 마른 데다가 키도 작아서 아직 발육이 덜 된 중학생"처럼226쪽 보였고, 어머니와 남동생 그리고 홍은 옥화를 가족으로 맞

---

7   김금희, 「옥화」, 『창작과비평』, 2014 봄호, 창작과비평사, 225쪽. 이하 작품 인용은 인
      용문 말미에 페이지 수만 기입.

기 위해 물질적 정신적으로 헌신했다. 배타는 일을 하는 남동생은 장기간 집을 비워야 했다. 남동생이 집을 비운 동안, 옥화는 한국으로 떠났다. 어머니는 이 일을 계기로 몸져누웠다가 세상을 떠났고, 남동생도 다리를 다쳤다. 옥화는 평탄했던 홍의 가족들에게 파탄을 초래했으며, 홀연히 한국으로 떠나버렸다. 그 상처가 아물기도 전에, 홍은 또 다른 탈북여성과 조우한 것이다.

홍이 몸담고 있는 교회공동체는 탈북 여성의 정착을 위해 여러 가지 도움을 주었다. 조선족 교회공동체는 혈현단신인 탈북여성의 정착을 위해, 직업을 비롯하여 삶의 제반에 도움을 주었다. 탈북여성은 북한을 떠나 중국으로 오는 데 사활을 걸었다. 중국에 와서 어느 정도 안착하면, 한국으로 들어가려 한다. 홍을 비롯한 교회사람들은 탈북여성의 한국행을 달갑게 생각하지 않았다. "이 상황에서 한국으로 떠나려는 게 무리가 아니냐, 여기서 합당한 일을 찾고 마음 맞는 사람 만나 사는 건 왜 안되느냐고. 참, 여태 그렇게 도와주고 해도 감사하는 마음도 없고, 열심히 해야겠다는 생각도 없고 입만 벌리면 변명에, 돈 달라는 말뿐이니, 쯧쯧."223쪽

교회사람들은 탈북여성에 대해 믿음은 물론 도덕과 양심을 문제 삼았다. 홍은 사람들의 말에 일면 수긍하면서도, 또 한편으로는 자신의 도덕적 자의식으로 혼란스러웠다. 그것은 인권이 보장되는 사회의 잣대, 민족과 시민의 신분을 가진 사람들에게 통용 될 수 있는 잣대가 아닌가. 그들은 애초부터 인권을 가져본 적이 없었고, 탈북 후에도 그들의 인권을 보호해 주는 울타리도 가져본 적이 없었기 때문에, 교회사람들의 말

은 탈북여성에게 온전히 수용되지 못했다. 홍으로부터 돈을 건네받은 탈북여성은 한국으로 떠나기 전, 홍을 다시 불러낸다. 그녀는 지금까지 아무에게도 하지 못했던 자신의 과거를 들려준다.

두만강 헤염채 건너와가지고 사람 장사군한테 붙잡했요. 인자는 그 사람들도 이력이 나서 엔벤이나 조선족 동네에다 안 팔고 내를 저 하북성 산골 오지에다 팔더래요. 집이라고는 사방 벽에 지붕이라고 대수 걸채놓은데다가, 남자라고는 맨날 일도 못하고 헤벌써 죽채 있는 게 — 거기서 내 혼자 농사짓고 돼지 치고, 살림하고, 그저 죽게 일하고 살았디요. 애새끼도 하나 낳았시오.234쪽

여자는 두 살배기 아들을 두고, 신새벽 어둠을 타서 이틀 길을 걸러 기차역에 왔다고 한다. 기차에서 우연히 내린 도시에서 정처 없이 걷다가 교회 부근에 쓰러졌다고 한다. "한 사람이 어떻다는 거이는 하느님만 아시디, 딴 사람들으는 다 모른다는 거이요."235쪽 탈북여성의 삶은 이 땅의 도덕적 잣대, 교회의 윤리적 잣대를 벗어난 지점에 놓여 있다. 그것은 그들이 그 어니에도 소속되지 못한 존재들이기 때문이다. 그 결과 그들은 자신의 생존과 물질만을 믿는다. 탈북한 그들은 북한에 남겨놓은 가족과 인간의 기본권을 찾기 위해, 이곳에서 그 누구보다도 빠른 속도를 추구한다. 남한으로 온 이들은 어떤 의구심도 없이, 자본주의의 속도 경쟁의 최전방에서 일한다.

민봉기는 「칼리마 나비」『한국소설』, 2014.3에서 남한으로 들어 온 탈북여

성의 삶을 조명하고 있다. 남한사회에서 탈북자들은 힘든 노동을 해야 했으며, 배척과 편견 등으로 이국의 노무자와 다르지 않았다. 주인공 서진경은 평양음악 무용대에서 피아노를 전공한 재학생이었다. 그녀는 학업성적, 출신성분 등이 뒷받침되었지만, 아버지의 실각으로 탈북을 감행했다. 어머니가 탈북 브로커를 통해 딸만 중국으로 밀입국시켰다. 그녀는 중국에 있는 김목사 집에서 은닉했다. 한밤중에 나타난 공안은 항아리 속에 숨어 있는 그녀를 발견했다. 공안은 그녀를 성폭행하고, 그 대가로 묵인해 주었다.

남한에 온 그녀는 성접대 비즈니스에 뛰어 들었다. 피아노 레슨비 정도로는 어머니의 탈북경비를 감당하기 어렵기 때문이다. '서진경'이라는 이름 대신 '칼리마 나비'가 되었다. "칼리마 나비는 평소 날개 윗면이 남색과 황갈색으로 화려하지만, 생존을 위해 날개를 접고 앉으면 죽은 나뭇잎으로 변신한다." 그들은 "충동적 향락, 허영심, 퇴폐적 욕망"[8]으로 성접대 비즈니스에 뛰어 든 것이 아니다. "탈북을 위해 성폭행, 감금, 처형, 굶주림의 처절함을 겪으며 삶이란 링 속에서 생사를 넘나들었던 전사"가 된다. 그들은 "북에 있는 가족들의 생명을 구출하기 위한 뚜렷한 목표를 갖고 이 직업세계"에169쪽 뛰어 들었다. 황할머니는 미혼남 독신남을 대상으로 성매매를 하면서, 탈북여성들로 하여금 '에너지를 공급하는 협력자'라는 자부심을 주었다.

그녀는 성접대 중에 탈북한 유명 화가를 만난다. 그는 그녀에게 인

---

8   민봉기, 「칼리마 나비」, 『한국소설』, 한국소설가협회, 2014.3, 168쪽. 이하 작품 인용은 인용문 말미에 페이지 수만 기입.

격이 매개가 된 문화적 교감과 대등한 관계를 원했다. 그녀는 그를 통해 성노동이 아니라 잃어버리는 육체의 감각을 찾았다. 그는 그녀의 어머니의 탈북경비를 약속하면서 그녀와의 행복한 시간을 제안했다. 그러나 그녀는 다시금 분노와 절망에 빠진다. 그녀에게 행복을 선사해 준 탈북화가는 그녀의 아버지를 실각시키고 나락으로 몰고 간 고위층의 아들이었다. 민봉기의 작품에서 탈북여성은 알 수 없는 운명의 아이러니 속에 놓여 있지만, 남한사회에서 탈북여성은 매우 빠른 속도의 삶을 지향하고 있음을 보여준다.

그녀는 북한에 두고 온 가족과 짓밟힌 인권을 되찾기 위해, 다른 사람들보다 몇 배나 빠른 가속도를 지향하고 있다. 작중에 등장하는 또 다른 탈북여성 순실언니는 여타의 성노동보다 돈을 더 받을 수 있기에 가학성 성노동도 감내해 낸다. 그들은 느린 삶을 살 수 없다. 그들은 물질에 대한 갈급으로 삶에 속도를 더한다. 욕망의 가속도는, 그들이 지닌 오랜 기억으로 말미암아 비난보다 연민을 자아낸다. 그들의 가속도가 빠른 망각에서 기인한 것이 아니기 때문이다. 그들은 북한에 두고 온 혈육을 기억하고, 그들의 짓밟힌 인권을 기억한다. 일련의 고통스러운 기억은 그 누구에 의해서도 회복되지 않는다. 억압된 기억은 오로지 자기 자신의 손과 발에 의해서만 구원될 수 있다. 애초부터 그들이 놓인 삶의 조건이 국가북한, 남한, 민족, 종교, 그 밖의 인권단체의 손이 미치지 못하는, 울타리 밖에 있기 때문이다.

그들은 자신 이외 믿을 것(곳)이 없다. 전 지구적 자본주의가 팽배한 이 땅에서 그들은 물질밖에 믿을 만한 것이 없음을 누구보다 먼저 인지하고, 누구보다 더 빨리 내면화한다. 그 결과 탈북자들은 자본주의의 최전선에서 기꺼이 자본의 노예가 된다. 이것은 비단 한국과 탈북자여성들만의 문제가 아니라 전 지구적인 문제이다. 인종, 민족, 국가를 초월한 후기 자본주의 시대에 우리는 여러 국가들, 민족들과 더불어 동시대적 삶을 살고 있다. 동시대 같은 곳에서 '속도를 추구하는 삶'과 '느림을 추구하는 삶'이 공존하고 있다. 이제 속도의 문제는 개인이 자신의 욕망을 통제하는 것에서 그치지 않는다. 속도의 조절과 균형에는 정치적이고 국가적이며 민족적인 문제가 내재해 있다.

5. 느림이라는 속도의 중층성

> 아, 어디에 있는가, 옛날의 그 한량들은? 민요들 속의 그 게으른 주인공들, 이 방앗간 저 방앗간을 어슬렁 거리며 총총한 별 아래 잠자던 그 방랑객들은? 시골길, 초원, 숲속의 빈터, 자연과 더불어 사라져 버렸는가?7~8쪽

밀란 쿤데라는 『느림』의 서두에서 위와 같이 자문했다. '게으름'이 '빈둥거림'으로 변질된 사회에서 '느리게 사는 삶'은 부진한 삶, 불량한 삶으로 낙인찍힐 우려가 있다. 과거 한량들의 느림은 자연의 움직임과 연동되어 있다. 그들은 해가 뜨고 해가 지는 속도에 맞추어 일하고 노래 부르며 잠자리에 들었다. 아니 애초에는 자연과 더불어 사는 그들의 삶을 '느림'이라 명명하지도 않았고, 명명할 필요도 없었다. 속도를 자각하

는 순간, 그들의 삶은 '느림'으로 취급되고 사유되었다. '속도를 추구하는 삶'에 제동을 걸 필요가 생기자, '느림'의 가치가 제기되었다. 속도가 아닌 느림 속에서 '사유'와 '기억'이 가능하며, 속도가 아닌 느림 속에서 '낭만'과 '열정'이 살아 숨 쉴 수 있다고 말이다. 나아가, 빠르게 변화하는 현실 속에서 '느림'을 살아내기 위해서는 자기 스스로 자신의 욕망을 통제해야 한다는 것을 자각하게 되었다. 그 결과 과거에는 '느림'이 쉬운 것이었지만, 오늘날에는 '느림'이 어려운 고도의 자기수양을 의미하게 되었다. 이러한 고도의 자기수양에 이르면, 피에르 쌍소가 제시하는 아래 인용문과 같은 삶의 안온함을 만끽할 수도 있다.

> 내가 삶을 행운의 기회로 여기는 까닭은 매순간 살아 있는 존재로서 아침마다 햇살을, 저녁마다 어두움을 맞이하는 행복을 누리고 있기 때문이며, 세상의 만물이 탄생할 때의 그 빛을 여전히 잃지 않고 있기 때문이다. (…중략…) 이 세상이 계속해서 나를 향해 말을 걸어오기 때문이다. 그렇기 때문에 삶은 내가 조금씩 아껴가며 꺼내 놓고 싶은 행운인 것이다.16쪽

인용문에서와 같이 느림을 사유하기 위해서는 자연과 더불어 살아야 하나, 우리는 이제 초원, 숲속의 자연과 더불어 살지 않는다. 자연과 더불어 사는 것이 아니라, 자연을 조절하면서 문명과 문화를 일구어 왔다. 문명과 문화는 자연과 달리 순환하는 것이 아니라, 발전을 지향한다. 우리는 나날이 발전된 문명과 문화를 호흡하면서, 우리 스스로 문명의 가속도에 동참해 왔다. 문명의 가속도를 전제하고 있으므로, '느림'이 요

구되었다. 밀란 쿤데라, 피에르 쌍소, 그리도 이 글을 쓰는 자신도 '속도'를 전제하면서, 느림이라는 또 하나의 속도를 사유할 뿐이다.

전 지구적 자본주의화가 가속화된 시대에 이민자, 망명자, 국경을 넘은 이민족 노동자들은 '느림'을 수용할 수 없다. 그들은 이민하기 이전, 망명하기 이전, 국경을 넘기 이전 자신의 혈육과 삶의 형태를 잊을 수 없기 때문이다. 그들의 기억은 이민해 온 곳, 망명해 간 곳, 국경을 넘은 곳에 있지 않고, 과거 그들이 떠나오기 전의 삶의 터전에 머물러 있다. 생활과 의식이 이원화된 그들은 지금 속도전쟁의 최전선에 처해 있다. 그들의 의식은 느리게 과거의 기억을 사유하면서, 그들의 생활은 속도에 무방비 상태로 노출되어 있다.

김금희가 「옥화」에서 시사했듯이, 그것은 일 개인의 문제가 아니라 상대적인 문제이며 나아가 공동의 문제이기 때문이다. 탈북한 옥화와 중국조선족과의 관계는 나아가 남한사람들과 중국조선족과의 관계이자 약속국과 강대국의 관계와 다르지 않기 때문이다. 한 쪽이 내세우는 도덕과 윤리는 상대적이고 일면적인 일방의 잣대에 불과할 뿐, 양자를 모두 포용할 수 없다. 그러므로 개인이 아니라 연대의 문제로 사유하기 위해서, 우리는 다시금 '느림'을 소환할 필요가 있다. 이제 '느림'은 자기수양이라는 개인의 차원을 벗어나, 공공의 차원에서 집단과 더불어 사유하고 공유해야 할 필요가 있다.

제4장
자기 가치의 실현

1. 상처, 자유로부터 거세

'우리는 자유로운가' 빠르게 변화하는 삶 속에서 우리의 자유를 점검할 필요가 있다. 박초이는 「비난 게임」『문예바다』, 2019 가을호에서 상처받은 사람들과 그들의 출구 없는 삶에 주목했다. 작중 여주인공 세희는 상처 속에서 성장했다. 엄마는 가출했고, 술주정뱅이 아빠는 엄마를 찾아 떠났다. 폐지 줍는 할머니는 관절염이 심하다. 세희는 소녀가장으로 아르바이트를 전전하다가 보습학원에서 일한다. 보습학원에서는 청소와 식사, 가르치는 일과 돌보는 일 모두를 감당해야 했다. 사장은 성추행과 폭언을 일삼으며 월급을 제 때에 주지 않았다. 그녀가 가진 자유는 감자칩, 텔레비전 리모컨이 고작이다.

휴일에는 감자칩을 먹으면서 방바닥에 누워 텔레비전을 보는 일이 가장 편했다. 그녀는 감자칩 포장지가 터질 때 나는 소리를 좋아했다. 포장지가 뻥

하고 터질 때마다 자신이 무엇인가를 파괴한 것만 같았고, 감자칩이 와삭 부서지는 소리는 묘한 쾌감을 불러 일으켰다. 그녀는 감자칩을 와그작거리면서 텔레비전 채널을 돌렸다.[1]

세희에게 용납된 자유는 과자봉지를 터트리거나 과자를 부시는 정도이다. 부모로부터 버림받고, 일터에서 추행과 멸시를 당하면서 스스로 구가할 수 있는 자유의 영역과 능력을 상실했다. 과자 포장지를 통해 '자신이 무엇인가를 파괴한 것만 같'은 기분을 느끼는 것, 감자칩을 부시는 것, 텔레비전 채널을 돌리는 것, 이 정도가 그녀가 누릴 수 있는 자유의 최대치이다.

세희가 인터넷 카페에 자신의 불행을 토로하자, 카페로부터 '비난 게임' 초대장을 받는다. 그곳에는 그녀 외에도 상처받는 두 사람이 더 있었다. 사랑했던 남자로부터, 존경했던 코치로부터 상처를 받았고, 그것은 그들의 삶에 재동을 걸었다. 사랑했던 남자는 얼굴에 염산을 뿌렸고, 코치는 사이클 선수의 고관절을 못 쓰게 만들었다. 사랑하고 존경하는 사람으로부터 배신과 상처는 세희가 부모로부터 받았던 것처럼, 치명적인 상실을 초래했다. 그들은 소외된 삶 속에서 상처를 끌어안고, 인터넷에 자신의 상흔을 알렸다. '비난 게임'에서, 그들은 스스로에 대한 신뢰와 사랑을 일깨우고 표현하는 시간을 가진다.

---

1   박초이, 「비난 게임」, 『문예바다』 24, 2019 가을호, 문예바다, 185쪽. 이하 이 작품의 인용은 인용문 말미에 페이지 수만 기입함.

"거울 속의 자신에게 칭찬을 해 주기 바랍니다."

세희는 거울을 들여다보았다. 아주 평범해 보이는 여자애가 거울 속에 있었다. 어쩐지 측은해 보이는 여자였다. 칭찬의 말보다는 후회의 말들만 자꾸 생각났다. 왜 그렇게 살았니? 다른 인생은 없었니? 왜 용기를 내 원장에게 말하지 못했니? 고소라도 해야 할 것 아니야? 정신 차려, 밤이 새도 칭찬의 말따위는 하지 못할 것 같았다. 다들 세희와 비슷한 감정인 듯했다. 아무도 자신에게 칭찬의 말을 건네는 사람은 없었다. 빨간 잇몸이 말했다.

"거짓말이어도 좋아요. 잘했다. 그동안 잘 살았다, 앞으로 잘될 거다, 자신을 격려해 주세요. 서두르세요. 이제 곧 자정입니다. 집으로 가셔야죠?"

세희는 마지못해 너, 그동안 할머니 보살피느라 수고했어, 자그마한 목소리로 말했다. 앞으로는 너를 위해서 살아, 라고도 했다. 거울 속의 나가 웃었다. 웃는 모습이 꽤 예뻤다. 모자와 뱀문신도 나지막하게 자신에게 속삭였다. 어쩐지 혼자가 아닌 것 같았고, 누군가로부터 사랑받고 있는 듯한 기분이 들었다. 전혀 새로운 나로 변한 것도 같았다.203~204쪽

나는 '비난 게임'을 통해 상처를 사람들에게 말할 수 있었다. 또 다른 사람들도 같은 방식으로 자기 상처를 말했고, 누군가는 그 말을 귀담아 들어주었다. 이러한 의식은 그들로 하여금 '누군가로부터 사랑을 받고 있는 듯한 기분'을 느끼게 했고, 이로 말미암아 '새로운 나'로 변화할수 있는 여지를 주었다. 설령 이 자리를 마련한 사람이 자기 이익을 위해 그들을 이용한다 하더라도, 세희를 포함한 그들 모두에게는 그들의말을 들어줄 누군가가 절실했으며 이를 통해 상처받은 자신에 대한 믿

음과 사랑을 재생해 나가야 했다. 자기 힘으로는 스스로에 대한 다독임이 가능하지 않기에, 누군가 타인의 손길과 울타리 안에서 스스로를 돌보는 시간을 가질 필요가 있었다. 자유를 소환해내는 일, 그것은 누구나에게 쉬운 일은 아니었다. 더군다나 상처와 상실감에 사로잡힌 사람들에게는 더 어려운 일이다.

2. 자유를 향한 도정, 두 개의 성장 소설

은희경은 장편소설 『빛의 과거』문학과지성사, 2019에서 독특한 관점의 성장을 보여주었다. 정치와 혁명을 비롯한 시대의 부대낌이 아니라 사람들 간의 부대낌에서 성숙해지는 과정을 보여주고 있다. 주인공 나는 2017년도에 이르러 1977년의 자신을 회상한다. 40여 년 전 나는 스무 살이었으며, 시골에서 상경하여 현실에 눈을 뜬다. 1977년, 서울에 있는 여대에 입학한다. 나는 학교 강의실이 아니라 여대생 기숙사에서 인간과 현실에 눈을 뜬다. 기숙사에서 맞이하는 첫 날, 나는 19살의 세계와 20살의 세계, 양자의 차이를 다음과 같이 실감한다.

나는 책꽂이에 꽂아놓은 교재에 무심히 시선을 두다가 별생각 없이 그중 한 권을 빼서 펼쳤다. 얼마 전까지 수험생이었던 관성도 작용했지만 잡념에 빠져 있을 때마다의 습관이기도 했다. 책을 펴놓고 있으면 교사도 부모도 잔소리를 하지 않았다. 그때 등 뒤에서 웃음소리가 들려왔다. "놀래라, 니 지금 공부할라 카나?" 성선미의 목소리였다. "야무치구로 첫날부터 면학 분위기 단디 조성할라는갑제?" 나는 이내 분위기를 알아차렸다. '노력'은 고등학교 교훈에나 있는 것이었다. 이제 성인이 되어 수도 서울에 살기 시작한 사람에게는 시급히 벗어야 할 촌티이자 제도 교육에 훈련된 미성년자의 '타율신경'이었다. 나는 얼른 책을 책꽂이에 도로 꽂고 책상 밑에 놓아두었던 플라스틱 세면 대야를 집어 들었다.[2]

나는 기숙사에서 습관적으로 책을 펼쳤다. 그것은 책이 필요해서가 아니라, "제도 교육에 훈련된 미성년자의 '타율신경'"에서 기인한 것이다. 선배언니는 나의 행동에서 촌티를 발견하고 질타했다. 그렇다, 면학 분위기 조성은 아무데서나 하는 것이 아니었다. '노력'은 그렇게 눈에 띄게 하는 것이 아니었다. 책 대신 세면실로 향하며 외모를 가꾸는 것이 스무살의 세계에 더 근접하는 것이었다. 성장은 강의실이 아니라 좁은 기숙사에서, 사람들과 사람들 사이에서 이루어진다.

그들은 같은 시간을 경험했지만, 다른 감수성과 다른 자아를 만들어 나갔다. 주인공 나와 김희진은 동창으로서 서로를 의식하며 대학을 졸업하고 사회생활을 해 나갔다. 김희진은 국문학을 전공하고 학보사 일을 하던 나를 끊임없이 의식했으며, 나 역시 소설가가 된 김희진과 그녀의 소설을 의식하면서 자신의 자의식을 발동시켜 나갔다. 나는 김희진을 통해 과거를 회상하고, 그녀의 소설을 통해 자신과 자신이 일구어 온

---

2   은희경, 『빛의 과거』, 문학과지성사, 2019, 35쪽.

삶을 돌아보며 다음과 같은 결론에 도달한다.

> 우리가 아는 자신의 삶은 실제 우리가 산 삶과는 다르며 이제까지 우리
> 스스로에게 들려준 이야기에 지나지 않는다.334쪽
>
> 어차피 우리는 같은 시간 안에서 서로 다른 방향을 바라보는 사람들이었
> 고 우리에게 유성우의 밤은 같은 풍경이 아닐 것이다.335쪽

같은 것을 보더라도 우리 모두는 다른 것을 본다. 다시 말해 우리는 같은 시간에 있어도 각기 서로 다른 방향을 바라본다. 그것은 제도교육이 만들어낸 타율신경이 아니라, 각자에게 내재해 있는 자율신경에서 말미암은 것이다. 같은 풍경을 바라보더라도, 그것은 모두 각기 다른 풍경으로 남을 수밖에 없다. 우리의 삶도 엄밀히 따져보면 실재했던 삶보다는 스스로 부여했던 의미와 가치들로 채워져 있다. 각자의 삶 역시 스스로에게 들려준 이야기, 스스로에 의해 만들어진 이야기이다. 자유는 나의 삶에서부터 오며, 타인의 자유 역시 그들이 처해 있는 삶에서부터 시작된다.

여기 또 다른 형태의 성장소설이 있다. 대중의 사랑을 받는 악동뮤지션의 이찬혁이 성장소설을 썼다. 그는 『물 만난 물고기』수카, 2019에서 자유를 향한 탐색을 보여주었다. 작중에서 음악을 하는 주인공은 자신이 추구하는 세계를 탐구하는 과정에서 성장한다. 작중에는 학교, 사회, 제도와 같은 규범적인 세계가 등장하지 않는다. 나는 내면의 목소리에 귀 기울이며 자기 세계를 만들어 나간다. 예술에 대해 탐구하는데, 그것은 특정 집

단이나 특정 직업에 국한된 것이 아니라 삶의 근본적인 자세를 시사한다. 작중에서 내가 만난 뮤지션들은 '예술가'를 다음과 같이 정의한다.

> 예술가, 예술가. 그 단어도 이제 진부한 거 같아. 나는 예술가보다 더 매력적이고 멋지다고 생각하는 사람이 있어요.
>
> 그건 바로 자신이 한 말을 지키는 사람이야.
>
> 그들은 예술가 사이에서도 진정한 예술가지. 자신이 표현한 것이 곧 자신이 되는 사람이거든. 예술가인 척하는 사람들은 절대 그런 삶을 살지 못해.
>
> 우리 모두가 그렇게 되는 꿈을 꾸곤 하지! 자신이 곧 예술이 되는 사람은 세상을 바꾸는 힘이 있거든. 그의 말을 믿고 뒤에 줄을 서는 자가 수두룩할 거야. 그만큼 책임이 따르기도 하고[3]

뮤지션들이 정의하는 예술가들의 모습에서 예술의 실재를 짐작할 수 있다. 표현과 표현하는 주체가 분리되지 않는다. 표현은 곧 책임을 수반하며, 그것은 세상을 이롭게 함을 전제하고 있다. 다소 윤리적인 예술관을 연상하기 쉬운데, 이는 단순히 예술의 도덕적 책무를 운위하는 것이 아니다. 그것은 예술의 깊이를 시사한다. 나는 자유를 향한 기나긴 항해 중에 다음과 같은 결론에 도달한다.

> 1년 동안 여행을 했어. 그리고 다양한 예술가들을 만났어. 대부분은 가짜

---

3   이찬혁, 『물 만난 물고기』, 수카, 2019, 63~64쪽. 이하 작품 인용은 인용문 말미에 페이지 수만 기입

였지만 진짜도 만났지. 진짜들의 목표는 정상이나 골대에 있지 않았어. 하늘이나 바위 같은 곳에 있었거든. 그들이 가치를 두는 곳을 함께 보고 있으면 너무 아름다워서 눈물이 나올 정도였다니까. 그들은 예술을 하고 있던 게 아니야. 예술을 살고 있었던 거지!88쪽

목표는 정상이나 골대와 같이 특정한 대상과 지점을 의미하는 것이 아니다. 목표는 목적지 혹은 종착지를 의미하지 않는다. 그것은 과거에도 그렇고, 지금도 앞으로도 계속 동일한 지향과 의지를 가지고 그것을 살아내는데 있기 때문이다. 그런 의미에서 바다 소리는 가장 아름다운 음악이 될 수 있다. 바다는 과거, 현재, 미래, 한결같이 제 자리에서 자기 고유의 소리를 잃지 않고 있기 때문이다. 작중에서 내가 만난 소녀, 해야는 내 안에 있는 또 하나의 자아이다. 내가 나의 자유를 찾아 길을 떠나면서 내 안에 잠재해 있는 나의 다른 모습을 소환해 낸 것이다. 이찬혁이 탐구한 자유는 비단 뮤지션과 예술가의 삶에만 국한되지 않는다. 우리 모두는 자유를 목표하는 것이 아니라 실제 삶에서 살아내야 한다.

3. 자기 삶의 가치를 지켜나가는 일

조남주는 「오로라의 밤」『문학사상』, 2019.11에서 자유를 살아내는 건강한 중년 여성을 보여주었다. 작중 주인공 문효경은 57세로 사립고등학교 수학교사이자 교감으로 일한다. 남편은 일찍 세상을 떠났고 딸은 출가

했다. 지금은 팔순을 바라보는 시어머니와 둘이서 살고 있다. 작가는 이들이 자유를 구가하는 방식에 주목했다. 다시 말해 작가는 중년 여성이 오랫동안 끊임없이 자유를 실현하기 위해 노력하는 과정과 자세를 보여주려 했다. 결론부터 말하자면, 그것은 자기 삶의 가치를 지켜 나가는 것이다.

이 작품은 57세의 문효경이 소녀시절부터 염원했던 오로라를 보기 위한 여행을 준비하고, 그 여행을 다녀오는 것으로 종결된다. 그녀는 고등학교 때 받은 오로라 사진을 책상에 붙여 놓고 그것을 잊지 않고 있었다. "한 번도 가보지 못한 지구 반대편의 어느 나라에서 온 향긋한 그것", "눈 쌓인 나무들 위로 초록빛과 파란빛, 노란빛, 분홍빛을 뿜어내며 오로라가 넓게 너울지는 사진"[4]은 오랫동안 문효경의 삶 속에서 내재해 있었던 것이다.

사진은 고등학교를 졸업하고, 대학을 졸업하고, 한 사립고등학교의 수학 교사로 취직한 후에도 내 책상 앞에 붙어 있었다. 언젠가 오로라를 보러가겠다고 생각했다. 흑백인 줄만 알았던 세상이 색을 입었듯 멈춰 있는 작은 사진 속 한 장면이 역동적인 세계로 내 삶에 싯드는 것이다. 그때는 또 다른 눈이 떠지겠지. 오래도록 설렜다.145쪽

이 여행의 특이한 지점은 문효경의 여행 동반자가 딸이 아니라 시어

---

4   조남주, 「오로라의 밤」, 『문학사상』, 문학사상사, 2019.11, 145쪽. 이하 이 작품의 인용은 인용문 말미에 페이지 수만 기입함.

머니라는 사실이다. 환갑을 바라보는 문효경은 팔순을 바라보는 시어머니와 사이좋게 캐나다로 오로라를 보러 관광을 떠났다. 이들의 '사이좋음'은 그들이 부양 혹은 효도의 의무보다 인생의 동반자로서 애정을 나누고 있기 때문이다. 그들은 서로에게 인정과 이해를 구하는 대신, 자기에게 주어진 삶을 소중하게 가꾸어 나갔다. 사회적으로 혹은 관습적으로 부여된 역할을 충실히 수행했지만, 그와 더불어 자기 몫으로 주어진 삶의 가치를 인지하고 있었다.

시어머니는 며느리에게 '아들'을 매개하지 않은 인간과 인간의 관계를 설정하여, '문효경'이라는 고유의 이름을 호명했다. "내가 준철 애미가 아니고 네가 준철이 집사람이 아니라서 그래. 우리가 김동미랑 문효경이라서 그래."171쪽 작중 주인공 나와 어머니는 온전히 자기에게 충실한 삶을 살고 있었으며, 이를 위해 자기 목소리를 낼 수 있었다. 딸이 시어머니와 자신에게 육아를 부탁하자, 나는 다음과 같이 말한다. "애 보는 거 힘들어. 너도 해봐서 알잖아. 젊은 사람한테도 고된 일을 어떻게 할머니 혼자 몇 시간씩 하시니? 그리고 나도 늙어서 퇴근하면 녹초야. 한민이 볼 자신 없다. 다른 방법 찾아봐."147쪽

문효경은 (시)어머니와 함께 오로라를 보았다. 그녀가 마주한 오로라의 빛은 지나온 세월과 상처를 발효의 시간으로 만들어 주었다. "다리에 힘이 풀렸다. 눈 위에 풀썩 주저앉은 채로 고개를 들어 하늘을 올려다보며 아예 엉엉 울었다. 열 살 이후로 내가 이렇게 얼굴을 내놓고 울었던 적이 있었나. 소리를 내서 울었던 적이 있었나. 억울함과 서운함, 고통과 후회로 사무친 눈물이 아니라 맑고 개운한 눈물. 몸과 마음 속 모든 낡

은 것들이 빠져 나갔다. 이 순간을 위해 살았구나. 지금, 여기, 이렇게, 살아 있구나."179쪽

김동미와 문효경은 오로라를 바라보며 각자 소원을 빌었다. 문효경은 손주 돌보는 일이 싫다고, 김동미는 오래오래 살고 싶다고 고백한다. 그녀는 딸을 사랑하며 손주를 사랑하나, 자신의 삶을 더 사랑했고 그것을 말로 표현할 수 있는 사람이었다. 그것은 하루아침에 만들 수 있는 성품이 아니라 오랜 관습과 타인의 시선으로부터 자신을 지켜나가고, 자기 가치를 가꾸어 온 사람들만이 할 수 있다.

사람이 할 수 없는 영역이 분명 있다. 그럼에도 할 수 있는 일은 기다리는 것, 준비하는 것, 완전히 절망해버리지 않는 것, 그리고 실낱같은 운이 따라왔을 때 인정하고 감사하고 모두 내 노력인 듯 포장하지 않는 것. 눈물이 멈췄다.182쪽

성실하고 꾸준하게 자기 일을 해나가는 것. 그 평범한 일상이 삶을 버티게 해준다는 것을 안다. 그것이 얼마나 중요하고 가치 있는지도, 누군가에게는 싸워 얻어내야 하는 어려운 일이라는 것도.187쪽

작가는 이 작품보다 앞서 『82년생 김지영』민음사, 2016에서 '82년생 김지영'을 통해 개인의 삶이 지닌 가치를 역설한 바 있다. 그것은 각자가 자신이 좋아하는 일을 자신에게 할 수 있도록 기회를 주는 것이다. 작품 말미에서 의사는 자신의 아내와 김지영에게 다음과 같은 결론을 내렸다. "아내는 여전히 초등 수학 문제집을 풀고 있고, 나는 아내가 그보다

더 재밌는 일을 했으면 좋겠다. 잘하는 일, 좋아하는 일, 그거밖에 할 게 없어서가 아니라 그게 꼭 하고 싶어서 하는 일. 김지영 씨도 그랬으면 좋겠다."5

자신이 잘하는 일, 좋아하는 일, 꼭 하고 싶은 일을 찾아 그 일을 해 나가는 것, 일련의 과정을 위해 끊임없이 노력하는 삶, 이것이야말로 자유를 실현하는 삶이다. 이러한 자유는 집에서부터 시작된다. 작가는 『82년생 김지영』민음사, 2016에서 자기만의 공간이 확보되고, 그 공간을 바탕으로 자아를 확장하고 세계로 시선을 돌리는 것으로 그들의 자유를 찾고 있다.

어머니는 자매의 방을 꾸며 주려고 아버지 몰래 돈을 따로 모아 두었다고 했다. 새 책상 두 세트를 사서 해가 잘 드는 창가에 나란히 놓았고, 옆 벽면에 새 옷장과 책장을 놓았고, 1인용 요, 이불, 베개 세트를 하나씩 새로 사 주었다. 그리고 맞은편 벽에는 커다란 세계지도를 붙였다.

"여기 서울 좀 봐. 그냥 점이야, 점. 그러니까 우리가 지금 이 점 안에서 복작복작하면서 살고 있다는 거다. 다 가 보진 못하더라도 알고는 살라고. 세상이 이렇게나 넓다."6

자신의 공간을 갖는 일은 자아와 내면을 갖는 것이다. 그 안에 세계지도를 넣고, 세계의 일부로서 자신을 위치지우는 데서 자유에 대한 탐

---

5   조남주, 『82년생 김지영』, 민음사, 2016, 174쪽.
6   위의 책, 49쪽.

구가 시작되어야 할 것이다. 이러한 객관성과 보편성을 전제로 하여야만, 개인의 자유는 타인을 침범하는 것이 아니라 공존과 공유로 확장될 수 있기 때문이다. 「오로라의 밤」『문학사상』, 2019.11에서 문효경이 10대에 꿈꾸었던 오로라를 57세에 볼 수 있었던 것도, 세계지도 위에 자기 삶을 위치지우고 그것을 끊임없이 각인하고 살아왔기 때문이다.

자유를 직접 살아낸 삶의 표본으로, 우리는 '그리스인 조르바'를 떠올리곤 한다. 작중에서 지식인 화자는 갈탄을 캐기 위한 탄부로서 조르바를 고용했다. 조르바는 일에 책임을 다하지만, 고용인에게 얽매이지 않을 뿐 아니라 그 어느 누구보다 자유로운 삶을 살았다. 나는 지식인으로서 자신의 삶과 조르바의 삶을 대비하여, 조르바의 자유가 어디에서 기인한 것인지 다음과 같이 시사하고 있다.

"……내 조국이라고 했어요? 당신은 책에 쓰여 있는 그 엉터리 수작을 다 믿어요? 당신이 믿어야 할 것은 바로 나 같은 사람이에요. 조국 같은 게 있는 한 인간은 짐승, 그것도 앞뒤 헤아릴 줄 모르는 짐승 신세를 벗어나지 못합니다.…… 하느님이 보우하사, 나는 그 모든 걸 졸업했습니다. 내게는 끝났어요. 당신은 어떻게 되어 있어요?"

나는 대답하지 못했다. 나는 조르바라는 사내가 부러웠다. 그는 살과 피로 싸우고 죽이고 입을 맞추면서 내가 펜과 잉크로 배우려던 것들을 고스란히 살아온 것이었다. 내가 고독 속에서 의자에 눌어붙어 풀어 보려고 하던 문제를 이 사나이는 칼 한 자루로 산속의 맑은 대기를 마시며 풀어 버린 것이다.[7]

조르바는 책, 관습, 제도, 나아가 국가의 범위를 벗어나 자유를 살아냈다. 조르바는 악기 산투르와 춤을 통해 언어를 능가하는 소통력과 공감력을 보였다. 조르바의 삶이 시사하듯, 우리의 삶도 그 자체로 끊임없는 항해이면서 항해 과정에서 자유를 실현해야 한다. 우리는 세계 지도를 펼쳐두고, 그 안에서 제도권의 타율 신경이 아니라 각자의 자율 신경을 계발하고 발휘해야 한다. 자유는 도달해야 할 지점이 아니며, 현실에서 살아내야 하는 방법론이다. 그것은 특정 틀에 의해 좌우되는 것이 아니라, 자기 의지와 의식을 통해 조정되며 실현되어야 하는 삶의 가치이다.

---

7   니코스 카잔차키스, 이윤기 역, 『그리스인 조르바』, 열린책들, 2012, 328~329쪽.

제4부

문학, 뒤돌아보며 걷기

제1장
세계에 질문을 던지는 방식

1. 소설이란 무엇인가

4차 산업혁명의 도래, 정보화 시대, '소설이란 무엇인가'라는 원론적인 질문을 던져본다. 소설에 대한 질문에 답하기 앞서 인문학이 무엇인지 고려할 필요가 있다. 인문학人文學, humanities은 인간과 관련된 근원적인 문제, 사상, 문화 등을 연구하는 학문으로 자연현상을 다루는 자연과학과 달리 인간의 가치와 관련된 제반 문제를 연구 영역으로 삼는다. 인간의 가치와 관련된 제반 문제를 다룬다는 점에서, 인문학은 시대의 변화에 따라 그에 조응하는 또 다른 인간의 가치를 지속적으로 탐구하는 학문이다.

그러므로 지금 이 시대 '인문학의 위기'가 회자된다면, 인문학이 제기능과 역할을 수행해 내고 있는지 자문할 필요가 있다. 정보의 홍수 시대, 기존의 인문학은 잘 만들어진 정보들을 나열하고 전달하는 데 집중되어 있었던 것은 아닌지 돌아볼 필요가 있다. 있는 것을 정리하는 것

외, 있어야 할 것을 만들어 나가거나 혹은 있음에도 불구하고 그에 맞는 가치가 호명되지 않음을 탐구하고 성찰해 나가는 것이 인문학의 본령이기 때문이다. 새로운 자연현상의 출현이 새로운 자연과학 담론을 창출해 내듯이, 새로운 시대환경의 변화는 그에 상응하는 인간의 가치 담론을 모색해야 한다.

다시, 소설이란 무엇인가로 돌아가자. 소설이란 새로운 날것들의 생기로 시대의 변화를 담아내는 장르이다. 날것들은 개념화되지 않았을 뿐 아니라 정리되지 않은 형태로 소설의 의장을 입고 있다. 이 땅에 출현한 새로운 날것들은 활자화되면서 가치의 규명을 기다린다. 독자들에게 오늘의 이슈를 제시하고 현안 탐구에 동참하기를 기대한다. 그 안에는 지나간 것들에 대한 회한과 다가올 것들에 대한 고심이 담겨 있다. 작가는 질문을 던지고 독자는 그 질문을 사유한다. 우리가 호흡하는 시대의 흐름과 방향성을 알고 그에 맞는 인간의 가치 담론을 정립할 수 있도록 우리는 날것의 언어에 주목하고 재사유에 동참하는 것이다.

2. 불안不安, 자신과 현실을 고뇌하는 방식

이선구는 「오메가 퍼 숍에 다니는 사람들」『문예바다』, 2019 겨울호에서 서기 2천 년 후의 세상을 배경으로 오늘의 문제를 진단한다. 2천 년 후, 사람들은 옷을 입지 않고 털로 몸을 장식한다. 그들은 털로 옷을 대체했을 뿐, 모양을 내기 위해 털 관리에 돈을 쓴다. 주인공을 비롯한 '오늘의 이슈' 회원들은 고급 퍼 숍에서 털을 관리한다. 기실 자기 과시의 방법이 바뀌었을 뿐, 외모를 중시하고 아름다움을 추구하는 인간의 본성은 변함이 없다. 결핍을 느끼는 만큼, 그것을 채우기 위해 돈을 쓰고 외적으로 관리한다.

회원들은 한 해를 마감하며 새해를 준비하는 마음으로 '오메가 퍼 숍'에서 새로운 디자인으로 털을 꾸미고 '오늘의 이슈' 모임에 간다. 모임의 구성원은 교수에서부터 목회자, 신문기자, 잡지발행인, 벤처사업가, 영화감독 등으로 사회 전문 인사들이다. 그들은 정기적으로 모여 그들이 생각하는 이슈들을 공유하고 의견을 나눈다. 그들은 3천년 전 미라를 통해 당시 사람들은 피부에 털이 없었음을 발견한다. 그들은 현재의 신체와 과거의 신체를 비교하며, 털이 생겨난 이유를 토론한다. 진화는 생존과 번식에 유리하고 편리하도록 바뀌어 가는 과정인데, 과연 털은 언제부터 인류에게 더 유리하고 편안함을 제공해 주기 시작한 것인가.

'인간조상의 무모증 논리'를 탐구하는 과정에서, 그들은 인간의 존재론적 특이성을 성찰한다. 그들은 털이 있는 인간이든 털이 없는 인간이든 모든 인간에게 내재한 '이등 인생 신드롬'을 발견한다. 털이든 옷이든 그것은 단순히 방어와 보호의 목적으로 진화된 것이 아니라, 표현과 과시의 목적으로 발달되었던 것이다. 그들 모두는 자신을 2등 인생이라 비하하면서도 한국에서는 가장 비싸다는 1등 퍼 숍에 기를 쓰고 다닌다. 그들은 2등을 상쇄시키기 위해 더 많은 돈을 들여 자신을 관리한다. '이등 인생 신드롬'에는 1등에 대한 선망과 2등으로서 좌절감이 내재해 있으며, 심리적 위축은 소비를 촉발시키는가 하면 또 다른 한편 다양한 방식으로 내부 에너지를 고양시킨다.

우리 인간에게 가장 필요한 덕목이 있다면 바로 이등 인생이 아닐까요? 일등이라는 고지는 항상 저만치 떨어져 있고 그 고지를 향해 우리는 전력질주를 한다고 생각합니다. 따라서 우리 모두가 부분적으론 일등이면서도 여전히 어느 부분에선 이류일 것 같습니다. 완전하지 못하기 때문에, 늘 옆을 살피고 눈치를 보면서 머릴 짜내느라 깊은 잠을 못 이룹니다. 이 불안감 때문에 인간이 발전을 한다고 감히 말씀드린다면 이사님들 모두 저보다 연세가 많으신 분들인데 귓속이 좀 꼴리는 표현이죠? 불안감을 떼어내 버리려고 극심한 노력을 해서 성과도 분명히 있는데 여전히 만족을 못 하고 자신에게 채찍질을 해대는 것, 이 현상을 뭐라고 이름 붙여야 하나요? '풍요 속의 열등감 현상'[1]

불안은 열등감을 조장하기도 하지만, 결과적으로는 풍요의 동인이 되기도 한다. 성과를 만들어 내며 지속적인 채찍질을 통해 또 다른 결실을 만들어 낸다. 교수, 목회자, 기자, 사업가, 영화감독이라는 사회적 입지 역시 그들에게 내재해 있는 불안이 추동력으로 작용했다. 우리는 삶의 모든 부분에 일등일 수는 없다. 어떤 부분에서는 이등, 삼등으로 다양한 위치에 놓일 수밖에 없다. 불안은 결핍에 대한 발견으로 생성과 발전의 근원이지만, 그것은 끊임없이 통제해야 할 감정이기도 하다. 오메가 퍼 숍을 다니면서도 오늘의 이슈를 고뇌하는 사람들은 '이등 인생'을 자

---

1   이선구, 「오메가 퍼 숍에 다니는 사람들」, 『문예바다』, 2019 봄호, 199~200쪽.

각하면서 더 나음의 세계를 향해 분투한다. 요컨대 불안이라는 감정을 부정하는 것이 아니라 통제함으로써, 우리는 자신을 직시하고 현실에서 부단히 고뇌하는 삶을 지속해 나갈 수 있다.

3. 인간의 윤리를 넘어선 생명의 윤리

윤이형의 「그들의 첫 번째와 두 번째 고양이」『2019 제43회 이상문학상 작품집』, 문학사상사, 2019가 2019년 이상문학상 수상작으로 선정되었다. 이 작품은 두 마리 고양이의 죽음을 화두로 내세우고 있지만, 작가가 전달하려는 바는 고양이가 아니다. 고양이를 키우던 이 땅의 남녀를 통해 결혼과 육아를 포함한 가족이라는 제도의 유효성에 대해 근원적인 질문을 던진다. 작가는 인간의 애정, 근심, 열정, 사랑, 고통과 같은 정동이 사회를 구성하는 근본 구조와 길항하는 다양한 양태를 탐구하면서, 사회 제도의 가치전도 현상에 대한 질문을 던진다.

작중 주인공은 희은, 정민 두 사람이다. 희은은 외국문학작품을 번역하며 자기 열정을 유지하는 삶을 살아가려 한다. 정민은 중학교 국어 교사를 꿈꾸며 임용고시를 준비하고 있다. 그들은 문학이라는 공유 지점에서 만나 사랑했고 아이를 가졌다. 두 사람은 결혼으로 가족이 되고 육아에 전념했다. 희은은 육아를 병행하며 번역 일을 하다 보니, 자기 일에 열정을 다 소진할 수 없었다. 정민은 육아와 생활을 감당하다 보니 임용고시를 6번이나 떨어졌다. 자기 분야에서 열정을 쏟지 못하자, 각자의

삶에 균열이 일기 시작했다. 희은은 결혼이라는 제도의 고됨을 다음과
같이 호소한다.

> 결혼은 이해할 수 없는 방식으로 미성숙한 사람들을 승인해줌으로써 복
> 잡한 문제들을 만들어 내는 제도.[2]
>
> 결혼이 남미의 오지로 떠나는 위험한 여행이라면, 아이의 양육자가 되는
> 일은 우주선에 탑승해 미지의 행성에 정착하기 위해 떠나는 것과 같다.45쪽
>
> 우주선의 또 다른 승무원인 아이는 존중하고 사랑하고 보호받아 마땅한
> 존재이지만 선체의 어느 곳을 수리하고 선내 산소를 어떻게 보충하며 운항
> 속도와 방향을 어떻게 바꿀지 지시를 내려줄 수는 없었다.46쪽
>
> 한 사람이 모든 것을 책임지기 위해 끌고 갈 수도 없을 만큼 무거운 짐을
> 어깨에 짊어지고 비명을 지르고 비틀거리면서 걸어가는 동안 다른 사람은
> 고립되고 배려 받지 못한 채 묵묵히 시들어가는 구조.68쪽

희은은 자유로운 생활을 개인의 최고 가치로 여기고 있었으므로, 결
혼, 가족, 부모를 둘러싼 제도는 구속이자 큰 짐으로 다가왔다. 결혼이라
는 제도는 서로의 존엄을 지켜줄 수 없다는 것이다. 결혼과 더불어 시작
되는 출산, 육아의 책임감은 막중하게 다가왔다. 가족이라는 가치는 유
효하며 신뢰할 수 있으나 가족이라는 제도는 오늘날 삶의 형식 변화에
비추어 개인에게 과다한 짐을 지우고 있다는 것이다. 책임을 지는 사람

---

2   윤이형, 「그들의 첫 번째와 두 번째 고양이」, 『2019 제43회 이상문학상 작품집』, 문학
     사상사, 2019, 40쪽. 이하 작품 인용은 인용문 말미에 페이지 수만 기입함.

도 중요하지만 각자의 자유도 똑같이 중요했다. 그들은 자기 자신을 지키고 유지하는 일을 소중하게 여겼다.

두 사람은 법적으로, 물리적으로 분리된 삶을 선택했다. 결혼과 가족으로 묶였다가 그것을 다시 해체함으로서 자유를 얻었다. 정민은 이혼하던 해 임용고사에 합격하여 중학교 국어교사가 되었고 시인이 되었다. 희은은 혼자 유자녀 여성이 낮 시간 동안 할 수 있는 다양한 직업을 전전하며 초록을 양육했다. "자신이 원하던 곳에 있게 된 뒤에야, 삶이 한없이 버겁기만 하다는 감정에서 한 발짝 벗어난 뒤에야 그 문제를 다르게 바라볼 수 있었다."76쪽 "시대가 피로하게 강요하는 것", "집단주의적 미움이나 비인성적인 감정"이 아니라 "진짜 상처이고 절박한 비명"을 구분하고 자기의 선택과 욕망을 존중하게 된 것이다.

자칫 희은의 입장이 여성의 문제를 대변하는 듯 보이기도 하나, 작가가 근본적으로 제기하는 것은 제도의 문제이자 나아가 생명의 문제이다. 정민은 희은에게 다음과 같이 묻고 싶어 한다. "왜 갑자기 여자일 뿐인 사람이 되어, 남자와 여자로 모든 것을 환원해버리는가? 우리는 세상의 다른 사람들과는 조금 다르게, 우리만의 방식으로 살기로 약속했잖아. 왜 우리가 다르다는 것을 몰라, 희은씨"62쪽 '여자일 뿐인 사람'과 '남자일 뿐인 사람'에 대한 문제 제기가 아니라, 모든 사람의 문제를 제기하고 있다. 사람은 각자 다른 삶의 방식을 가지고 있으며, 그것은 충분히 존중받아야 할 필요가 있다는 것이다.

작가는 두 고양이의 죽음을 묘사하면서 작품의 화두를 생명의 문제로 전환시키는 힘을 발휘한다. 죽은 고양이에 대한 추억은 그들이 생명을 어떻게 인식하고 있는가를 보여준다. 생명의 존엄은 젠더와 같이 사회가 만들어 놓은 인격으로 결정되는 것이 아니라, 생명 그 자체의 고유함과 생기로 전달되고 존중받아야 한다. 두 마리의 고양이가 그러했듯이, 생명은 각자 고유의 온기와 존재감만으로 세상에 빛을 발하며 다른 생명에 위로와 안정을 줄 수 있기 때문이다.

4. 상실의 극복과 문제 상황의 진단

하늘의 별을 따라 살던 시대는 지나고, 이 세계에 더 이상 신성의 영역은 없다. 황정은은 『디디의 우산』창비, 2019에서 이 세계가 거대한 잡음으로 가득 차 있다고 보았다. 세계는 하나의 진공관으로, 작고 큰 다양한 상실이 진공관을 메우고 잡음과 소리를 내고 있다. 고요한 장소에도 그 정적은 고요가 아니라 소리의 흔적이 세계를 메우고 있다. 『디디의 우산』창비, 2019은 연작소설로서 「d」『창작과비평』, 2016 겨울호, 당시 제목 '웃는 남자'와 「아무것도 말할 필요가 없다」『문학』 3, 문학웹, 2017.10~12로 구성되어 있다.

「d」가 상실의 상처를 치유해 나가는 개인의 노력을 보여준다면, 「아무것도 말할 필요가 없다」는 상실을 초래한 문제 상황을 진단한다. 그러므로 『디디의 우산』창비, 2019이라는 작품집에 실린 두 작품은 각각 독립된 이야기 구조를 지니지만, 지금 이 세계의 상실과 그에 대한 문제를 진단하는 하나의 작품 '디디의 우산'으로 보아야 한다.

첫 번째 작품 「d」에서 주인공 d는 잡음의 세계에서 신성한 대상 dd

를 발견한다. d에게 있어서 dd는 이 세계에 온전히 계속되어야 할 단 하나의 신성함이었다. "사랑을 가진 인간이 아름다울 수 있으며, 누군가를 혹은 무언가를 아름답다고 여길 수 있는 마음으로도 인간은 서글퍼지고, 행복해질 수 있다는 것을 알았다."[3] d에게 dd의 죽음은 한 개체의 부재가 아니라 세계의 소멸로 다가왔다. 작가는 d를 통해 상실을 극복해나가는 개인의 지난한 과정을 보여주고 있다.

d는 dd와 살던 주택에서 폐인으로 지내다가 밀린 집세를 지불하지 못해 쫓겨난다. d는 고시원에서 기거하며 종로 세운상가에서 택배 일을 시작한다. 잡음의 세계에서 다시금 삶을 마주 대하기 시작한다. d는 거대한 잡음 속에서 엘비스 프레슬리의 '러브 미 텐더'를 듣는다. d가 dd와 행복한 순간 함께 듣던 음악이다. 상가의 수리실에서 여소녀가 틀어놓은 음악이 d의 마음을 사로잡았다. 세운상가는 온라인 쇼핑몰의 활성화로 창고로 전락했다. 여소녀는 오랜 세월에 걸쳐 상가의 수리실을 지키며 스피커와 엠프를 수리했다. 그는 세운상가라는 또 하나의 진공의 공간을 소리로 채워나가고 있었다.

여소녀가 생각하기로는 세운世運이라는 이름 그대로, 이곳엔 세계의 기운이 이미 모여 있었다. 미래와 빠르게 연결된 현재, 이상에 이르지 못하는 실재, 비대하고 멋대가리 없는 외형, 시대의 돌봄을 받은 적은 거의 없지만 알아서 먹고살며 시대를 이루었고 이제 시대의 뒤꽁무니에 남은 사람들, 아 사기

---

3   황정은, 「d」, 『디디의 우산』, 창비, 2019, 18쪽. 이하 이 작품의 인용은 인용문 말미에 페이지 수만 기입 함.

꾼들, 여소녀 자신을 비롯한 거짓말쟁이들, 그것도 조그맣고 하찮은 스케일의 사기밖에 칠 줄 몰라 여전히 보통 사람으로 여기 남은, 내 이웃들······ 여소녀가 이해하기로는 그것이 세계의 기운이었다.94~95쪽

세운상가는 오늘의 이 세계와 세계의 잡음을 대표하는 공간이다. 작품 말미에 이르러, 작가는 고요하게 정지되어 있는 진공의 공간에서 생기는 여러 가지 소리 중에서 가장 유의미한 것으로 세월호 침몰사건을 제시한다. 주인공 d를 통해 사랑하는 사람을 잃고 생을 살아가는 슬픔과 고통을 말하는 듯하지만, 진정 제기하려는 화두는 이 시대 가장 큰 상실, 무고한 어린 생명의 죽음이다.

그것은 넓고 어둡고 고요하게 정지해 있었으나 이 작고 사소한 진공은 흐르는 빛과 신호로 채워져 있었다. d는 다시 세종대로 사거리에서 느꼈던 진공을 생각하고, 문득 흐름이 사라진 그 공간과 그 너머, 거기 머물고 있는 사람들을 생각했다. 그들과 d에게는 같은 것이 거의 없었다. 다른 장소, 다른 삶, 다른 죽음을 겪은 사람들. 그들은 애인愛人을 잃었고 나도 애인을 잃었다. 그들이 싸우고 있다는 것을 d는 생각했다. 그 사람들은 무엇에 지항하고 있나. 하찮음에 하찮음에.144쪽

「d」와 마찬가지로 「아무것도 말할 필요가 없다」에도 세운상가가 등장하며, 그곳에서 생업을 이어나가는 아버지는 속물적인 기성세대를 대변한다. 그는 40여 년 동안 세운상가 1층에서 이동식 난방기와 냉방기를

판매했다. 아버지는 이 땅의 무수한 대중의 한 사람으로 존재한다. 힘과 권위에 쉽게 굴복하고, 일상에서는 열등감과 자격지심을 드러냈다. 작가의 표현대로 아버지는 '상투적인 존재'로서 말하기, 생각하기, 공감하기의 무능성을 보여준다. 나는 대학을 중퇴했고, 여동생 김소리도 일찍이 취직했다. 아버지는 작중 주인공의 삶에 다양한 영향력을 행사한다.

생판 남인 그 사람들에겐 그렇게 신경을 쓰면서 네 부모는 왜 돌보지 않냐. 도덕적으로 그건 문제, 이율배반, 배반 아니냐. 너희들 앞마당부터 쓸어라. 그가 말하는 앞마당이 그 누구의 것도 아닌 당신의 앞마당이라는 점을 우리가 눈치 챘다는 것을 그에게 말해야 할까?[4]

기성세대의 교훈과 가르침이라는 것은 편의적이고 대상에 대한 책임과 윤리가 부재해 있다. 그들이 실현하려는 공익은 자신의 이익이 관계할 때 제 기능을 발휘했다. 나는 여동생 김소리가 할인마트 매장에서 당한 추궁을 야비하다고 생각한다. 어른이라는 직위만으로 누군가를 비난하고 힐난할 줄만 알았지, 그 누군가에게 그에 걸맞은 가르침을 준다거나 새로운 방향으로 이끌어 주지 않았다.

그는 김소리에게 어른을 요구했지만 그 자신도 김소리에게 어른이었으면서, 그는 김소리의 아무것에도 김소리의 어른 됨에 아무런 책임을 지지 않

---

4 황정은, 「아무것도 말할 필요가 없다」, 『디디의 우산』, 창비, 2019, 224~225쪽. 이하 이 작품의 인용은 인용문 말미에 페이지 수만 기입 함.

고 비난만 하고 갔어. 그의 어른 됨은 김소리를 관찰하고 김소리를 판단하고 사후에 다가와 비난할 때에만 유용하게 작동했는데, 어른 됨이 그런 것이라면 너무 편리하고 야비하지 않나.240~241쪽

작중에서 아버지와 어른으로 등장하는 기성세대의 가르침은 설득력을 잃었다. 그것은 기득권을 유지하기 위한 분노와 욕망의 표출일 뿐 이 세계를 바르게 이끌어 나가는 선임자의 가르침이 아니기 때문이다. 작중에서 기성세대의 무윤리와 무책임은 세월호 사건을 정점으로 전면 부각된다. 나를 비롯한 작중 인물들은 촛불집회에 참석하고 세월호에 대한 정부와 기성세대의 입장을 지켜본다. 작품은 박근혜의 탄핵선고로 끝이 난다. 작중에는 나, 김소리, 서수경, 정진원이 등장하는데, 이들은 기존의 가족제도와 다른 정서적 관계를 보인다. 나와 김소리는 자매이며 서수경은 내가 사랑하는 연인이고, 정진원은 김소리의 아이이다. 이러한 관계 설정은 그들이 지향하는 세계의 비전을 암시한다. 그것은 기성세대의 질서를 계승하는 것이 아니고 개개인이 지닌 생명의 가치를 존중하는 것이다.

5. 소설가는 어떤 사람인가

이 글은 '소설은 무엇인가'라는 화두로 시작되었다. 다시금 질문을 바꾸어 '소설가는 어떤 사람인가' 결론부터 말하자면 소설가는 낭만주

의자들이다. 세계를 바꿀 수 있다는 믿음을 가진 사람들이다. 그러한 믿음은 세상에 대한 무한 사랑에서 시작된다. 자기애에서 시작되는 글쓰기가 아니라 세계에 대한 애정에서 글쓰기가 촉발된다. 그들은 자신의 믿음이 이 세계에서 산산이 부서지거나 곧바로 좌초당하고 만다는 사실을 알고 있다. 그럼에도 불구하고 그들은 자신이 목도한 세계의 부조리, 불합리에 대해 문제를 제기한다. 동시대를 살아가는 우리 모두에게 이것을 함께 사유해 보기를 제안하는 것이다. 때로는 능청스럽게 때로는 의뭉스럽게.

다시 질문을 바꾸어 보자. '이 시대 소설을 쓴다는 것은 어떤 의미가 있는 것인가' 자본주의 사회에서 애초부터 좌절과 실패가 명명백백한 길을 선택한다는 것은 어떤 의미를 지니는가. 우리는 자신의 고독과 외로움을 설파하기 위해 소설을 쓰지 않는다. 개인의 고독과 슬픔을 누군가에게 보이기 위해 굳이 소설이라는 양식을 빌려올 필요도 없으며, 공적인 지면을 할애할 필요도 없기 때문이다. 이 시대 인간의 가치를 되묻고 탐구하는 것, 어쩌면 그것은 선택이 아니라 누군가 혹은 우리 모두가 공유하고 탐구해야 할 시민의 윤리이다. 가시적인 자본주의 논리로 볼 때 그것은 실패와 좌절의 담론이지만, 세계의 유구함과 다음 세대를 고려할 때 그것은 이 시대 인문학이 짊어져야 할 소임이다.

제2장
쉬어 가면 보이는 길

1. 쉬어 가면 보이는 것들

　이수경은 「카티클란의 마을─온 마을이 빛으로 연결된」『문예바다』, 2019 봄호에서 쉬어가는 순간, 우리가 볼 수 있는 것들을 보여주었다. 작중에는 세 가구가 함께 여행을 떠난다. 윤철과 윤철의 딸 나리, 나와 나의 딸 주연, 태훈 5사람은 함께 여가를 보낸다. 그들은 같은 정당에서 일했으며, 촛불집회에서 만났다. 세 가족이 모여 형성한 일행은 또 하나의 유사 가족의 형태를 띠고 있다. 나는 여행을 통해 나와 타자들이 빛으로 연결되는 교감의 세계를 경험한다.

　그들은 필리핀으로 여행을 떠났다. 필리핀은 식민지 시기를 거쳐 오면서 스페인 점령, 일본 점령의 흔적들이 남아 있었다. 그들은 '슬픔과 고통의 강'을 직접 보면서 침략에 저항했던 필리핀 사람들의 죽음과 역사를 떠올렸다. 과거는 실체가 없는 듯 보이지만, 현재의 삶 곳곳에 상처와 훈장으로 존재하고 있었다. 카티클란의 선착장에서 배를 타고 산호

섬에 갈 예정이었으나 태풍으로 발이 묶였다. 어둠은 빨리 내렸고 불빛이 보이지 않았다. 어둠에 쌓여 있지만, 집집마다 창문과 나무와 현관 앞에 매달아 놓은 색색의 크리스마스 전구와 등불로 인해 '온 마을이 빛으로 연결된 한 집' 같았다.

마을을 비추는 그 빛은 그들을 하나로 연결해 주었다. 예기치 못한 태풍으로, 수영장이 있는 리조트가 아니라 상해 임시정부를 연상시키는 2층 벽돌 건물에서 하룻밤을 지낸다. 나, 주연, 나리, 세 여자가 한 방을 쓰고, 윤철과 태훈 두 남자가 옆 방에 머물렀다. 섬으로 들어가지 못했지만, 나와 일행은 그간 돌아보지 못했던 삶의 여정을 들여다보는 시간을 가진다. 그것은 산호섬과 같은 명소 탐방이 아니라 나와 우리가 공존하는 세계에 대한 신념과 이타성의 확인이었다.

나는 19살인 딸, 주연의 신체적 정신적 변화를 회상한다. 주연은 14살부터 화장하기 시작해고 17살부터 담배를 피기 시작했다. 주연은 사람이나 사물의 고유한 특징을 알아보는 예민함이 있으나 다른 사람과 눈을 마주치지 못한다. 나는 주연을 보며 더 아름다운 세상을 보게 해 주려는 책임감을 갖는다. "봄이 되면 주연은 대학에 가게 되고 어쩔 수 없이 누군가의 눈을 마주해야 한다. 나리의 윤철처럼, 태훈의 정이처럼 주연에게도 있었어야 했던 것, 아름다운 것, 주연이 보지 못했던 세상, 시간, 사람, 그것이 무엇이든 그때까지와는 다른 것을 보게 해 줄 수 있을까."[1]

---

1 이수경, 「카티클란의 마을 – 온 마을이 빛으로 연결된」, 『문예바다』, 2019 봄호, 문예바다, 230쪽. 이하 작품 인용은 인용문 말미에 페이지 수만 밝힘.

윤철은 태어난 지 한 달 된 나리를 공개 입양했다. "나리에게는 '가슴으로' 낳았다고 말해 줘요. 아직은 무슨 말인지 모르겠지만, 그 말을 이해할 때쯤, 나리 스스로 알게 되겠죠. 아무것도 아닌 것처럼…… 그랬으면 좋겠는데…… 몸으로 낳아준 부모를 찾을 수도 있겠지만…… 그때까진 내가 이렇게 데리고 다니려고요. 이 기억이 너무 좋아서 그 불운에 조금은 관대해질 수 있게요."243쪽 그들은 자신의 삶을 전통적인 가족의 그늘 속에 묶어 두지 않았다. 윤철처럼 공개입양을 통해 새로운 가족을 만들어 나가는가 하면, 나처럼 혼자서 딸을 키우며 살아갈 수도 있으며, 태훈처럼 결혼을 하지 않고 어머니와 삶을 살아나갈 수도 있다.

나는 일행과 더불어 그들과 공유했던 과거를 돌이켜 볼 수 있었다. 그것은 촛불운동과 사회운동에 동참했던 시민으로서 연대감이기도 하지만, 그에 앞서 대학시절 이 땅의 민주화를 위해 함께 힘을 모았던 청년들의 모습이기도 하다. 대학시절 학생운동을 했지만 신념을 가지고 있지 않았다. 그 시절 함께 했던 정이는 지금까지도 신념을 잃지 않았다. 당시 나는 정이가 사온 선짓국의 화상으로 학생운동에 몸을 사렸지만, 정이는 폐를 앓으면서도 자신을 아끼지 않았다. 정이는 태훈의 삶에도 영향을 미치며, 모두가 현장을 빠져나간 뒤에도 신념을 지켰다. 각각의 빛이 모여 마을을 연결했듯이, 그들 하나하나가 모여 교감하고 하나 됨을 실현했다. 나는 그 모든 삶의 가능성을 카티클란의 마을에서 경험한다. 그들은 관광지의 아름다움에 시선을 빼앗기는 것이 아니라, 자기 내부에 멍들어 있는 갖가지 상처와 회한에 눈을 돌리고 이를 치유하기 위한 연대의 시간을 가졌다. '온 마을이 빛으로 연결된' 카티클란의 밤, 그 휴식의 시간이 내 옆에 있는 타자와 나에게 또 다른 세계를 경험하게 했던 것이다.

윤정모도 「마음을 수리하는 집」『사람의문학』, 2019 봄호에서 쉬어가는 순간, 우리가 볼 수 있는 것들을 보여 준다. 작중 주인공은 여행을 떠난다. 나는 소설가이다. "마음이 고장 난 사람은 누구든 들어와서 점검을 받을 수 있다"132쪽는 웹사이트'마음을 수리하는 집'를 발견한다. '마음의 집'에서 주최하는 '마음의 멍과 반응'에 대한 토론 모임에 초대되어 배를 타고 직접 섬까지 간다. 섬은 평소 자신이 들여다보지 않았던 마음의 깊은 고랑이었으며, 상처 난 환부를 돌아보게 했다. 바다에 귀 기울이면 파도 부서지는 소리를 들을 수 있듯이, 내면에 귀 기울이면 내 안의 다양한 목소리를 들을 수 있었다. 일상에서는 외부의 소리에 둘러싸여, 안에 존재하는 순연한 목소리에 귀 기울일 수 없었다.

사회에서 상처받은 사람들은 치유받기 위해 섬을 찾았다. 피아니스트, 화가 등 마음에 멍이 든 사람은 치료를 받았다. 피아니스트는 가장 가까이 있는 동료와 애인으로부터 상처를 받았고, 화가는 언론 매체로부터 멍이 들었다. 섬에서 나는 내 안에 존재하는 소외되었던 나와 마주 대할 수 있었다. 섬에 도착하자 모임이 취소되었다고 한다. 나는 주관하는 회장이라도 만나기 위해 기다린다. 회장을 기다리던 사이, 깜빡 잠이 들었다. 평소 재능도 운도 없는 소설가로서 상처가 컸다. 꿈속에서 변호인은 내 소설에 대해 다음과 같이 변호해 주었다.

피해자가 썼다는 소설, 비극적인 과거사를 행복으로 정리했다는 것, 멋진 발상입니다. 이 시대는 여러 부분이 리모델링되고 있습니다. 잘못 되거나 비극적인 과거사를 그런 식으로라도 바로잡아 두겠다는 것은 미래의 광장은 밝고 쾌적해야 한다는 복음입니다. 슬픔에서 행복으로의 반전, 손님은 매우 독보적인 소설을 쓴 것입니다.136쪽

글을 쓰는 것, 소설을 쓰는 목적은 '미래의 광장'을 밝고 쾌적하게 만들기 위해서이다. '잘못 되거나 비극적인 과거사를 바로잡아 두겠다'는 의지는 단순히 비극을 포장하는 것이 아니다. 비극을 행복으로 고쳐보려는 의기의 표현이기 때문이다. 그것은 '인간'으로서 자존감이기도 하고 인간에 대한 애정의 발로이다. 그러한 의기를 노작가는 '고통스러워도 절대로 포기하지 않으려는 인간의 집념'으로 상찬했다.

자네 글엔 인간이 있었기 때문이야. 고통스러워도 절대로 포기하지 않으려는 인간에 대한 집념 말이네.141~142쪽

자네의 소설엔 인간으로부터 받는 고통과 그 표현이 탁월하더군. 하지만 이것 하나는 알아두게. 행복 또한 인간이 주는 거라네.143쪽

노작가의 말처럼 고통도 인간이 주지만, 행복 또한 인간이 줄 수 있다. 그러므로 나는 또 다시 쓴다. '다시 쓰기'는 기존에 쓴 글을 부정하거나 기존의 내용을 무시하는 것이 아니다. 고쳐 쓴다는 것은 포장이 아니라 치유이다. 과거의 상처와 멍을 다시 수용하고, 그것을 자기 것으로 온전히 수용하는 것이다. 부정적인 내용이 행복으로 거듭나기 위해 그 안의 상처와 마주할 수 있는 집념이며, 인간으로서 자존감이자 의기의 표

현이기도 하다. 나는 재기불능 작가로서 슬럼프를 치유하기 위해 섬에 도달했으나, 그 안에서 내 안에 존재하는 또 다른 나를 발견했다. 또 다른 나의 발견은 또 다른 타자에 대한 이해와 연결되어 있다.

나는 '마음의 집'의 노회장을 통해 자기 내면과 조우한다. 회장은 자신의 오해로 죽은 아들에 대한 회한과 죄책감을 토로했다. 노회장은 10여 년동안 아들이 죽은 바다 인근의 섬에 머물며 통회하며 살아간다. 노회장은 나에게 그간 살아온 '자기 이야기'를 다시 써 줄 것을 제안했다. 인간의 삶에서 이제 아버지의 삶으로 남은 생을 살아나가고 싶다는 것이다. 남아있는 시간을 통해 결말을 다듬어 인생의 내러티브를 긍정적으로 고쳐보려는 것이다. 작가는 이 작품을 통해, 소설은 "사람들의 인생살이에 새 질서를 만들어 내는 일"임을 보여주고 있다. 섬에서 내가 도달한 곳은 평소 돌보지 않았던 나의 마음이었고, 이것은 내가 만나는 타자들의 마음과 연결되어 있었다. 이 작품에서 나의 쉼은 삶의 또 다른 진실을 보게 해 준다. 그것은 자기 내면을 돌아보는 것이 곧 타인의 내면을 돌보는 일과 연동되어 있다는 것이다.

2. 현실의 좌표를 놓치지 않기

이제 좀 더 다른 이야기로 눈을 돌려보자. 영화 〈파니핑크〉1994로 알려진 도리스 되리의 소설 『아무도 날 사랑하지 않아 *Für immer und ewig Eine Are Reigen*』문학동네, 2019가 번역되었다. 이 작품은 영화에 앞서 1991년 독일에서 출간되었으며, 모두 18편의 단편으로 묶인 연작소설집이다. 파니 핑크를 주축으로 소녀의 성장과 주변 사람들 간의 관계를 다루고 있는데, 여성을 주인공으로 삼고 있다. 소녀가 여성으로 눈 뜨는 과정, 여성이 사랑을 경험하는 과정, 사랑을 외면당하는 과정 등 제 관계의 추이를 통해 여성을 탐구하기도 하지만 궁극에는 인간 존재의 특이성을 보여준다.

「1968년」에서 어린 소녀 파니는 안토니아의 몸과 그녀의 자부심을 부러워했다. 소녀들은 자신의 외모에 대해 고심한다. 작중 주인공 파니는 "다리미 판처럼 평평하고 깡마른 몸"을 가지고 있었기에, 안토니아의 풍만하고 예쁜 가슴을 부러워한다. 파니는 짧은 미니스커트를 입고 "꽉 끼는 골지 스웨터에 가슴을 욱여넣고 옆에서 볼 때 정삼각형이 되도록 가슴을 쑥 내"미는 안토니아의 섹시함과 당돌함에 열등감을 느꼈다. 소녀의 내면에는 외모에 대한 콤플렉스가 크게 자리잡고 있지만, 이 외에도 그가 알고 있는 1968년의 세계와 현실에 대한 자의식을 놓치지 않고 있다. 도리스 되리는 사회에 대한 소녀의 자의식을 다음과 같이 표현했다.

그럼에도 비아프라의 아이들이 기아에 시달리고 베트남에서는 전쟁이 벌어지고 있는 마당에 매일 저녁 가슴 문제로 하느님께 기도하는 게 양심에 찔려 학교에서 열리는 비아프라 결식아동 돕기 바자회에 도자기 재떨이를 일곱 개 구워서 내고 안토니아와 함께 베트남전 반대 시위에 참석하는 것으로 가책을 덜고자 했다.[2]

도리스 되리는 소설에서 소녀의 자의식과 여성의 문제를 다루되 이를 현실의 맥락에서 바라볼 수 있는 객관적 시각을 놓치지 않았다. 작품의 제목을 '1968년'이라 명명한 데서 알 수 있듯이, 소녀들이 느끼는 성적 예민함과 감수성을 단편적인 시각에서 바라보지 않고 1968년이라는 현실적인 시선에서 투영하고 이들의 감성을 성장의 과정으로 그려냈던 것이다. 작가는 소녀의 성장 과정에서 그들이 느끼는 내밀한 정서와 마음의 비밀을 현실의 좌표에서 이야기로 만들어 냈던 것이다.

　　파니와 또래의 소녀들은 비밀스러운 파티를 열었다. 엄마가 없는 틈을 타서 잉게는 친구들을 집으로 초대했다. 그들은 술을 마시고 춤을 추며, 잉게 엄마의 속옷을 꺼내 입었다. 풍만한 여성의 몸을 가진 한 무리의 소녀들은 옷을 갈아입었고, 나를 비롯한 발육이 더딘 소녀들은 성장한 소녀들과 짝을 맞추어 춤을 추었다. 각자 자신이 좋아하는 남자를 떠올리며 몸을 밀착했다.

　　파니와 친구들은 소녀에서 여자, 아니 온전한 인간이 되는 경험을 했다. 그들은 "사람이란 겉으로는 자기 자신이면서 동시에 다른 누군가일 수 있다는 걸 어느 결엔가 이해하게 되었다".19쪽 자신의 내면에는 다양한 모습의 자아가 공존해 있으며, 다양한 자아는 때와 장소에 따라 현실에 모습을 드러내며 과거와 다른 자신으로 거듭나는 과정을 반복한다. 이른바 그들은 '여성성'이라는 생래적인 성을 자각하고 표출함으로서 아이에서 어른이 되어가고 있었다.

2　　도리스 되리, 김라함 역, 『아무도 날 사랑하지 않아』, 문학동네, 2019, 11쪽. 이하 작품 인용은 인용문 말미에 페이지 수만 기입.

그러면서도 그들은 아이의 모습을 그대로 간직하고 있었다. 안토니아는 밤길이 무서워 파니의 집에서 자는가 하면, 파니는 엄마의 포옹과 입맞춤이 그리워지곤 했다. 그들의 내면에는 아직 많은 부분이 아이의 모습으로 존재하고 있었다. 그들은 여전히 귀여운 딸로서 가족들의 관심과 보살핌을 받고 있었던 것이다.

"우리집에선 날 드럼통이라고 불러." 안토니아가 머뭇거리며 얘기를 계속했다. "아무한테도 말 안 한다고 약속해해야 돼?" 나는 고개를 끄덕였다. 하지만 입술을 깨물어도 얼굴에 웃음이 번지는 걸 막을 수 없었다. 집에서는 안토니아가 드럼통이었다! 식구들 눈에는 안토니아가 풍만하고 섹시한 게 아니라 그냥 뚱뚱하고 투실투실한 드럼통으로 보이는 것이었다! 순간 심호흡이라도 한 것처럼 밋밋한 내 가슴에 한줄기 상큼한 바람이 불었다. 집에서 안토니아는 드럼통이다! 나는 속으로 환호성을 질렀다.23~24쪽

평소 파니는 안토니아의 몸을 질투했으나, 정작 안토니아는 가족들로부터 놀림을 받으며 콤플렉스를 가지고 있었던 것이다. 파니는 안토니아의 고백을 통해 열등감을 극복하고 아이다운 천진함으로 특유의 명랑성을 회복한다. 파니는 장난스럽게 '드럼통'이라는 단어를 되뇌며 안토니아의 심경을 건드렸다. 도리스 되리는 소녀가 어른이 되는 과정을 보여주되, 그것을 여성의 문제로만 접근하지 않는다. 1968년이라는 현실적인 시간을 배경으로 소녀는 어른이 되기 위한 과정에서 여성성을 경험하는가 하면, 다시 어린 소녀 특유의 명랑성을 오가며 성장하고

있음을 보여 주었다.

도리스 되리의 작중 여성들은 '여성성'만을 보여주는 것이 아니라 궁극에는 사회 속에 존재하는 인간성을 여성의 시각과 사건을 통해 조명하고 있다. 「쇼핑 열병」에서 파니의 엄마는 쇼핑에 빠진다. 문제는 그녀의 쇼핑 중독이 아니라, 그녀가 썰렁한 아파트에 혼자 지내곤 한다는 것이다. 그녀의 아파트에는 고가의 명품들로 가득 차 있다. 파란색 밍크를 두르고 빨간색 페라가모 하이힐을 신었어도, 그녀는 아파트 창가에 혼자 앉아 있어야 했다. 왜 그래야 했을까.

결혼한 지 20년이 지난 그녀에게 집은 이미 부재의 공간이었다. 이미 딸들은 엄마의 품을 떠났다. 남편은 젊은 여자를 만나 몸무게에 신경 쓰고 염색을 하면서 남은 생을 새롭게 가꾼다. 그녀는 적어도 자신의 아파트에서 만큼은, '외롭고 추하고 뚱뚱하고 늙은 여편네'가 아니라 여자로서 자존감을 지킬 수 있었던 것이다.

그녀는 백화점에서 상품을 통해 자신의 존재감을 드러낼 수 있었다. "나는 그저 사람들 사이에 있고 싶었고, 사람들이 나를 함부로 짓밟지 못한다는 느낌, 나도 약간의 친절과 존중을 받았다는 느낌을 원했다."199쪽 혼자가 아니라 누군가와 함께 있다는 것, 자신이 함부로 할 수 없는 존재일 뿐 아니라 그들로부터 호의를 받고 있다는 것, 그것은 인간으로서의 존엄성의 확인이었다. 인간으로서 자신의 존엄성을 확인하는 방식이 쇼핑이었다. 그런 의미에서 그녀는 '쇼핑 열병'에 빠진 것이 아니라 자기 존재 가치에 심각한 손상을 입었던 것이다.

온갖 물건이 넘쳐나는 곳에서 밝은 불빛을 받으며 사람들 틈에 있으면 언제나 금세 기분이 나아졌다. 괴로운 두통처럼 들러붙어 있던 근심이 백화점 입구에 들어서는 순간 떨어져나갔다.199~200쪽

그편이 집에 죽치고 앉아 양탄자의 오래된 얼룩과 이 빠진 찻잔을 보며 우리의 과거, 늘 행복했던 건 아니지만 그래도 어디까지나 우리 부부가 함께 했던 과거를 회상하는 것보다는 훨씬 나았다. 나는 버릇없는 아이처럼 현재로부터 쫓겨난 느낌이었다.200쪽

가족과 머물던 집에는 이미 부재 요인들로 가득 차 있다. 남편의 사랑을 잃었고 부부가 공유했던 경험과 가치도 힘을 잃었다. 이미 자녀는 부모의 곁을 떠났으며 새롭게 꾸며진 장식과 가구는 빛을 바랜지 오래다. 그녀가 마주하는 현재는 부재한 것들의 음영으로 가득 차 있으며, 현재로부터 추방된 일상은 창고처럼 어둡고 칙칙한 과거 속에 머물러야 했다. 그런 까닭에, "시내 고급 상점으로 나를 이끄는 것은 옷이 아니라 나를 대하는 판매원들의 태도였다. 존중의 태도"201쪽 나는 목마른 사람이 물을 원하듯이 그들의 관심과 찬사를 갈망했다. 그것은 존중감을 확인시켜 주기에 들어도 또 듣고 싶었다. 판매원들은 현재의 나에게서 부재의 그늘을 일깨워 주는 것이 아니라 지금 그대로의 모습에 찬탄하고 호의를 표했던 것이다.

백화점은 새 것들로 넘쳐났고, 그것을 구매할 때마다 관심과 찬사를 받을 수 있었다. 쇼핑하는 순간, 그녀는 자신이 세상과 대면하고 있다는 느낌으로 충만하다. 이 순간 여자는 마음의 흔들림 없이 고요와 안정을

구가한다. 고가의 물건을 사는 것은 물건에 대한 필요가 아니라 구매 과정에서 경험하는 심리적 충족감 때문이다. 백화점은 심리적 충족감을 채워줄 수 있는 다양하고 많은 물건들을 보유하고 있다. 값비싼 물건을 구매할수록, 백화점 점원의 관심과 호감은 커질 뿐 아니라 나의 존재 가치도 높아진다. 존재의 결핍감은 여성에게 국한된 문제가 아니다. 문제는 이러한 결핍을 사람 혹은 사람과의 유대로 풀어나가는 것이 아니라 자본의 힘으로 그것을 봉인하는 데 있다. 그런 의미에서 작가는 여성을 경유하여, 지금 이 시대 인간의 삶에 내재한 결핍과 모순을 탐구하고 있음을 알 수 있다. 「쇼핑 열병」 역시 여성을 주목하고 있으나, 여성의 핍진한 묘사를 통해 인간의 삶을 조명하고 있었던 것이다.

3. 소설 창작과 두 가지 제안

우리는 너무 빨리, 그리고 가열 차게 삶을 살아왔다. 바쁘게 쫓아온 만큼, 이제 쉬어 가면서 내성의 시간을 가질 필요가 있다. 그간 보지 못했던 것을 발견하고, 앞으로도 살아가야 할 삶의 방향을 점검하기 위해 휴식이 필요하다. 쉬는 것은 멈추는 것이 아니고, 세계와 자신을 천천히 그리고 자세히 돌아보는 또 다른 방식이다. 그것은 느림의 방식으로 빠르게 지나쳐 왔던 것들에 대한 자체 점검이며, 삶의 빈 곳을 메우고 치유하는 과정이기도 하다. 소설 쓰기에서 쉼은 내면을 돌아보는 시간이지만, 궁극에 그것은 나의 내면을 경유하여 타인의 삶을 돌보는 일과 연동되어 있다.

우리는 쉬어 가면서 그간 보지 못했던 것을 살펴야 하지만, 이외에도 소설이 수용해 내야 할 세계가 있다. 그것은 삶이 지닌 보편성이다. 나의 이야기를 다루되, 그것은 우리 모두의 이야기가 될 수 있어야 한다. 여성의 이야기를 다루되, 그것은 인간 모두의 이야기가 될 수 있어야 한다. 문학이라는 양식의 특수성을 십분 발휘하여 개성적인 인물의 창조 및 형식의 특이성을 실현해야 하겠지만, 그와 더불어 우리가 몸담고 있는 현실의 보편성을 간과해서는 안 된다. 도리스 되리는 소설의 전면에 여성을 내세우고 있지만, 그것은 여성의 문제만이 아니라 그 시대를 살고 있는 보편적인 인간의 문제이다. 소설 창작을 위해 우리는 쉬어가는 것도 필요하고, 동시에 현실의 좌표를 통해 삶이 지닌 보편성을 간과해서는 안 된다.

흥미로운 사실은, 이수경의 「카티클란의 마을 ─ 온 마을이 빛으로 연결된」『문예바다』, 2019 봄호과 윤정모의 「마음을 수리하는 집」『사람의문학』, 2019 봄호, 두 작품에서 인물들은 쉬어가는 과정에서 관계에 주목한다는 점이다. 그들은 자신을 돌아보되 관계 안에서 사유하고 성찰한다. 이수경의 소설에서 나는 엄마로서, 민주주의 운동을 하던 투사로서, 시민으로서 자신의 삶을 돌아본다. 같은 맥락에서 윤정모의 소설에서 소설가인 나는 다른 작가들과의 관계 속에서 자신의 정체성을 사유하고, 내가 만난 노회장 역시 아내와 아들과의 관계 속에서 자신을 성찰한다. 우리는 일상을 멈추고 쉬어 가면서도 개인 혹은 벌거벗은 인간의 모습을 보지 못한다. 이러한 사실은 우리 안에 이미 사회가 깊이 잠식해 있으며 자기에 대한 사유 역시 사회의 자장 안에서 타인을 의식하고 이루어진다는 점을 시사한다.

반면, 도리스 되리는 『아무도 날 사랑하지 않아 *Für immer und ewig Eine Are Reigen* 』에서 작중 여성들은 인간으로서 개인의 삶을 사유한다. 그것은 가족의 관점이 아니다. 다시 말해 딸의 관점도 아니고, 아내의 관점도 아니며, 어머니의 관점도 아니다. 여성으로서 개인이 성장하는 과정에는 사회가 부과하는 일체의 역할들이 침투해 있지 않다. 어린 소녀는 육체의 발육과 육체의 욕망을 자각하며 소녀에서 여성으로 성장한다. 18편의 단편에서 여성은 자기 안에 꿈틀거리는 욕망에 주목하고 그 욕망이 어디에서 기인한 것이며, 어떠한 방식으로 자신의 욕망을 현실에 드러내야 하는지 고심하고 있다. 관계의 중요성을 부정하는 것이 아니라, 인간을 사유할 때 사유의 구심점이 관계가 아니라 자기 자신임을 보여준다.

이러한 사실은 얼핏 동서양의 문화 차이를 보여주는 듯도 하지만, 기실 소설을 비롯한 예술의 보편성은 무엇이며 어디까지 인지 사유하게 한다. 특정 시대 혹은 특정 사회에만 유효한 보편성이 있을 수 있으며, 시대와 공간을 초월하여 유효한 보편성이 있을 수 있다. 소설은 보다 넓은 보편성 획득을 위해, 아니 개개인의 자유를 위해 자신을 탐구하되 자신 안에 존재하는 벌거벗은 인간에 집중할 필요가 있다. 인간과 인간의 관계도 탐구하되, '벌거벗은 인간'과 '유동하는 세계'라는 더 넓고 뚜렷한 관계에 집중할 필요가 있다. 궁극적으로, 우리는 특정 집단과 공동체로부터의 자유가 아니라 우리를 둘러싼 세계로부터 자유와 해방을 꿈꾸기 때문이다.

제3장
자유 없는 사회, 문학이라는 순수

1. 자유의 변증법

우리는 자유 없는 사회에 살고 있다. 국가와 제도, 자신을 둘러싼 집단과 환경, 나아가 자기 검열로부터 자유롭지 않다. 외부의 통제보다 내적 검열이 자신을 더 압박하고 있음을, 스스로도 잘 안다. 그럼에도 자기 검열은 더 가열차게 자기를 착취한다. 자유의 감정이 수반되어, 통제는 더 효율적으로 이루어진다. 한병철은 자유와 결합된 자기 착취의 문제성을 진단하고, 이를 가속화시키는 21세기 디지털 시스템의 문제성을 다음과 같이 지적했다.

자기 착취는 자유의 감정을 동반하기에 타자 착취보다 더 효율적이다. 성과주체는 스스로 만들어낸 자유로운 강제에 예속된다. 이러한 자유의 변증법은 통제사회의 바탕이기도 하다. 자기 조명은 자유의 감정과 연결되어 있어서 타자 조명보다 더 효율적이다.[1]

21세기의 디지털 파놉티콘은 더 이상 하나의 중심, 즉 전능한 독재적 시선에 의해 감시가 이루어지지 않는다는 점에서 비원근법적이다. (…중략…) 비원근법적인 투시촬영은 원근법적 감시보다 더 효과적이다. 모든 것이 전방위적으로, 도처에서 모두에 의해 훤히 비추어질 수 있기 때문이다.[2]

　　자기 착취는 자유의 감정에 근원을 두고 있지만, 비원근법적인 투시촬영은 도처에서 전방위적으로 훤히 비추기에 자기 통제에 박차를 가한다. 디지털 파놉티콘에서 착취자는 동시에 피착취자이기에, 착취는 더 능동적이고 적극적인 형태로 이루어진다. 한병철은 보는 주체이면서 동시에 보이는 주체가 되는 이 사회를 투명사회라 명명하며, 획일화된 전체주의를 경계한다. 요컨대 '자유의 변증법'이라는 구도 속에는 자유에 대한 기표만 있을 뿐, 자유는 없다. 끊임없이 자유에 대한 추구만 존재할 뿐, 그 속에 자유는 없다.

　　'자유 없는 시대', 문학은 번성해 왔다. 억눌린 자유에 대한 회한을 풀어내기 위해, 이야기는 더 다양한 형태로 양산되었다. 왜 일까. 그것은 문학이 지닌 '순수' 때문이다. '순수'는 타고나거나 저절로 유지되는 것이 아니라, 부단히 간직하고 지켜나가야 가능한 것이다. '순수'는 자신을 비롯한 외부세계와의 부단한 갈등과 긴장을 전제로 유지되는 것이다. 그것이 보편성을 지닐 수 있었던 것은 문학이 자기 아닌 대상에 대한 온정을 전제하고 있기 때문이다. 이 글에서는 '자유 없는 사회'의 문제를

1　　한병철, 김태환 역, 『투명사회』, 문학과지성사, 2014, 99쪽.
2　　위의 책, 94쪽.

직시한 소설을 읽어보고, 이러한 사회에서 문학의 가치를 실현해 보인 작품들에 주목했다.

2. 자유 없는 사회

윤인영은 「마진콜」『문학의식』, 2014 겨울호에서 자본주의 사회의 인생人生은 '셀sell'과 '바이buy'로 점철됨을 보여준다. 몸값을 높이기 위해, 연봉을 늘이기 위해, 자신을 관리하고 시장경제 속에 자신을 '딜deal'한다. 가속도의 욕망은 매 순간 '마진margin'을 극대화한다. 작중 인물들은 누구보다도 자본주의 감수성을 잘 실현해 보인다. 그들은 '천천히 무르익어야 하는'[3] 일 대신 마진을 최대화하는 일에 빠져 있다. '하이 리스크 하이 리턴', 큰 위험에도 불구하고 한탕 크게 이익을 남기는 데 혈안이 되어 있다.

재만은 본시 금융회사에서 일했다. 그는 대박을 터뜨리기 위해 증권을 시작했고, 사채를 쓰면서 고객의 자금을 횡령했다. 그는 '프랑스 국적'을 가지기 위해, 아프리카 내전에도 갔다. 5년만 버티면 되는데, 총상을 입고 송환되었다. 그는 일용직을 전전하며 피시 방에서 밤을 샌다. 그는 시골에 가족을 남겨 두고, 서울에서 노숙자가 된다. 재만은 경숙과 지숙을 만나면서, 외환 딜러의 감각을 되살려 외환 거래를 시작한다. 지수의 오피스텔에서 세 사람은 외환 거래로 한 탕을 꿈꾼다. 그들은 "그래

---

3   위의 책, 6쪽.

프를 따라 사고팔기를 수십 번 하며 자판기를 두드려댔다".[4]

경숙은 남편의 성추행 혐의로 남편과 멀어졌으나 아이들로 인해 이혼은 하지 않는다. 경숙은 경제력 있는 시아버지의 유산을 기다린다. 그녀는 인터넷에 빠졌으며, 은밀하고 자유롭게 사람을 만나는 과정에서 재만을 알게 된다. 경숙의 친구 지수는 그릇을 팔아 돈을 많이 벌었지만, 공연장을 짓겠다는 허영에 들떠 피땀 흘려 번 돈을 잃었다. 그녀는 차압 당하지 않기 위해 이자를 막아야 했다. 경숙과 지수는 외환딜러였던 재만과 더불어 국경을 넘나드는 한국의 '와타나베 부인', 외환투자자가 되었다.

마진을 최대화하기 위해, 그들은 공동계좌를 만들어 투자에 박차를 가했다. 두 여자는 카드빚을 내어 돈을 모았다. 재만의 아내는 헛된 꿈을 버리고 농사라도 짓기를 권고했다. 재만은 백만 불을 벌기 전에는 집에 돌아가지 않겠다고 아내에게 으름장을 놓았다.

아내의 말대로 모든 것을 포기하고 산 속에 들어가 살 수 있을까? 일용직 일을 할 때 사람들은 자신을 병신 취급했다. 그 돈으론 빚은커녕 입에 풀칠하기도 어려웠다. 사채업자들은 지옥까지라도 쫓아올 것이다. 이 세상 한 번 태어났는데 이대로 거지꼴로 살다가 갈 수 없지 않은가. 이 시점에 스톱을 걸 수 없다. 아니 이미 자신의 삶은 마진 콜 당한 삶이 아닌가. 스톱과 리미트를 생각하기도 전에 순식간에 마진 콜 당하고 말았다. 인생이라는 딜을 할 때 적

---

4   윤인영,「마진콜」,『문학의식』, 다트앤, 2014.12, 124쪽. 이하 작품 인용은 인용문 말미에 페이지 수만 기입.

정선에 스톱과 리미트를 두고 딜을 시작하는 사람이 몇이나 되겠는가? 재만은 어두운 거리를 내다보며 두 주먹을 불끈 쥐었다.129~130쪽

인용문에 나타난 재만의 심리는 자본주의에 흠뻑 젖어 살아가는 우리들을 대변한다. 우리는 매 순간 다른 사람들을 의식한다. 어느 곳 어느 때이든, 상대적인 박탈감으로 마음의 평화를 얻기 어렵다. 매순간 증식을 꿈꾸며 무엇이든 투자하려 한다. 조건에 순응하는 것이 아니라, 조건을 이용하여 투자하려는 것이다. '스톱'과 '리미트'가 없는 증식의 세계에서, 우리는 외부로부터 제재와 압력이 가해지지 않아도 스스로 자기 삶에 채찍을 가한다. 최대의 마진을 남기려는 삶은 흡사 도박에 가깝다. 재만이 '프랑스 국적'이 아니면 '노숙자'가 되어야 하듯, 한 몫 크게 보거나 그렇지 않으면 거지로 나앉아야 한다.

세 사람은 제 각각 자신이 꿈꾸는 자유를 위해 의기투합하고 투자를 시작한다. 재만의 아내는 아들이 폐렴으로 응급실에 있으며 병원수속비가 없다고 전화했다. 지수는 당장 일꾼들의 임금을 해결해야 했다. 궁지에 몰린 세 사람은 대박을 터뜨리기 위해 투자했으나 쪽박을 차게 된다. 세 사람이 꿈꾸는 자유는 삽시간에 물거품이 된다. 이 글에서 주목하려는 것은 투자에 대한 실패담이 아니라, 이들이 애초부터 자유롭지 않았다는 사실이다. 이들의 실패는 이미 부자유한 삶을 더 압박할 뿐, 처음부터 그들에게는 자유가 없었다.

소비할 수 있는 자유, 남들이 쓰는 만큼 자신도 쓸 수 있는 자유, 이 역시 자유이긴 하지만 '자유'의 본질이 아니기 때문이다. 그 어떤 조건

과 환경으로부터 객관적인 거리를 두고 판단과 책임의 주체가 될 수 있을 때, 우리는 자유로울 수 있다. 재만, 경숙, 지수는 자유롭지 않다. 설령 그들이 일정 정도 마진을 남긴다 하더라도, 그것이 그들에게 자유를 줄 수는 없다. 그들은 더 큰 마진을 향해 또 다시 딜할 것이기 때문이다. 그들은 자기입법의 주체가 아니다. 물결치는 자본의 추임새로부터 객관적인 거리를 두고 판단의 주체가 될 수 없다는 말이다. 자유는 일종의 균형 감각이다.

3. 작가 의식 __ 자기 극복과 자기 수련

백시종은 「1인전쟁」『한국소설』, 2014.12에서 작가라는 존재의 가치를 규명하고 있다. 주인공 나는 대기업 홍보부에서 회장의 수족이 되어 홍보 일에 전념한다. 나는 소설가로서 명성을 가지고 있어, 특별히 회장의 총애를 받았다. 협착과 비리가 난무하는 회사에서, 하루아침에 나는 직위를 박탈당하고 일자리를 잃는다. 위로부터 어떤 지시도, 그리고 아래로부터 어떤 해명의 기회도 없었다. 회사의 부름을 기다려도 보았지만, 시간이 흘러도 아무것도 기대할 수 없었다. 기업 안에 있을 때는 앞만 보였지만, 기업 밖에 있을 때는 기업의 실체를 온전히 볼 수 있었다.

나는 대기업을 대상으로 하는 '소설'을 창작한다. 이 작품은 기업소설의 창작과정에서 작가가 느끼는 문학적 자의식을 보여주고 있다. 나는 한국경제를 일으킨 기업가를 질타하려는 것이 아니라, 기업가의 또 다른 인격 "상식도 도덕도 인륜도 법도 없는 후안무치의 냉혈한"을 질타하려 한다. 창작과정에서 나는 부단히 개인적 보복심리가 아니라, 문학적 사명감이어야 함을 혹독하게 각인한다. 보복이라는 사적인 감정을 승화시켜야만, "이 땅에 뿌리 내린 천민자본주의 배경과 거기에 기생할 수밖에 없는 필연적인 인물"의 정체성을 밝히는 것이 가능하기 때문이다. 소설의 경계를 벗어나지 않아야 한다는 나의 자의식은 '창작'을 '지난한 수행修行의 과정'으로 이끌었다.

나는 수도원 암자에서 창작에 몰두했다. 창작 과정에서 해당 기업가는 나의 의식 속에 끊임없이 출몰하여 나를 몰아세웠다. 아름다운 소설을 쓰지 못한다고, 개인의 울분만 토로하는 것이 아니냐고 말이다. 나는 해당 기업가에게, 나아가 자기 스스로에게 다음과 같이 대답한다.

누가 소설을 왜 쓰느냐 물으면 나는 감추어진 부정과 위장된 음모를 밝혀내기 위해 쓴다고 대답할 겁니다. 그동안 권력과 밀착하여 야만의 역사, 어둠의 역사를 맘껏 구사해온 회장님 같은 불법인사를 처단하기 위해 칼 대신 펜을 들었다고나 할까요?[5]

창작의 과정 못지않게, 출간의 과정도 지난하다. 해당 기업은 출판사와 신문사를 매수하여 작품 연재 지면을 앗아가고, 출간된 소설의 광고를 차단했다. 섣불리 책을 발간하겠다는 출판사도 없었지만, 어렵게 출

---

5   백시종, 「1인전쟁」, 『한국소설』, 한국소설가협회, 2014.12, 324쪽.

간된 책은 빛을 볼 수 없었다. 독자들의 지대한 관심과는 무관하게, 서점에서 책은 삽시간 자리를 잃었다. 대기업 사원으로 직위를 박탈당했듯이, 작가로서 존재가 매장되었다. 나는 두 번이나 사회적인 죽임을 당해야 했다. 작가의 자의식과 고투를 벌인 끝에 소설을 출간했지만, 작품은 거대권력의 마수에 있는 언론출판계와 또 다시 사투를 벌려야 했다.

대기업 사원, 명망 있는 작가로서 존재감이 망실된 즈음, 나를 찾는 전화가 걸려온다. 대선과정에서, 해당 기업주의 반대편에 있는 여당 인사들이 러브콜을 보내왔다. 중앙 일간신문의 연재소설창작을 미끼로, 나에게 인터뷰를 통한 해당 기업가의 비리 폭로를 채근했다. 거대 언론은 존재감을 망실한 작가로 하여금 창작 지면 제공이라는 미끼를 내세워, 고발의 주체가 되기를 자극했다. 언론사의 집요함, 자기 내면에 깃든 유혹으로부터 벗어나기 위해, 나는 늦은 밤 짐을 싸서 고속도로에 오른다. 아내와 함께 고향 남해로 차를 몰았다. 아내는 남편의 와이셔츠를 다리던 손길을 멈추고, 묵묵히 남편을 따랐다. 나는 사장된 작가로서 명성을 부활시킬 수 있는 절호의 기회를 뿌리쳤다. 그 역시 지금까지 해 오던 전쟁만큼이나 어려운 사투이다.

전체주의적인 자본의 외압 속에서, 창작을 평생의 사명으로 삼는 일은 어렵다. 작가는 자신을 둘러싸고 있는 환경과 결탁하지 않아야 할 뿐 아니라, 궁극에는 자기 내면에 도사리고 있는 공명심에 순응하지 않아야 하기 때문이다. 작가로 산다는 것은, 끊임없는 자기극복과 지난한 자기수련을 기꺼이 감내하는 것이다. 백시종은 「1인전쟁」에서 주인공의 '전쟁'과정을 보여주고 있지만, 전쟁의 상대는 결국 '자신'임을 알 수 있다. 작가는 재벌 대기업, 권력과 결탁한 언론계에 대한 고발이 아니라, 일련의 폭력에 섣불리 동요를 보이거나 무릎을 꿇지 않는 작가의 고고한 창작 의식을 보여준다. 이것이야말로 이 작품이 거두어들인 '문학적 위업'이다.

4. 작가의식 __ 여리지만 따뜻한 감수성

2015년 신춘문예 당선작들을 읽으면서, 여리지만 따뜻한 감수성이 돋보이는 소설과 조우했다. 다수의 신춘문예 작품이 방황하는 청춘의 일상과 그림자를 그려내고 있었는데, 그 중에서도 정희선의 「쏘아올리다」2015년 신춘문예 『중앙일보』당선작는 단연 돋보였다. 주인공 나는 대학을 졸업했지만 직장을 구하지 못했다. 학창시절에도 닥치는 대로 아르바이트를 해서 학비와 생활비를 충당하느라 바빴다. 나는 서울에서 단칸방을 전전한다. 미술을 전공했지만, 지금은 전공과 무관한 '사이버 민방위' 전화 업무 시급제 일을 하고 있다.

전화를 받으면서, 나는 자신을 "공무원으로 오인하고는 그 때문에 미리부터 기가 죽어 조심조심 말을 건네는 사람들"과[6] 통화한다. 자신이 설명하는 단순한 내용도 알아듣지 못해 당황하는 사람들을 수화기로 마주하면서, 세상의 음지에 있는 사람들을 알게 된다. 아들은 실종된

---

6 정희선, 「쏘아올리다」, 『2015 신춘문예 당선 소설집』, 한국소설가협회, 2015, 440쪽. 이하 작품 인용은 인용문 말미에 페이지 수만 기입.

지 오래인데, 통지서가 날아왔다는 것이다. 손이 없어서 전화번호를 받아 적지 못하는 어머니는 '주민등록 말소'도 '실종 신고'도 낼 수 없었다.

나에게도 고향에 홀로된 아버지가 있다. 대학을 졸업한 두어 달 전부터 휴대전화가 끊겨서, 나는 공중전화로 아버지의 안부를 묻는다. 일주일 혹은 열흘에 한 번씩 편의점에서 동전을 바꾸어 안부전화를 걸곤 한다. 졸업 직후 급작스럽게 엄마가 돌아가신 후, 홀로 계신 아버지에 대해서도 마음을 놓을 수 없었다.

그즈음 대학 동기로부터 청첩장을 받는다. 옷장에서 오래된 옷을 골라낸다. '하우스 웨딩'이라는 호사스러운 결혼식에 초대되어 아끼던 생활비를 부조금으로 쓴다. 결혼식장에서 나는 디자인 전문 잡지 회사에 입사한 후배를 만난다. 후배는 "자신만만함, 환함 같은 것이 물리적인 입자처럼 낯설게 뿜어져 나왔다".447쪽 후배는 감각 있는 일러스트가 필요하다고 명함을 건넨다. 나는 자존심에 앞서 아르바이트를 놓치지 않기 위해 성의를 다한다. 휴대전화가 끊긴 탓에, 후배의 폰에 이메일 주소를 꾹꾹 누른다.

집으로 돌아와 땀에 젖은 옷을 벗는다. 입고 간 옷뿐 아니라, 옷장의 옷 모두 지울 수 없는 얼룩이 생겼다. 차양이나 커튼이 없는 단 칸 방에서, 한여름의 땡볕은 옷마다 얼룩을 남겼다. 나는 옷가지들을 하나씩 하나씩 버리며, 차곡차곡 남아있던 추억들을 떠올린다. 돌아가시기 전의 엄마로부터 받았던 파카를 보고, 공중전화 박스에서 몇 년 동안 누르지 않은 엄마의 핸드폰 번호를 누른다. 신호는 가지 않고, 없는 번호라는 안내 음성이 나온다. 나는 다음과 같이 말을 건넨다. 그것은 엄마에게 건네는 말이면서, 나아가 음지의 이웃에게 건네는 위로의 말이기도 하다.

> 엄마, 엄마, 엄마가 사 준 패딩 있잖아, 나 그거 버렸다. 엄마, 미안해.
>
> 엄마, 엄마, 보고 싶어 걸었어.
>
> 엄마, 엄마 나한테 요즘 전화 안 했지? 나 전화 끊겼는데. 몰랐지?
>
> 엄마, 전화 좀 받아. 엄마……
>
> 나는 수화기를 손에 쥐고 유리에 등을 기댄다. 뜨끈한 기운이 등으로 번져 왔다. 서쪽으로 해가 길게 넘어가고 있었다. 오늘, 해 지기 전에 전화해 주고 싶었는데…… 내가, 실종 신고 해 준다고. 그러니까 걱정하지 말라고. 동 사무소 전화번호 안 외워도 된다고…… 이제 훈련 통지서는 나가지 않을 거라고. 그러니까 걱정하지 말라고.453쪽

돌아가신 엄마의 핸드폰 번호를 누르고 마음 깊이 고여 있던 외로움과 쓸쓸함을 호소하면서도, 나는 실종신고를 내지 못한 또 다른 어머니를 생각한다. 실종된 아들의 생사를 모를 뿐 아니라, 실종신고조차 할 수 없이 몸이 불편한 어머니에게 말을 건넨다. 내가 대신 그들의 사정을 전달해 주겠다고, 전화를 걸어 제대로 표현할 수 없는 그들의 저지를 대신 전달해 주겠다고 말이다.

신인 작가는 이 작품에서 여리지만 따뜻한 감수성의 실체를 보여준다. 그 감수성은 대책 없이 따뜻하기에, 작품에서 눈을 거둘 수가 없다. 자신도 빠져 나오기 어려운 생활의 궁지에 몰려 있음에도, 그녀는 또 다른 절박한 사람들을 떠올리며 그들을 대신하여 그들의 사연과 언어를

전달하려 한다. 이것이 소설이다. 신인 작가는 언어로 의미를 담아내지 못하는 세상 밑바닥의 삶들을 건져 올려 그들의 사정을 전달하려는 것이다. 무엇이든 곧 바로 돈으로 환수되어야 하는 가열찬 자본주의 메커니즘 앞에서, 신인 작가 정희선의 따뜻하면서도 여린 감수성은 아름다우면서 아련한 아픔을 자아낸다.

5. 문학이라는 순수

문학이 순수하다고 할 때 그것은 상대적인 개념이다. 사회를 형성하고 있는 다양한 제 요소에 비해, 문학은 이익을 남기려고 하지 않기 때문이다. 작가라는 직위 자체가 마진을 남기기 어려운 직종이다. 오히려 가지고 있는 것 마저 까먹어 버릴 공산이 크다. 반면, 순수한 까닭에 문학은 자유롭다. 어떤 조건 혹은 어떤 이익과도 결탁하지 않으므로, 문학은 자유를 구가할 수 있다. 그러한 자유로 말미암아, 문학은 무소불위의 힘을 얻을 수 있다. 역사와 기사가 만들어 낼 수 없는 위업과 위엄을 낳을 수 있다.

전체주의적인 자본의 그늘 속에서 그것이 가능할 것이냐고 묻고 싶겠지만, 단언컨대 가능하다. 현대인들의 끝없는 자기 분열과 그에 대한 자의식이 그 가능성에 대한 증좌이다. 마진이 자유를 안겨주었다면, 우리는 여러 개의 자아로 분열되지 않았을 것이다. 순정한 하나의 자아가 아니라 다양한 페르소나를 가지고 살아가는 일상, 그러한 자신을 의식하는 피로한 내면, 이 모든 것이 우리들로 하여금 '자유'를 구가하게 만든다. 자유 없는 시대, 문학은 그 자체의 순정한 에너지로 말미암아 자유를 구가하게 해 준다. 그 힘에 이끌려, 혹자는 문학을 창작하고 그리고 혹자는 문학을 읽는다.

문학에는 '머뭇거린 시간의 침전물'과 '잔광'이 남아 있는데, 이를 일컬어 한병철은 '아름다움'이라 명명했다. "아름다운 것은 지금 당장의 스펙터클에서 뿜어 나오는 현란한 빛, 혹은 즉각적인 자극이 아니라 고요한 잔광, 시간이 남긴 인광이다. 사건과 자극의 빠른 교체는 아름다움의 시간과는 거리가 멀다. 미는 머뭇거리며 더디게 찾아온다. 나중에 가서야 사물들은 아름다움의 향기로운 정수를 드러낸다. 아름다움은 인광을 발하는 시간의 층과 침전물들로 구성된다."[7] '머뭇거림'과 '침전'은 자기 수련이라는 시간의 결과물이고 따뜻한 이타적 감수성의 응결체이다. 문학은 느린 삶이 아니라, 아름다운 삶을 가능하게 한다.

---

[7] 한병철, 김태환 역, 앞의 책, 70쪽.

제4장
돌봄과 돌아봄의 시학

1. 문학 정신의 기원

이덕화의 『하늘 아래 첫 서점』푸른사상, 2018이 출간되었다. 이덕화1951~
는 한국 현대문학 1세대 여성 연구자라는 점에서 주목할 필요가 있다.
이 작품집에서 이덕화는 한국문학 연구자로서 한국 현대 지성사의 부
침을 보여줌과 동시에, 여성 지식인으로서 우리 시대 음지에 대한 포용
력을 보여주고 있다.

「잔혹한 낙관」은 소설가 이덕화 문학의 기원과 전개과정을 보여 준
다. 주인공 정현은 세월호 사건의 보도를 접하며 대학원 재학시절을 떠
올린다. 당시 그녀는 월북작가 김남천에 대한 박사논문을 준비 중이었
다. 월북작가인 만큼 사회주의에 대한 이해가 필요했고, 때마침 해금조
치로 사회주의 관련 서적을 구할 수 있었다. 불현듯 경찰이 집으로 들이
닥쳐 『자본론』을 압수했고 정현은 유치장에 갔혔다. '월북작가'를 박사
논문으로 다루는 것을 비롯하여, 불온서적을 읽게 된 이유와 구입과정

을 취조 받았다. 정현이 대한민국의 불합리와 부조리를 체감하고 그 부당함을 호소하자, 담당 경찰은 다음과 같이 말했다.

아줌마, 대한민국 정부가 언제 국민들에게 이해받고 일한답니까. 국가가 죄인이라 하면 죄인이지, 아버지가 납북된 것 때문에, 저는 태어나자마자 죄인으로 태어났어요. 그건 이해가 돼요? 스스로가 왜 죽어야 하는지도 모르고 형장의 이슬로 사라져 버린 인간들이 얼마나 되는 줄 알아요? 아줌마, 유치장에서 며칠 고생하는 것은 코미디 수준이에요.

아줌마는 이 나라에서 보지 말라는 책을 샀으니, 분명 죄를 지은 거라요. 나는 내가 짓지도 않은 죄 때문에 내 인생을 대한민국이 저당 잡았는데…… 내가 구원 받은 것은 여기 경찰서에요. 여기 와서 사람들마다 죄가 없다며 억울하다는 이야기를 들으면서 대한민국에는 나 같은 사람이 한두 명이 아니구나. 그러니까 대한민국에 태어난 게 바로 죄구나. 그렇게 생각하니까 마음이 편해졌어요.

그렇다. 대한민국에 태어난 것만으로 죄인이 되는 그런 시절이 있었다. 반공이데올로기가 맹위를 떨칠 무렵, 아버지의 월북은 아들과 남은 가족에게 주홍글씨를 남겼다. 그는 죄인으로 추적당했고, 어머니는 홧병으로 죽었다. 그가 장돌뱅이가 되어 부랑자들과 어울려 방황할 때 이곳 경찰이 경찰서에서 일할 수 있도록 일자리를 주었다. 그는 그곳에서 사람으로 구실할 수 있었고, 사람으로 대접받을 수 있었다.

정현은 분단 이래 제대로 논의되지 못한 월북작가를 문학사에 소환하여 그들의 학술적 가치를 자리매김하려 하지만, 대한민국은 모든 것을 전제의 시선으로 감시하고 압제했다. 그녀는 대한민국의 유치장에서 이 땅에 실현되어야 할 학문의 실체에 대해 눈을 뜬다. 유치장에서 보낸 5일째 날,『자본론』이 배포한 책이 아니라는 것이 드러나며 집으로 돌아갈 수 있었다. 그녀는 석사를 졸업하고 바로 박사학위를 이어 공부할 수 없었다. 대한민국의 정치적 압제만큼 권위적인 학술 풍토에서, 정현은 자신이 할 수 있는 영역을 개척하며 학자의 길을 걸었다.

이 작품은 소설가 자신의 자전적 사건을 담고 있다. 1976년에는 「신화비평방법을 이용한 채만식의『탁류』분석」으로 석사논문을 발표했으며, 1991년에는 「김남천 연구」로 박사학위를 받았다. 석사학위를 받고 곧바로 진학하지 못하고 결혼 후 아이를 양육하면서 박사과정을 시작했다. 1992년에는 소설가로 데뷔한 이래 지금까지 창작과 연구 활동에 정진하고 있다. 문학연구자로서는 한국문학사에 소외되었던 여성작가의 작품을 주로 연구해 왔으나, 소설가로서는 여성의 문제뿐 아니라 이 땅을 살아가는 다양한 층위의 사람들을 대상으로 그들에게 내재해 있는 상처와 현실의 문제적인 요소들을 천착해 들어갔다. 이 작품집은 지금 우리 삶에 편재해 있는 인물군상, 그들에 대한 작가의 미학적 입장을 담고 있다.

2. 돌봄의 시학

이 작품집에는 근대 작가 '김유정'을 소재로 한 작품이 2편이나 있다. 작가가 한국 근대 작가 김유정의 삶과 작품에 관심을 가지고 있다는 점은 주목을 요한다. 작가가 즐겨 읽은 작품이라는 점에서, 그의 창작 세계 전반에 걸쳐 영향을 미치기 때문이다. 「하늘 아래 첫 서점」이 김유정의 작품을 중심 소재로 삼고 있다면, 「초원을 달리다」는 김유정을 주인공으로 삼고 삼았다. 두 작품을 통해 작가가 김유정과 그의 소설에서 특별히 수용해 내려한 미학적 가치가 무엇인지 알 수 있다.

「하늘 아래 첫 서점」은 지리산 자락을 배경으로 한다. 찬경은 지리산 자락의 하늘 아래 첫 동네에서 서점을 운영한다. 아내가 세상을 떠나자 퇴직 후 고향인 이곳으로 내려왔던 것이다. 서점은 산을 오가는 사람들에게 읽을거리와 커피를 제공하는 쉼터이다. 그는 김유정의 「산골 나그네」를 읽던 차, 산골에 사는 여인을 맞이한다. 중년의 여인은 서점에 딸려있는 방을 보며 하룻밤 묵게 해 주기를 간청한다.

김유정 소설에서 주인은 온정을 다했건만 나그네가 물건을 훔쳐 달아났듯이, 이 작품에서도 주인은 극진한 호의를 베풀었음에도 나그네는 통장을 훔쳐 달아난다. 여인은 첫사랑 남자가 암 말기임을 알고, 남편을 떠나 남자를 간병하기 위해 지리산 기슭에 머물렀다. 화가인 남자는 지리산 자락에서 시시각각 변하는 계곡의 모습을 화폭에 담았다. 남자가 더이상 운신이 어려워지자, 그녀는 남자를 병원에 데려가기 위해 돈이 필요했던 것이다.

김유정이 주목한 것이 '가난'이 아니라 '사랑'이었듯이, 이 작품도 '윤리'가 아닌 '사랑'에 주목한다. 나그네가 찬경의 통장을 훔칠 수밖에 없었던 것이 남자에 대한 사랑에 있었다면, 주인공 찬경이 두 남녀를 바라보는 시각에는 '돌봄'이 전제되어 있다. 그것은 여자가 남자를 사랑하거나, 남자가 여자를 사랑하는 이성간의 사랑에 국한된 것이 아니다. 내가 나 아닌 대상에 대해 관심을 가지고 보살피는 것이다. 작중 찬경의 고백처럼 "마음을 정하지 말고 마음이 흐르는 방향으로 행동"한다는 점에서, 그것은 자연의 속성을 떠올리게 한다. 작가가 견지하는 '돌봄'의 미덕은 인위적인 힘이 더해지지 않고 저절로 생겨나 스스로 이루어지는 존재로서 자연에 기원을 두고 있다. 작품 말미에 이르면 찬경은 은행에 도난신고를 하는 대신, 김유정 소설을 펼쳐 다음 대목을 읽는다.

'아 얼른 오게유'
똥끝이 마르는 듯이 계집은 사내의 손목을 겁겁히 잡아끈다. 병든 몸이라 끌리는 대로 뒤툭거리며 거지도 으슥한 산 저편으로 같이 사라진다. 수은빛 같은 물방울을 뿜으며 물결은 산벽에 부닥뜨린다. 어디선지 지정치 못한 늑대 소리는 이산 저산서 와글와글 굴러 내린다.

찬경은 돈이 아니라 여자와 그 여자가 사랑하는 남자의 앞길에 마음을 두었다. 이 대목과 더불어 우리는 이 작품의 초입부에서 찬경이 눈길을 주고 있는 김유정 소설의 일부를 주목할 필요가 있다.

산골의 가을은 왜 이리 고적할까? 앞뒤 울타리에서 부수수하고 떡잎은 진다. 바로 그것이 귀밑에서 들리는 듯 나직나직 속삭인다. 더욱 몹쓸 건 물소리, 골을 휘몰아 맑은 샘은 흘러내리고 야릇하게도 음률을 읊는다.

'산골의 가을'은 고적함으로 가득 차 있다. 물소리, 바람소리 등 산골을 메우는 것은 살기도 하고 죽기도 하면서 산골짜기를 구성하고 있다. 깊은 산골의 가을 풍경은 작중 인물이 처한 비극적 상황과 조응하여 처연하고 서정적인 분위기를 자아낸다. 작가는 김유정을 통해 자연의 미덕에 주목했으며 그것은 단순히 마음을 울리는 풍경만이 아니라 자연이 지닌 돌봄의 가치이다.

관심과 보살핌은 「초원을 달리다」에서는 훨씬 직접적으로 나타난다. 이 작품의 주인공은 이태준과 김유정이다. 이태준은 소설가 이태준과 동명이인으로 의학을 전공하고 몽골에서 의료 활동을 한다. 몽골에서 의료봉사 활동을 펼치다가 자연의 치유력에 끌렸고 그 곳에서 죽음을 맞았다. 그는 이승을 떠나기 전, 한때 마적을 꿈꾸었던 김유정의 영혼을 몽골로 데려왔다. 김유정이 악성 폐결핵으로 각혈을 쏟아 낼 때마다 "몽고에 데리고 와서 실컷 먹이고 말을 타고 광활한 초원을 마음껏 누리게" 하여, 육체의 굴레를 벗어나 생명의 빛을 호흡할 수 있도록 하고 싶었다.

김유정은 저승으로 가기 전, 몽골의 광활한 초원에서 막힘없는 바람과 쏟아지는 별을 보며 살아생전 누리지 못한 자유과 환희를 맛본다. 작가는 식민지 조선에서 외롭고 고독하게 살다가 세상을 떠난 김유정에게 광활한 자연을 통한 치유와 생기를 제공한다. 이태준은 자연과의 교감이 얼마나 큰 위무와 힘이 되는지 자신의 경험을 다음과 같이 들려준다.

> 그때 하늘의 휘황찬란한 별들이 나를 감싸는 듯 나에게 몰려오는 것 같았습니다. 어머니의 목소리 같기도 하고, 아내의 목소리 같기도 한 목소리로 '얘야, 내가 너와 함께 있다.' 그리고 저의 몸이 채워지는 충일감을 느꼈습니다. 제가 처음으로 가져보는 자연과의 교감이었습니다. 저는 그 이후 외로움을 느끼거나, 무슨 고민거리가 있으면 하늘의 별들을 보거나 말을 타고 초원을 끝없이 달립니다. 그러고 나면 내 속은 이미 그전에 가지고 있던 고민이나 복잡한 마음이 확 풀어집니다.

자연은 인간으로 하여금 돌봄, 돌아봄의 주체로 만든다. 그것은 어머니, 아내와 같은 여성성을 띄고 있으며, 생명을 살아내게 하고 양육하는 일을 해 낸다. 이덕화 소설의 미학적 입장을 '돌봄의 시학'이라 한다면, 그것은 김유정과 그의 소설에 기원을 두고 있음을 유추할 수 있다. 구체적으로 말하자면 그것은 '자연'이 내장한 무심한 돌봄에 기인해 있으며, 궁극에는 문학이 운명적으로 짊어진 현실에 대한 책무이기도 하다. 이덕화는 소설에서 우리 사회에서 돌봄이 구현되어야 할 현실적인 좌표와 구현방식을 탐구하고 있다.

예컨대 돌봄의 시학은 「갈색의 세월 ─ 『토지』 오가타와 유인실 부분 이어쓰기」에서 '쇼지'를 통해 구체적으로 실현된다. 쇼지는 유인실과 오가타의 아들이지만, 찬하와 노리꼬에 의해 자랐다. 찬하와 노리꼬는 친자식 못지않게 쇼지를 거두어 소년으로 키워냈고, 다시 친부모의 품으로 돌려보내려한다. 작중에서 어린 쇼지를 돌보는 일은 찬하와 노리꼬, 유인실과 오가타 모두에 의해, 그리고 조선, 일본, 만주에 걸쳐서 이어지고 실현되어야 한다. 식민지, 전쟁의 그늘 속에서도 그리고 민족의 차이를 뛰어넘어, 어린 생명은 살려내고 길러져야 함을 보여주고 있다.

3. 돌아봄의 시학

이 작품집에서 돌봄은 단순히 관심을 가지고 보살피는 데 그치지 않고, 돌아다니면서 두루 살피는 돌아봄의 영역으로 전이되고 확산된다. '돌봄'이 이른바 '돌아봄'으로 우리 사회와 현실의 곳곳으로 확대된다. 특히 이 세상의 그늘진 곳에서 신음하는 어린 생명을 돌아보며 그들의 삶을 읽어내고 그들이 현실에 건재할 수 있는 삶의 문법을 모색한다. 「한 잔의 에스프레소」와 「요구르트와 돈까스」는 우리 사회에서 자존감 없는 청년의 삶을 조명하고 있다. 두 작품 모두 음식을 제목으로 삼고 있는데, 불우하고 미숙한 청춘들은 에스프레소, 요구르트와 돈까스를 탐하며 내면의 공허를 달랜다.

작가는 「한 잔의 에스프레소」에서 불우한 환경에서 태어나 우리 사회의 커뮤니티에 정상적으로 발을 들여놓지 못하는 소녀의 일상에 초점을 맞추고 있다. 작중에서 나는 카페에서 일하는 청년이다. 매일 같은 시간, 카페에 혼자 오는 S에게 호감을 느꼈다. S의 출중한 미모는 뭇사람의 시선을 끄는 반면, 남루한 옷차림은 그녀의 매력을 앗아갔다. S는 항상 에스프레소를 마시며 핸드폰으로 끊임없이 누군가와 이야기한다.

나는 S의 생일을 맞아 그녀를 위한 파티를 준비했다. 나의 오피스텔에서 S와 와인을 마시고 그녀의 생일을 축하했으나, 그녀는 자기 존재에 대한 근원적인 불안과 열등감으로 파티에 집중하지 못했다. 스스로 자기 출생의 상처를 토로하며, 생일파티를 점점 더 우울하고 절망적인 분위기로 몰고 갔다.

고향이 어디세요? 저는 고향이 시궁창이에요. 두 다리가 없는 엄마가 아이를 키우겠다고, 아니죠. 아이와 자신을 지키겠다고 시궁창으로 시궁창으로 옮겨 다니며 연명하다 결국 자살로 마감한 엄마나 그 딸도 결국 같은 운명 아니겠어요?

S는 다리 없는 앉은뱅이 여인이 강간당한 후 태어났다. 앉은뱅이 여인은 시각장애인에게 S를 맡기고 자살했다. 주위의 냉대와 질시로 S는 초등학교도 제대로 졸업할 수 없었다. 그녀는 재봉틀로 강아지 옷을 만들어 팔며 생활비를 벌었다. 매일 오후 S는 카페에서 에스프레소를 시키며 다음과 같이 생각했다. "창밖을 내다보면서 이 세상을 훔쳐보고 싶었다. 어차피 세상은 내 것이 아니었다." 핸드폰의 알람을 정기적으로 설정하여 벨소리가 울리도록 했으며, 전화기 너머로 끊임없이 이야기를 건네며 누군가와의 통화를 가장했던 것이다

나는 생일선물로 드레스를 주었으나 S는 사랑을 받는 것도 주는 것

도 서툴렀다. S는 자기 존재에 대한 품위와 존엄을 스스로 인지할 수 있는 기회가 없었고, 타인으로부터 자기 존재를 인정받아 본 적도 없었던 것이다. 파티의 열기는 급격히 식었고, S에 대한 나의 육체적 욕망도 가라앉았다. 아침에 일어났을 때 S는 없었다. S는 카페에 오지 않았고 간헐적으로 전화가 울렸지만 신호음과 동시에 곧바로 끊겼다.

나는 S가 갔음 직한 곳을 돌아다니며 찾아 나섰다. 세상 밖을 전전하는 S가 세상 안에 편입될 수 있도록, 우선 내 안에 S를 포용하고 그녀가 머물 수 있는 자리를 남겨 놓았다.

이미 S는 내 속에서 자라고 있었다. 두 다리를 짤린 여인이 아이를 안고 도망가는 꿈을 자주 꾼다. 세상 안으로 들어오지 못하고 밖으로만 떠돌다간 외계인간을 이 세상 안으로 끌어들이기 위해 매일 밤마다 거리를 헤매며 찾는다. 오늘이 아니면, 내일, 내일이 아니면 모레…… 언젠가 만날 수 있다는 꿈을 가지고.

「요구르트와 돈까스」는 돌아봄의 방식이 수평적으로 설정되어 있다. 작중에는 이 사회의 이질적인 두 계층이 '전후조'라는 밀접한 관계로 등장한다. 대조적인 두 사람이 수족과 같이 움직이고 하루하루 같은 운명을 공유하도록 만든 것이다. 재형은 군복무 시절 2살 어린 성묵과 '전후조'가 된다. 전후조는 군대 훈련소에서 6주 훈련기간 동안 자살이나 이탈 등의 사고 방지를 위해 무조건 훈련병 세 명씩 조를 만들어 함께 생활 하도록 만든 시스템이다. 그들은 어디를 가도 같이 움직여야 했다.

재형이가 서울 강남에서 과외와 학원으로 일류대학에 진학하여 축제, 클럽, 미팅, 어학연수 등으로 풍족한 생활을 하다가 입대한 데 비해, 성묵은 "엄마 없이 구박만 받다 사고뭉치로 살다 고등학교를 간신히 졸업, 2년을 집에서만 빈둥대다가, 군대"에 왔다. 성묵은 "단지 동물 같은 본능으로 자신의 생존만이 유일한 자신의 목적"으로 살아왔기에 군부대에서도 책임은커녕 양심과 체면 없이 주위에 폐를 끼쳤다. 밥 먹는 것에서부터 훈련에 이르기까지 이기적이고 뒤처진 탓에, 재형이까지 성묵의 잘못을 감당해야 했다. 고된 얼차려 중 재형은 성묵의 등에 걸린 십자가를 발견하고, 그를 "20년간 안락했던 삶을 일깨우고 반성시키기 위해 등장한 천사"로 여기기 시작했다.

작중에서 '전후조'는 또 다른 노동 현장에서도 나타난다. 성묵은 제대 후 공사판에 뛰어들어 돈을 벌었다. 작품 말미에서 외국인 노동자와 한국인 노동자의 관계는 또 다른 형태의 전후조이다.

외국인들과 함께 몰려 가 간이식당에서 저녁을 먹으려 하자, 또 누군가 어느 나라에서 왔느냐고 물었다. 성묵은 난처했다. 순두부찌개를 입에 넣으며 웃을 수밖에 없었다. 그들 중에는 결혼 한 사람도 있었다. 그러기를 몇 달, 막노동 경험이 쌓이면서, 힘든 노동 가운데 그들과 나름 유쾌하게 지내는 방법을 알게 되었다. 성묵은 자신의 집 슈퍼에서 가져 온 커피 사탕, 초콜릿 등으로 그들의 피로를 풀어주었다. 그들은 대학도 묻지 않았다. 그들은 또 성묵이 집이 있고 부모와 함께 같은 나라에 살고 있는 것을 무척 부러워했다. 성묵은 자신이 가진 모든 것이 그렇게 빛나게 보였던 적은 없었다고 한다.

'전후조'는 군 입대 병사들의 훈련방식에 그치지 않는다. 이 사회에는 크고 작은 다양한 형태의 전후조들이 존재한다. 그 관계에서 우리는 나와 타인이 함께 살아가는 다양한 삶의 공존 방식을 경험한다. 자기 굴레에 갇혀 있는 인간이 아니라, 내가 너일 수 있으며 네가 나일 수 있는 삶의 아이러니를 터득하는 것이다. 재형은 성묵으로부터 자살을 결심한 듯 다급한 목소리의 전화를 받자, 하고 있던 모든 일을 작파하고 성묵에게 향했다. 재형은 성묵이 같은 시간 같은 곳에서 살아가는 자신의 다른 모습일 수도 있음을 알기 때문이다.

'돌아봄'은 삶의 '지체'가 아니라 '순환'이다. 성묵은 재형의 돌아봄을 경험하면서, 그 역시 외국인 노동자들을 돌아본 것이다. 성묵은 현실에 존재하는 전후조를 인지하고 기꺼이 재현에게 받은 것을 외국인 노동자에게 실천한 것이다. 돌아봄은 사회를 순환시킨다. '돌봄'의 시학이 '돌아봄'으로 확장되고, 나의 돌아봄은 우리 모두의 돌아봄으로 확산된다. '돌아봄'은 '가진 자'와 '가지지 못한 자'들 간의 나눔과 증여에 국한되지 않는다. 상처받은 자가 또 다른 상처받은 자를 돌보면서 치유되기도 한다.

「그럼에도 불구하고」는 제복이 시사하듯, 삭중 주인공들은 상처가 있음에도 '불구하고' 자기 환부를 직시하고 고통을 공유하며 내일의 삶을 모색한다. 이 작품은 한국사회의 재난으로 인한 젊은이들의 상처와 이를 극복해 나가는 젊은이들의 번민과 고통의 승화과정을 보여준다. 대한민국의 재난은 이 땅의 청춘들에게 상실감을 남겼고, 이들은 치유되지 않은 상처를 짊어지고 일상을 살고 있다. 그들은 서로의 상처와 조우하면서 위무를 얻고 그럼에도 불구하고 지속되는 삶을 앞으로도 살아낼 것이다.

캐슬린 린치Kathleen Lynch는 『정동적 평등―누가 돌봄을 수행하는가 *Affective Equality : Love, Care and Injustice*』한울, 2016에서 "한 사회에서 모든 사람이 동등한 수준의 사랑, 돌봄, 연대를 경험하고 아무도 사랑과 돌봄을 박탈당하지 않는 상태"로서 '정동적 평등Affective Equality'을 제안한다. 이 작품집에서 소설가 이덕화가 문예학의 관점에서 제시한 '돌봄의 시학'은 사회학의 관점에서는 '돌봄의 윤리'로 설명될 수 있다. 린치의 지적처럼 '돌봄'은 시민사회에서 시민을 경쟁적 개인주의가 아니라 상호의존적인 유대관계로 전환시킬 수 있다. 시민이 경제적 행위자이기 앞서 정동적 주체가 될 때 우리 사회는 자본주의의 물신화로부터 인간성을 지켜낼 수 있다.

4. '삶', 돌봄과 돌아봄의 텍스트

우리는 제각각의 삶에서 이루어지는 돌봄과 돌아봄을 성찰이라 명명한다. 「그미의 책」은 각자의 삶에서 자신을 돌보는 풍경의 단면을 보여준다. 중년의 변호사는 친구 부인의 출판기념회 초대장에서 '그미'라는 이름을 발견하고 과거를 회상한다. 암자에서 사법고시를 준비할 무렵, 그는 친구의 암자에서 그미를 발견했다. 친구는 없고, 갓 대학에 입학한 여대생으로 보이는 그미가 모차르트 클라리넷 협주곡을 들으며 책을 보고 있었다. 그는 고시촌 암자에서 볼 수 없는 대상과 풍경을 목도하고 마음이 동요되었다. 저녁 무렵에는 다시 암자로 가서 그미와 인사를 나눈다. 그미는 방학을 맞아 외사촌 오빠의 암자에 머물게 되었다는 것이다.

읽고 있던 책이 무엇이냐고 묻자, '자신과의 대화를 위한.. 백지 책'이라고 했다. 그녀는 '자신 속에서 자신이 앓는 소리'를 들으려 한다는 것이다. '그미의 책'은 그미가 가지고 있던 물리적인 책이 아니라, 그미는 물론 그를 포함한 청춘의 한참 때 내면에 존재하는 열정과 외부로부터 받은 상처가 만들어내는 삶의 무늬를 말하며 이를 응시하는 시간까지 내포한다. 그것은 이성의 손길과 숨결로 잠재워질 수 있는 것이 아니다. 상처에 대한 설익은 고백으로 쉬이 해결되지도 않는다. 존재 자체를 버텨내고 감당하기 힘든 시절, 섣불리 다른 사람의 상처를 건드리거나 포용한다고 해서 도움을 줄 수 있는 것도 아니다. 그것은 스스로 치유하고 살려내야 하는 각자의 멍에일 뿐 아니라, 그렇게 지우고 살리는 힘으로 자신을 성찰하고 현실에 건재할 수 있기 때문이다.

그는 계곡에서 그녀와 소주를 마신다. 그가 고즈넉한 분위기에서 '한계령'을 부르자 그녀는 눈물을 쏟았다.

저 산은 내게 오지 마라

오지 마라 하고

발 아래 젖은 계곡 첩첩 산중

저 산은 내게 잊으라 잊어버리라 하고

내 가슴을 쓸어 내리네

그미는 '잊으라 잊어버리라 하고'라는 대목에서 봇물 터지듯 눈물을 흘렸다. '저 산은 내게 내려가라 내려가라 하네 / 지친 내 어깨를 떠미네' 그 소절에서는 흐느껴 울었다. 한참 울고 나더니 활짝 웃으며 다시금 백합처럼 황홀하게 피어났다. 그는 "그 순간 열꽃이 온몸으로 퍼져나갔다. 그는 얼른 계곡 속에 발을 담겄다." 그녀를 통해 그는 마음 깊이 눌러 놓은 젊음의 열기가 생동했다. 함께 한 시간은 짧았지만, 강렬한 감정은 그의 생에 가장자리에 남아 있었다.

이 작품은 단순히 장년의 주인공이 젊은 시절 마음을 주었던 여인에 대한 고백을 그린 것이 아니다. 작가는 젊은 한창 때를 배경으로 하되, 누구에게나 있는 웅어리진 슬픔과 이를 승화시키는 방식을 서정적으로 묘사했다. 젊은 시절의 슬픔이 처절한 이유는, 속된 세상의 떼가 묻지 않아서 순결하고 순수하기 때문이다. 그것은 한없이 투명한 순수와 거칠고 황량한 세계의 첫 대면에서 기인한 것으로, 작가는 순수한 영혼이 세상과 조우하고 감당해야 하는 상처와 슬픔을 서정적으로 그려나갔다.

그미는 '백지 책'을 통해 내면을 응시하고 자신을 치유해 나갔다.

제가 한 살 때부터 기억을 되살리고, 그것을 다시 지우고, 또 다시 저의 과거로 돌아가 기억나는 것을 떠올리는 것을 반복하다 보면 저를 구성하고 있는 것이 무엇인가를 알 것 같아요. 그러나 생각의 고리가 툭툭 끊어지고, 다른 사람들 엄마, 아빠, 오빠, 친구들의 말이 툭툭 튀어 나와요. 제 의식을 뒤 덮고 있는 것은 모두 다른 사람들 말이에요. 그 의식 속에 저는 없어요.

자신 안에 있는 타자의 목소리를 알고 그것과 구분되는 자신의 목소리를 만들고 그것을 표현하는 것, 이것이야말로 세계에 독립된 개체로서 자신을 세우는 것이다. 이 모두를 통칭하여 우리는 '삶'이라 명명한다. 그들은 각자 고독하고 외로운 자기와의 싸움에 정진했으며 정진의 결과 제각각 이 세계에 자신의 목소리를 드러내기에 이른 것이다. 그미는 문학을 전공하는 교수이자 평론가가 되어 다른 작품을 논평하며, 그는 변호가가 되어 사람들의 갈등을 중재한다. '그미의 책'은 그미만의 것이 아니라 그에게도 있으며, 우리 모두에게 존재하는 삶이다. 그 책을 얼마나 세밀하게 읽어내는가는 각자 자신의 몫이다.

글이 처음 실린 곳

: 「기억과 현실의 가역반응」, 『문학의식』, 다트앤, 2015.9.30.

제3장   느림에 대한 사유

: 「느림을 통해 사유하기」, 『문예바다』, 문예바다, 2014.6.30.

제4장   자기 가치의 실현

: 「삶, 자유를 향한 항해」, 『문예바다』, 문예바다, 2020.1.30.

제4부

제1장   세계에 질문을 던지는 방식

: 「소설, 세계에 질문을 던지는 방식」, 『문예바다』, 문예바다, 2019. 3.30.

제2장   쉬어 가면 보이는 길

: 「소설에게 길을 되묻다」, 『문예바다』, 문예바다, 2019.6.30.

제3장   자유 없는 사회, 문학이라는 순수

: 「자유 없는 사회, 문학이라는 순수」, 『문학의식』, 다트앤, 2015.3.26.

제4장   돌봄과 돌아봄의 시학

: 「돌봄과 돌아봄의 시학(해설)」, 『하늘 아래 첫 서점』, 푸른사상, 2018.9.30.

* 새롭게 책을 만드는 과정에서 제목과 내용을 수정했습니다.